古典文學研究輯刊

二三編

曾永義 主編

第 11 冊

模式與意義：六朝器物詩賦研究（下）

張鏽樺 著

國家圖書館出版品預行編目資料

模式與意義：六朝器物詩賦研究（下）／張鏽樺 著 -- 初版
-- 新北市：花木蘭文化事業有限公司，2021〔民110〕
目 4+186 面；19×26 公分
（古典文學研究輯刊 二三編；第 11 冊）
ISBN 978-986-518-350-9（精裝）
1. 六朝文學 2. 詠物詩 3. 賦
820.8　　　　　　　　　　　　　　　　110000427

ISBN-978-986-518-350-9

9 789865 183509

古典文學研究輯刊
二三編　第十一冊　　　　　　　ISBN：978-986-518-350-9

模式與意義：六朝器物詩賦研究（下）

作　　者　張鏽樺
主　　編　曾永義
總 編 輯　杜潔祥
副總編輯　楊嘉樂
編　　輯　許郁翎、張雅淋　美術編輯　陳逸婷
出　　版　花木蘭文化事業有限公司
發 行 人　高小娟
聯絡地址　235 新北市中和區中安街七二號十三樓
　　　　　電話：02-2923-1455／傳真：02-2923-1452
網　　址　http://www.huamulan.tw 信箱 service@huamulans.com
印　　刷　普羅文化出版廣告事業
初　　版　2021 年 3 月
全書字數　300013 字
定　　價　二三編 31 冊（精裝）台幣 82,000 元

模式與意義：六朝器物詩賦研究（下）

張鏽樺　著

目次

第五章　轉型——南朝器物觀念與書寫發展

公元 420 到 580 餘年之間，在今天中國江蘇的土地上，曾先後建立起四個朝代。這四個朝代雖然分屬四個不同的政治主體，但在文化發展上卻是一脈相承的，因此表現出一百七十餘年跨度的共同傾向。

在創作表現上，「詠物」此時有長足的發展；眾題材之中，「器物」依然深受歡迎〔註1〕，但即便是同一種題材，從魏晉到南朝，因著政治情況、文化氛圍、文人組織的不同，「器物之所以流行」也已經不能不加以翻譯。依沈凡玉先生的看法，從器物為起點的觀察在南朝不僅是文學史的，也是文化史的，它將反映宮廷風的審美品味、集團式的饋贈文化，以及群體連結之情感需求，劉宋以後「贈物謝啟」的增衍即是指標之一：「齊梁時代各文類普遍趨向寫物題材，此現象並非偶然，不僅是文學歷史、傳統內部的自然演變，而是與當時宮廷重視物質，視為風雅文化的表徵有關。『物』在時人認知中，具有更多經濟以外的價值，值得作為單獨賦詠的對象。禮物與謝啟往來傳遞的，既是情誼、禮儀，也是雙方確認彼此同屬風雅文化中心的證明。」〔註2〕

「以詩歌形式流行」則是另一個需要翻譯的環節。南朝創作環境與前代最大不同之處就在「五言詩式」的相對成熟，是以，作者們進行創作活動時，不光要選擇題材，還可以（或說必須）選擇文類。還原南朝作家選擇文類的過程

〔註1〕 根據趙紅菊先生的統計，器物題材在齊梁時期不僅有大幅度地躍升，由佔所有題材之 2% 增加為 24%，且僅次於詠植物。詳參趙著《南朝詠物詩研究》第三章〈南朝詠物詩的類型與特徵〉「南朝詠物詩創作題材情況一覽表」，頁113。

〔註2〕 沈凡玉：〈齊梁宮廷賜物謝啟的新變意義與文化意涵〉，《清華中文學報》第二十期（2018.12），頁339。

非常困難，我們嘗試運用以下幾個方面觀察並統合。首先，某些賦篇的敘事色彩非常濃厚，如蕭綱的〈金錞賦〉，基於一種對罕見物的好奇，「歷史淵源」在這篇作品扮演很重要的角色，賦序說「舍弟西中郎致金錞一枚。周禮云：「鼓人掌六鼓四金，以節聲樂，以和軍旋。以金錞和鼓，金鐲節鼓。」注曰：「錞，錞于也。圜如椎頭，大上小下，樂作，鳴之，與鼓相和。」淮南云：「兩軍相當，鼓錞相望。若古之禮器，飾軍和樂者矣。吾奇而賦之。」別的軍樂器不是沒能起到節制六師、敵人生畏的效果，但只有帶著「況茲贈之為美，而古跡之可尋」的物品，才能引發強烈的感受和書寫需求——對蕭綱而言，「賦」此時顯然是最好的載體，而不是「詩」。其次，同一題材在賦中和詩中的表現有明顯差異，以蕭綱（503～551）和吳均（469～520）的「詠筆格」為例：

> 英華表玉笈，佳麗稱蛛網。無如茲制奇，雕飾雜眾象。仰出寫含花，橫抽學仙掌。幸因提拾用，遂廁璇臺賞。（蕭綱〈詠筆格〉）

> 幽山之桂樹，恒縈風而抱霧。葉委鬱而陸離，根縱橫而盤互。爾其負霜舍液，枝翠心赤。翦其匡條，為此筆格。下跌則巖巖方爽，似華山之孤生。上管則員員峻逸，若九疑之爭出。長對坐而銜烟，永臨窗而儲筆。（吳均〈筆格賦〉）

後者多鋪陳與描寫。反過來看，作者即便面對同一個題材，也能因應文類而有不同的呈現，還是以蕭綱的「詠燈」作比較：

> 何解凍之嘉月，值蔓莢之盡開。草含春而動色，雲飛采而輕來。南油俱滿，西漆爭燃。蘇微安息，蠟出龍川。斜暉交映，倒影澄鮮。九微間吐，百枝交布。聚類炎洲，跡同大樹。競紅蕊之晨舒，薆丹螢之昏騖。蘭膏馥氣，芬炷擎心。寒生色淺，露染光沈。（〈列燈賦〉）

> 動焰翠帷裏，散影羅帳前。花心生復落，明銷君詎憐。（〈詠籠燈絕句〉）

受限於南朝器物賦的相對缺稀，上述的比較採樣也許過於片面，頗有以偏概全之嫌，但有一點可以肯定的是：文類的流行固然會左右書寫的視角與內容，但作者的意向、目的也至為重要。在後文裡我們會強調，「五言詩」作為南朝詠器物最主要的文類，有它特殊的觀看與陳述模式，而這個「轉型」的過程，作者居中起到支配並主導的作用。

現在，南朝作家雖仍從事器物賦、器物銘的寫作，但隨著五言詩的流行，

後者成為最主要的書寫載體，我們可以想像一下：南朝作者開始了在極有限的篇幅裡（以五言八句為基型）對功能、材料、製作、形貌、價值進行「剪裁」、「重塑」的工作。隨著器物認知的深化，作品中普遍反映更現實的情況：器物的功能是有限的，從而突顯出南朝與眾不同的審美眼光，他們不再企圖描寫一個完美的器物，而是能在「瑕疵」當中保持一種悅賞、玩味的態度。

第一節　南朝的器物認知維度

　　南朝在器物製造和商業表現方面，比魏晉更為繁榮，源於以下幾個因素：首先，南方本就擁有水運系統之便；其次，南方的貨幣流通，交易方便，「梁初，唯京師及三吳、荊、郢、江、湘、梁、益用錢。其餘州郡，則雜以穀帛交易。交、廣之域，全以金銀為貨。」（《隋書·食貨志》）；其三，官員可享免稅的優待，官吏經商於是蔚為風氣；其四，賦役繁重，很多農民逃亡入商，「昏作役苦，故穡人去而從商；商子事逸，末葉流而浸廣」（《宋書·列傳第十六》）；其五，建康城中的王公貴人以其擁有的莊園興利殖產。各種因素推波助瀾，使得建康成為市商湊集、物流匯聚之地，海外諸國在此交易海外諸國在這裡交易明珠珍石、異品罕物、香料、奴隸和黃金。本地的製造業則以製鏡、製瓷、製紙、紡織聞名，「江南本非主要蠶桑地區，浙東絲織業的發展是北人南遷的影響和技術移植的具體結果；三國時此地的絲織業已有相當程度的發展，東晉南朝時更有長足的進展……北方紡織技術南移最明顯的一個例子是織錦業，劉宋武帝北伐，滅後秦，將關中的百工遷到首都建康，江南才開始發展織錦業。到了南齊時，南方織錦業已馳名遠方異域，芮芮國的使臣曾至建康，要求派遣錦工至其國。」〔註3〕

一、表意符號：以器為喻的系統化

　　儒家哲學之所以一直在文化場域中站穩主流位置，不只是因為它合乎封建權威的某種管控需求，更具體的是它對其它哲學的形式與主題產生的型塑作用。以「仁」為例，在孔子以後三百年的時光裡，孟子談義、荀子談禮，沒有超越仁所幅射出的意義範圍。與此同時，老、莊站在對立面，認為仁義禮智皆是人為的造作，將對天性自然產生束縛，是故假孔門師徒之口，談「禮樂之

〔註3〕此段關於南朝社會經濟的概述，參考自劉淑芬：《六朝的城市與社會》（台北：臺灣學生書局，民81），頁217～218。

忘」、「仁義之忘」〔註4〕。可以看見，儘管理念與「仁」的背道而馳，「仁」卻是說理的關鍵詞。同樣是反對方，韓非說：「凡治之大者，非謂其賞罰之當也。賞無功之人，罰不辜之民，非所謂明也。賞有功，罰有罪，而不失其人，方在於人者也，非能生功止過者也。是故禁姦之法，太上禁其心，其次禁其言，其次禁其事。今世皆曰：『尊主安國者，必以仁義智能。』而不知卑主危國者之必以仁義智能。故有道之主，遠仁義，去智能，服之以法。是以譽廣而名威，民治而國安，知用民之法也。」（《韓非子‧說疑第四十四》）與其說是談法的效益，毋寧說是指出仁的闕如。

追根究柢，仁不只是形上的，還落實於形下，成為生活實踐的「工具」，《論語‧衛靈公》：「工欲善其事，必先利其器」，在這裡，仁心、仁行就是器，強調事奉賢者、結交仁者對於興國安家的重要性。

圍繞著「器」展開言說，一方面是強調造器的法度，《孟子‧告子上》指出：「大匠誨人必以規矩，學者亦必以規矩。」〈離婁〉說：「離婁之明，公輸子之巧，不以規矩，不能成方圓；師曠之聰，不以六律，不能正五音；堯舜之道，不以仁政，不能平治天下。」《墨子‧法儀》這一段說得最清楚：

> 天下從事者不可以無法儀，無法儀而事能成者無有也。雖至士之為將相者，皆有法，雖至百工從事者，亦皆有法。百工為方以矩，為圓以規，直以繩，正以懸。無巧工不巧工，皆以此五者為法。巧者能中之，不巧者雖不能中，放依以從事，猶逾己。故百工從事，皆有法所度。今大者治天下，其次治大國，皆無法所度，此不若百工，辨也。〔註5〕

另方面是強調鍛造的過程，《禮記‧學記》那句為大眾所熟悉的話是：「玉不琢，不成器。人不學，不知道。」學習之於人，猶如器物必須經過鍛造。

終於，在兩漢之際，器的比喻也從文化場域進入文學的場域。揚雄（前53～18）《法言》卷二〈吾子篇〉反省漢賦寫作：「或問：『吾子少而好賦？』曰：

〔註4〕《莊子‧內篇‧大宗師》：「顏回曰：『回益矣。』仲尼曰：『何謂也？』曰：『回忘仁義矣。』曰：『可矣，猶未也。』他日復見，曰：『回益矣。』曰：『何謂也？』曰：『回忘禮樂矣。』曰：『可矣，猶未也。』他日復見，曰：『回益矣。』曰：『何謂也？』曰：『回坐忘矣。』仲尼蹴然曰：『何謂坐忘？』顏回曰：『墮肢體，黜聰明，離形去知，同於大通，此謂坐忘。』仲尼曰：『同則無好也，化則無常也。而果其賢乎！丘也請從而後也。』」

〔註5〕周才珠、齊瑞端譯注：《墨子全譯》（貴陽：貴州人民出版社，2008），頁17。

『然。童子雕蟲篆刻。』俄而曰：『壯夫不為也。』」將作文形容成器面的雕鏤。陸機〈文賦〉明確地將作文與鑄器相比附：「至於操斧伐柯，雖取則不遠，若夫隨手之變，良難以辭逮」、「若夫豐約之裁，俯仰之形，因宜適變，曲有微情……是蓋輪扁所不得言，故亦非華說之所能精」（全晉文卷九十七，頁991～992），劉勰（約465～約520）《文心雕龍》更是視「文」為「器」：

> 《文心雕龍》的器物之喻主要包括四個方面：一是相關工匠，如雕工、鎔工、裁縫、木工、陶匠、輪匠、梓人、輪人、函人和矢人等；二是相關製作方式，如雕、鏤、陶、染、矯、揉、裁、鎔和鑄等；三是相關器物，包括作為參照准則的器物和作為成品的器物。作為參照准則的器物如規矩、繩墨、輻轂、括、模範、型和鈞等；作為成品的器物如錦繡、陶器、兵器和青銅器等；四是器物的形態，如隱秀、繁縟、雅麗和圓通等……總之，劉勰的《文心雕龍》以工匠制作器具比喻作者寫作文章，打通了器物制作與文學寫作之間的壁壘，將兩者在共同經驗的層面上統一起來。〔註6〕

爾後，器物之喻不僅是「什麼器」、「喻什麼」，承載了主張「有法」者的熱烈情緒，對器物製造法式瞭若指掌，幾乎成為文學家的必要條件，明徐師曾（1517～1580）〈文體明辨序〉：「夫文章之有體裁，猶宮室之有制度，器皿之有法式也。為堂必敞，為室必奧，為臺必四方而高，為樓必陜而修曲，為筥必圜，為篚必方，為簠必外方而內圜，為簋必外圓而內方，夫固各有當也。苟舍制度法式，而率意為之，其不見笑於識者鮮矣，況文章乎？」〔註7〕又方東樹（1772～1851）《昭昧詹言》：「有法則體成，無法則傖荒。率爾操觚，縱有佳意佳語，而安置布放不得其所，退之所以譏六朝人為亂雜無章也。」〔註8〕也就是說，在很長一段時間裡，決定著書寫創作之影響與感染力之一的，是一種以「器物及其製造與功能」為中心的、「跨領域」的要求。

不過，即使是用同一話語、同一種方式，「器物之喻」在時空因素的不同環境裡，未必有一樣的理解，比方說將整本書的架構把創作和器物製造連結起

〔註6〕閆月珍：〈器物之喻與中國文學批評——以《文心雕龍》為中心〉，蔣述卓主編：《現代視野下的文藝研究與文學批評》（北京：商務印書館，2017），頁32～33。

〔註7〕〔明〕徐師曾：〈文體明辨序〉，〔明〕吳訥、〔明〕徐師曾：《文章辨體序說．文體明辨序說》（台北：泰順書局，民62），頁77。

〔註8〕〔清〕方東樹：《昭昧詹言》卷一〈通論五古〉（台北：廣文書局，民51），頁6。

來的劉勰，其美學背景就和其它人有很大差異——關鍵詞就在《文心雕龍》最富興味的一個術語之一：**體**。

根據前輩學者研究，「體」在書裡至少包含了兩個以上的涵義，如陸侃如以為指向「體裁」、「風格」與「手法」〔註9〕；顏崑陽先生則認為涉及「物身」、「形構」（包含「基模性形構」即幾句幾字的規式，以及「意象性形構」即不能脫離內容而言之形式）、「樣態」（完成之後的形相，通常可用「典雅」、「雄渾」等形容詞描述），此三者在理論上具有可辨性質，面對作品對象時則彼此之間處於「秩序性的連結關係」〔註10〕，如《文心雕龍》〈附會〉：「夫才童學文，宜正體制：必以情志為神明，事義為骨鯁，辭采為肌膚，宮商為商氣。」最終被視為一個「整體」，在那些總論性質的篇章如是說：「去聖久遠，文體解散，辭人愛奇，言貴浮詭，飾羽尚畫，文繡鞶帨，離本彌甚，將遂訛濫。」（〈序志〉）、「況文體多術，共相彌綸，一物攜貳，莫不解體。」（〈總術〉）從術語所涵攝的意義複雜度來看，劉勰到今天來看都可以算是前衛的，面對當時的「體」之「解」，劉勰以為只有體之重建，方得回歸於「本」。〈附會〉之「體」原本是「人體」的一種比喻，但通過更高層次的上升，它在意義領域遂可以和同樣是「秩序性連結」的「器」形成一種假借關係，然後在此「體（器）」脈絡下，另一關鍵概念就可以理所當然地被提出了：**用**——這個器物產生最原始的動機、也是中國傳統文學最核心的價值：「故知道沿聖以垂文，聖因文而明道，旁通而無滯，日用而不匱。」（〈原道〉）

利用器物來解釋創作的原理原則，在南朝這麼一個深受佛教教義影響的大時代，不免令人想像它的言外之意。大乘佛教論證「無我」，追求「我所有」的意識的消解，目的是要以這個世界的「空」，對治執著、妄想、癡迷，得著「阿耨多羅三藐三菩提」。就認識論而言，空是存在的，是修行的目標，《大般若經》三十七卷所謂：「真如不離空，空不離真如，真如即是空，空即是真如」〔註11〕但它同時也是「前提」，誠如《維摩詰所說經注》第五節「已無心意無受行」所說：

〔註9〕 詳參陸侃如、牟世金：《劉勰和文心雕龍》〈劉勰的創作論〉談「體性問題」與「總術問題」（台北：國文天地雜誌社，民80），頁56～62、76～81。

〔註10〕 詳參顏崑陽〈論「文體」與「文類」的涵義及其關係〉，《清大中文學報》第一期（96.09），頁16～43。

〔註11〕 〔唐〕三藏法師玄奘奉詔譯：《大般若波羅蜜多經》卷第三十七，《大正新修大藏經》第五卷（北縣：傳正有限公司，2001），頁207。

心者何也？染有以生。受者何也？苦樂是行，至人冥真體寂空虛其
懷，雖復萬法並照而心未嘗有，苦樂是遷而不為受，物我永寂，豈
心受之可得。〔註12〕

只有空，才有成道的可能，於是，以「空」論證的目的性，不妨看作是以「器」
論文的動機──因為「中空」正是器物最重要的特徵。彷彿是不希望人們錯過
了它們交會的可能，劉勰雖沒有明言，但《文心雕龍》的結構和佛法的淵源
早已吸引研究者的注意〔註13〕。最終，佛法的無我與空性，引導著人們──包
含劉勰自己──從人工之美超越上去，鼓吹相對困難卻應盡力達成的自然之
姿〔註14〕：

文之為德也，大矣！與天地並生者，何哉？夫玄黃色雜，方圓體分，
日月疊璧，以垂麗天之象；山川煥綺，以鋪理地之形；此蓋道之文

〔註12〕　〔後秦〕釋僧肇選：《注維摩詰經》卷第一，《大正新修大藏經》第三十八卷（北
　　　　　縣：傳正有限公司，2001），頁333。

〔註13〕　《文心雕龍》組織體系取法於佛理佛典，可參范文瀾《文心雕龍注》〈序志〉
　　　　　注：「彥和精湛佛理，文心之作，科條分明，往古所無。自書記篇以上，即所
　　　　　謂界品也，神思篇以下，即所謂問論也。蓋採取釋書法式而為之，故能䚡理明
　　　　　晰若此。」（台北：學海出版社，民80），頁728。饒宗頤〈劉勰文藝思想與佛
　　　　　教〉「劉宋以來，分類總集之編次，風氣大盛，謝靈運、謝莊振其緒，張敷、
　　　　　袁淑揚其波，迄於齊梁，各體之文，罔不有集。僧祐撰箴器雜銘，祭文行狀，
　　　　　蓋在補前此之缺。彥和從僧祐遊，得以窺覽群書，商榷同異，故其究論文體，
　　　　　標舉眾流，于文學之致力，未始不受僧祐之啟發也。」《文心雕龍研究專號》
　　　　　（台北：明倫出版社，民60），頁17。王禮卿《文心雕龍通解》提要：「書名
　　　　　文心者：般若心經略疏『般若等是所顯之法，心之一字是能顯之喻，即大般若
　　　　　內統攝要妙之義，況人之心藏。』釋慧遠阿毗曇心序『阿毗曇心者、三藏之要
　　　　　頌，詠歌之微言，管統眾經，領其會宗，故作者以心為名焉。』……序志稱『文
　　　　　心者、言為文之用心。』文之用心，所涵深廣，散而為萬相萬法，而皆集於總
　　　　　領要妙，管統會宗之一心，故稱心之旨，殆本諸此。」（台北：黎明文化事業
　　　　　股份有限公司，民75）上冊，頁3。楊明照〈梁劉勰傳箋注〉：「文心全書，雖
　　　　　不關佛理，然其持論精深，組織嚴密，則非長於佛理者，不能載筆。」《文心
　　　　　雕龍校注》（台北：河洛圖書出版社，民69），頁9。

〔註14〕　「一般技術之所以次於自然造物，原因有二：一是造物之精美已超越人為藝
　　　　　術之極致；二是造物之創造性，毋須等待人為技藝而完全自發、獨立。」簡良
　　　　　如：《《文心雕龍》之作為思想體系》（北京：中國社會科學出版社，2011），頁
　　　　　11、「文章之成文，是作為萬物之靈長的人的創作與外化，是人依據道的運作
　　　　　方式表達心中所思，道即自然……因此文章所貴非自然莫屬，也就是說，文章
　　　　　出於形象之自然，成於人心之自然。尚自然清談文風、反對追求形式矯揉造作
　　　　　的文學，這是劉勰《文心雕龍》全書中一以貫之的一個基本思想。」權雅寧：
　　　　　《中國文學理論知識形態研究》（北京：中國社會科學出版社，2014），頁212。

也。仰觀吐曜，俯察含章，高卑定位，故兩儀既生矣。惟人參之，
性靈所鍾，是謂三才。為五行之秀人，實天地之心生，心生而言立，
言立而文明，自然之道也。傍及萬品，動植皆文：龍鳳以藻繪呈瑞，
虎豹以炳蔚凝姿；雲霞雕色，有踰畫工之妙；草木賁華，無待錦匠
之奇；夫豈外飾，蓋自然耳。（〈原道〉）

作為一種理論的架構及論述方式，器物之喻因《文心雕龍》達到了前所未見的
高度；在「以佛教教義解釋器物之喻」的潛能上，《文心雕龍》為文學表現預
留了很大的餘地。

二、取用心態：玩物

「玩」在中國傳統文化裡的處境一直很特殊，即使到了審美文化與娛樂事
業相對成熟的宋元以後，我們仍能看到《周書・旅獒》「玩人喪德，玩物喪志」
〔註15〕的作用。於是醉心於金石的呂大臨（1044～1091）必須要在〈考古圖自
序〉聲明他的動機「不是以器為玩」，以符合某種社會期待：「暇日論次成書，
非敢以器為玩也。觀其器，誦其言，形容彷彿，以追三代之遺風，如見其人矣。
以意逆志，或探其制作之原，以補經傳之闕亡，正諸儒之謬誤，天下後世之君
子，有意於古者，亦將有考焉。」〔註16〕〈重刻考古圖序〉也要再一次強調「直
為觀美」的不恰當：「古聖人□金合土以前民用，無不參三才而運之，匪直為
觀美而已，將使天下後世由形下之粗跡溯形上之精微也。昔夫子入廟而觀敧
器，詔弟子以持滿之戒，由是推之，雞彝龍勺玉瓚金罍之屬，引伸觸類，何獨
不然哉。」〔註17〕大名鼎鼎的蘇東坡（1037～1101）醉心於書、畫，但就像艾
朗諾（Ronald Egan）說的，他有多麼想要把一幅畫據為己有，他心裡就有多糾
結，原因無他，就因為這種「收藏」的意義太接近於「玩物」，因此有「役於
物」的危險。〔註18〕

〔註15〕〔唐〕令狐德棻：《周書》，珍仿宋版印（台北：中華書局，2016重製），此版
　　　　本不編頁碼。
〔註16〕〔宋〕呂大臨：《考古圖》（上海：上海古籍出版社，2016），頁2。
〔註17〕〔宋〕呂大臨：《考古圖》（上海：上海古籍出版社，2016），頁162。後引《考
　　　　古圖》皆準此版本，不另作註。
〔註18〕「蘇軾反對玩物敗家，反對揮霍無度，也討厭那些巨富藏家的愚陋粗鄙，但這
　　　　並不是他反對藝術品收藏的全部理由。從另一個更深的層次上理解，蘇軾拒
　　　　絕沉溺於藝術品收藏實際上是他拒絕『役於外物』的整體世界觀的反映，我們
　　　　已經很清楚地看到，在蘇軾眼裡，藝術品是一種不折不扣的外物……關鍵是

　　有趣的是，即便這樣喪志的示警根深柢固，人們並沒有真正受其教化。對研究「玩」的人而言，這種「效果不彰」正是價值所在：因為「玩」及其所帶來的「樂」，屬於人性的一部分，「他們（動物與兒童）必須遊戲因為其本能驅使這樣做……『本能』這一用語引出一個未知品性，並預示遊戲的效用從起始就是原初渴求（petition principii）之罪。」〔註19〕因此，與其說是對抗「玩的具體內容」，毋寧說是在對抗嚮往於玩的天性——所以總是「徒勞」，所以要為文澄清。〔註20〕

　　僅以博奕為例。韋昭（204～273）〈博奕論〉：「今世之人多不務經術，好玩博奕，廢事棄業，忘寢與食，窮日盡明，繼以脂燭。」（全三國文卷七十一，頁679）就在這個「正確」的論調發揮效果以前，首先突顯的是人們對博奕有多熱衷，反對者也許從未發現這不止是博奕的問題，它其實是「玩」的本能意識在當時全面覺醒的一個面向。《世說》裡可以看見人們將引起精神愉快的活動稱為「戲」的例子——當然，這些活動在魏晉以前絕不可能被這樣「對待」。《世說新語》〈言語〉第23則：「諸名士共至洛水戲，還，樂令問王夷甫曰：『今日戲，樂乎？』王曰：『裴僕射善談名理，混混有雅致；張茂先論史、漢，靡靡可聽；我與王安豐說延陵、子房，亦超超玄著。』」「戲」的「範圍」如此廣泛，誠如張如安所說「魏晉士人捨棄對功利的探求，追求生活的盡情享樂以增加生命的密度，於是『戲』遂成為他們日常生活的重要內容。」〔註21〕

　　觀察南朝詩人對「玩」的態度，謝惠連（407～433）是一個很好的切入點。他的〈白羽扇贊〉和〈琴贊〉都用到了「玩」字，有脫離實用器物的意味：

　　　惟茲白羽，體此皎潔。涼齊清風，素同冰雪。其儀可貴，是用**玩**悅。

　　　人代『物』的方式而非『物』本身導致了問題的存在。只要在適度範圍內，他並不反對享受『物』所帶來的樂趣。」詳參（美）艾朗諾著；杜斐然、劉鵬、潘玉濤譯；郭勉愈校：《美的焦慮：北宋士大夫的審美思想與追求》第四章〈蘇軾、王詵、米芾的藝術品收藏及其困擾〉（上海：上海古籍出版社，2013），頁120～133。

〔註19〕（荷）約翰・赫伊津哈（John Huizinga，1872～1945）：《遊戲的人》（杭州：中國美術學院出版社，1997），頁9。

〔註20〕蘇軾〈寶繪堂記〉：「君子可以寓意於物，而不可以留意於物。寓意於物，雖微物足以為樂，雖尤物不足以為病。留意於物，雖微物足以為病，雖尤物不足以為樂。老子曰：『五色令人目盲，五音令人耳聾，五味令人口爽，馳騁田獵令人心發狂』。然聖人未嘗廢此四者，亦聊以寓意焉耳。」蘇文以「寓」、「留」區別應物之道，即是為了強調有一種並不喪志的玩物。

〔註21〕張如安：《中國圍棋史》（北京：團結出版社，1998），頁47。

揮之襟袖，以禦炎熱。（〈白羽扇贊〉，全宋文卷三十四，頁 331）

嶧陽孤桐，裁為鳴琴。體兼九絲，聲備五音。重華載揮，以養民心。

孫登是**玩**，取樂山林。（〈琴贊〉，全宋文卷三十四，頁 331）

就像大部分在史書中留名的人一樣，謝惠連「幼而聰敏，年十歲，能屬文」（《宋書·列傳第十三》），就是其族兄——受到當世盛譽的謝靈運對他也有極高的評價，按史傳記載，像「池塘生春草」這樣的名句，其實都是謝惠連給的靈感，大謝說他是「張華重生」。〔註22〕如果把詠物當成博物的一種表現的話，謝惠連確實有詠物詩，用古老的標準來看，應該算是寫得很不錯的：有形貌的摹擬，也有喻意的延伸，比方他的〈詠螺蚌詩〉，後人認為有明確的託寄：

輕羽不高翔，自用絃網羅。纖鱗惑芳餌，故為釣所加。螺蚌非有心，

沉迹在泥沙。文無雕飾用，味非鼎俎和。（宋詩卷四，頁 1197）

宋羅願（1136～1184）撰《爾雅翼》釋「鱒」：「食螺蚌，多秖獨行，亦有兩三頭同行者。極難取，見網輒遁。」〔註23〕釣客喜用螺蚌為餌，所以「纖鱗惑芳餌，故為釣所加」。但無論是鷸鳥還是鱒魚的陷落，責任都不在「螺蚌」，「螺蚌非有心，沉跡在泥沙」，人應當從此中了解禍福自招的道理，不能不慎，是以明代徐元太（生卒年不詳）《喻林》將它放進人事門「昧禍」一類，典出《戰國策》中鷸蚌相爭的故事。

饒富興味的是，「螺蚌非有心，沉跡在泥沙」不是末句。按照古老的傳統，賦與詩的末尾才是最佳的位置，點睛在畫龍之後，奏雅必須在終曲。我們的意思是，即便喻意分明，但這一句很可能不是謝惠連這一篇中最看重的部分。權當一種有意為之，〈詠螺蚌〉要讀者把眼光停留在末句：「文無雕飾用，味非鼎俎和」，意思是不可用人類的喜好標準來看待螺蚌的紋路與滋味，這裡的宣稱充滿高度「自治」的意味——任何與人類社會有關的價值理念與行為模式，無關螺蚌的存在意義。

在體物寫志的悠久歷史中，謝惠連可以說是一個更精采的版本，因為回歸「玩的本能」、「脫離既有框架」，沈約（441～513）、謝朓（464～499）等踵事

〔註22〕《南史·列傳第九·謝惠連列傳》：「族兄靈運加賞之，云：『每有篇章，對惠連輒得佳語。』嘗於永嘉西堂思詩，竟日不就，忽夢見惠連，即得『池塘生春草』，大以為工。嘗云『此語有神功，非吾語也』……靈運見其新文，每曰『張華重生，不能易也』。」

〔註23〕〔宋〕羅願：《爾雅翼》卷二十八。〔清〕永瑢、紀昀等纂修：《景印文淵閣四庫全書》（台北：商務印書館，民75），小學類經部216冊，頁484。

增華，他們的共作便直接冠以「詠坐上玩器」之名。必須說，這樣的取用心態未嘗不可以被後人理解成同情共感，甚至是專屬於南朝的一種「另類的情志」。試看沈約所寫〈為東宮謝勅賜孟嘗君劍啟〉：

> 田文重氣徇名，四豪莫及，寶劍雄身，故能威陵秦、楚。人高事
> 遠，遺物足奇，謹加玩服，以深存古之懷。（全梁文卷二十八，頁291）

所謂謝啟，當是一種受贈者對贈物者表達謝意的文體，故而一方面抬高對方，另方面自我謙虛，是常見的內容，誠如陳恬儀先生所說：「物品是恩情的象徵物，贈物的一方是恩情的供應者，受贈的一方則是恩情的收受者。謝啟的寫法就在這幾個元素上大做文章，或者強調物品的美、好，或者強調施贈者的地位、才德的高偉超群，或者強調受贈者地位和才德的微薄淺陋。」〔註24〕顯然，沈約這篇既沒有貶抑自我，也沒有多少感謝之情，反而上溯劍的來歷。對他而言，「玩服」之，已而「存之」、「懷之」，體現受贈者對這個器物的珍重，就是最好的達謝方式。這裡必然包含的是「欣賞」的眼光，一種把器物視為藝術品的眼光，彰顯器物的物質細節。南朝這樣的謝啟所在多有，如蕭綱〈謝勅賚織竹火籠啟〉：「池水始浮，庭雪向飛。慈澤與涯，時錫香被。製此蘭枝，雕斯罕節。文華九折，用美十爐。」（全梁文卷十，頁107）盡寫竹火籠的形貌香氣，或像劉孝威（496～549）〈謝勅賚畫屏風啟〉：「昔紀亮所隔，唯珍雲母；武秋所顧，大寶琉璃。豈若寫帝臺之基，拂崐山之碧？畫巧吳筆，素踰魏賜。馮商莫能賦，李尤誰敢銘。」（全梁文卷六十一，頁638）強調屏風的工藝，又或者像周弘正（496～574）〈謝梁元帝賚春秋糊屏風啟〉：「昔琉璃見重，雲母稱珍；雖盡華麗，有傷真樸。豈若三體五例，對玩前史；一字褒貶，坐臥箴規。無復楚臺之風，得同鄒谷之曖。」（全陳文卷五，頁49）似乎著重於屏風的「箴規」，但所謂「對玩前史」，終究還是以一種比較輕鬆的姿態，而「春秋糊屏風」，沈凡玉先生認為那是東晉以來重視書法藝術的表現，與漢代賢士烈女的教化目的不可一概而論。〔註25〕

啟文如此，器物銘亦然。謝靈運（385～433）〈書帙銘〉以「勤玩」指示

〔註24〕詳參陳恬儀：〈論南北朝的「謝啟」：以賜物謝啟為觀察中心〉，《古代文學理論研究：中國文論與名家典範》第三十六輯（上海：華東師範大學出版社，2013），頁80。

〔註25〕關於南朝謝啟崇尚器物工藝，進而傳遞其文化素養、標誌菁英階層的文化內蘊，詳參沈凡玉：〈齊梁宮廷賜物謝啟的新變意義與文化意涵〉，《清華中文學報》第二十期（2018.12），頁329～336。

它的示範作用：「懷幽卷頤，戢妙抱密。用舍以造，舒卷不失。亮惟勤玩，無或暇逸。」南朝以前，作為「象君子之淑德」、「承尊者之至意」（漢杜篤〈書（手扈）賦〉），書帙無論如何不會帶有「玩」這樣敏感的字眼。鮑照（？～466）的〈藥奩銘〉對藥奩進行了藝術的改造，把服藥從一件「惡事」作了一定程度的「良」化：

> 歲實走丸，生厭隤牆。時無驟得，年有還方。水玉出煙，靈飛生光。
> 龜文電衣，龍綵雲裳。九芝八石，延正蕩斜。二脂六體，振衰返華。
> 毛姬餌葉，鳳子藏花。景絕翠虬，氣隱頹霞。深神罕別，妙奇不揚。
> 或繁虎杖，或亂蛇牀。故不世不可以服，未達不可以嘗。眩睛逆目，
> 是乃為良。〔註26〕

徐陵（507～583）的〈塵尾銘〉翻轉了前代的功用性，在美的強調中引出了它的「飾」的特質，因而沒有時效、超越市場價值：

> 爰有妙物，窮茲巧制。員上天形，平下地勢。靡靡絲垂，綿綿縷細。
> 入貢宜吳，出先陪楚。壁懸石拜，帳中玉舉。既落天花，亦通神語。
> 用動捨默，出處隨時。揚斯雅論，釋此繁疑。拂靜塵暑，引飾妙詞。
> 誰云質賤，左右宜之。

最經典的大概是陸倕（470～526）的〈蟸杯銘〉，儘管物質生活的刻苦被設定為蟸杯與文人的活動舞台，卻反而成就了杯的溫度、人的眼光：

> 用邁羽杯，珍逾渠碗。實同蟸測，形均撲滿。伊我疲病，獨居無伴。
> 所不比把，誰誚誰緩。

第二節　南朝詠器物的品項

在進入南朝器物詩品類選擇的討論以前，有一點需要先做說明，那就是相較於兩漢、三國、兩晉，南朝器物的物質觀察一直相對不明朗，當代幾種著作包含陳蘇鎮先生《恢宏與古樸：秦漢魏晉南北朝的物質文明》、羅宗真和王志高先生合著之《六朝文物》、孫機先生《中國古代物質文化》或韋正先生《魏晉南北朝考古》，雖名之以「魏晉南北朝」或「六朝」，實際上的整理與分析集中在魏晉時期。究其原因，一方面是古籍載記的缺乏，一方面是受限於機遇與地域氣候條件的出土物的不足，讓文物研究與學界的討論顯得既簡略而片面。

〔註26〕文句依《本集》。

可喜的是，此時的創作往往有更明確地共作背景，因此具有可以相互參照、比對的線索。如果說魏晉的品類選擇是以器物為主的物質環境綜述的話，本章則是以「理解詩歌命題背景」為目的的觀察。

一、前代已見

（一）燈燭

「燈」在戰國時候就已經出現了，隨著材料不同，木製的燈座稱「豆」，陶製的稱「登」，金屬製的稱「鐙」；形制方面，漢代的時候已有了兼具高度功能性和設計感的燈具。但是，「燈」無法自行產生照明的作用，它必須仰賴燃料——油脂、油膏或蠟燭。因此，就物質現象而言，燈與燭是兩種不同的東西，但在語用的環境裡，兩者有時候並不分得那麼清楚。

進入南朝以後，燈具的製作由陶料轉向瓷料製作，從出土文物來看，陶料主要用於陶塑、建築用磚和瓦當。南朝窯址的規模與數量與東晉相仿，長江中游地區的湖陰窯（流經湘陰縣湘江兩岸近六十公里範圍內的 16 處古代窯址總稱）、江西地區的洪州窯（今江西豐城縣北境）都在南朝時期進入興盛期，後者在「胎釉結合問題部分得到解決，釉面光潔、釉色清亮、釉胎結合牢固，是這個階段相當一部分瓷器的基本特徵。」此時福建兩廣地區的瓷的面貌與江西地區雷同，「胎質比前期有所進步，大部分為灰白色胎，較細膩堅硬，火候較高。釉色淡綠泛黃，施釉不及底，有開片、流釉和脫釉現象。常見器形有盤口壺、雙繫罐、四繫罐、盤、盞托、杯盤、深腹鉢形鐎斗、細頸瓶、五盅盤、果盤、燈盞、帶盤三足爐，硯台、鉢等……燈盞很有地方特點，燈盤分內外兩圈，內圈立柱上附兩小環。」〔註27〕

南朝的燈燭類作品數量頗多，佔現存詠器物的 14%（16／108），包含：齊謝朓（464～499）〈雜詠三首之二燈〉、〈雜詠三首之三燭〉、梁蕭衍（464～549）〈詠燭〉、梁吳均（469～520）〈詠燈詩〉、梁紀少瑜（生卒年不詳）〈詠殘燈詩〉、梁劉孝威（496～549）〈和簾裏燭〉、梁蕭綱（503～551）〈詠籠燈絕句〉、〈和湘東王古意詠燭〉、〈列燈賦〉、梁王筠（481～549）〈詠燈檠詩〉、〈詠蠟燭詩〉、梁蕭繹（508～555）〈古意詠燭〉、梁庾信（513～581）〈燈賦〉、梁江淹（444～505）〈燈賦〉、梁沈滿願（生卒年不詳）〈詠燈詩〉、陳後主叔寶（553～604）

〔註27〕此處兩段引文，分別引自韋正：《魏晉南北朝考古》（北京：北京大學出版社，2013），頁 303、304。

〈宴光璧殿詠遙山燈詩〉。所存篇目反映了幾項要點：首先，魏晉所謂的雜詠（或雜詩），一般多反映詩人對季節物候轉變之興感（見後章第一節），一直到南朝才出現以器物為主的雜詠。沈凡玉先生以為，以雜名之源自於人們對物候雜感如影隨形卻無可奈何〔註28〕，如果「器物」也是因為同理由得到命名，那麼這個變化就說明了器物作為創作題材的普遍性。其次，南朝的燈燭作品能夠準確地把握燈燭的不同型態：籠燈、山燈、列燈。籠燈的燈式是在燭火外覆一個夠薄、能透光的紗罩，相當奢華，但也因此較適合陳設在室內，與山燈恰恰相反；列燈描寫的是在河岸旁百燈齊燃的場面，顯然，夜晚的室外有更大的照明需求，這裡表現出更細緻的功能劃分。其三、南朝作品很大程度地貼近感官上的感受，比方說紀少瑜詠殘燈觀察即將熄滅的燈火，並且認為它最為耀眼——這未必只能是老驥伏櫪的隱喻，因為就物質角度來說，蠟燭燃燒到最後燭心曝露得較長、蠟油鋪展與空氣接觸面積大，火燄確實會因此顯得較高而猛烈。

（二）鏡

隨著東晉的南遷，北方流行的銅鏡也被帶到了南方。南朝前期流行的是環狀乳神獸鏡和對置式神獸鏡，但製作質量無法和前代相比，到了後期，製鏡工藝衰退的情況更為明顯：「過去流行的各種神獸鏡和畫像鏡，除個別特例以外，都很少發現了。方格規矩鏡、夔鳳鏡和盤龍鏡等，雖偶有發現，但都是鏡體小而薄，鑄工低劣，花紋草率……有些小銅鏡的直徑僅為幾厘米左右，贛縣南齊墓發現的小銅鏡直徑僅為 3.2 厘米。」〔註29〕而這種衰退的主要原因，學者認為是銅料的缺乏所造成，包含梁武帝於普通四年（523）下令將銅錢改為鐵錢，為了因應東晉以降逐漸嚴重的銅荒。

與鏡相關的詠物在南朝詠器物中占 9%（10 / 108），現存作品如下：齊謝朓〈雜詠三首之一詠鏡臺〉、梁蕭綱〈詠鏡詩〉、梁高爽（生卒年不詳）〈詠鏡詩〉、梁朱超（生卒年不詳）〈詠鏡詩〉、梁王孝禮（生卒年不詳）〈詠鏡詩〉、梁庾信〈鏡詩〉、〈塵鏡詩〉、〈鏡賦〉、梁徐德言（生卒年不詳）〈破鏡詩〉、陳孔範（生卒年不詳）〈和陳主詠鏡詩〉。其所反映的要點包含：一、和詠燈燭一樣，詠鏡也被「雜」的範圍所囊括，無論鏡在書寫傳統裡的意象是如何嚴肅，在這裡它是以一種更隨性、更常態的書寫心態所強調的。其次、就器物型態而

〔註28〕詳參沈凡玉：《六朝同題詩歌研究》（台北：國立台灣大學出版中心，2015），頁 227～228。
〔註29〕韋正：《魏晉南北朝考古》（北京：北京大學出版社，2013），頁 364。

言，不同於單純詠鏡，謝朓所寫的是詠鏡臺，從《初學記》卷二五〈器物部‧鏡臺第十〉引魏武雜物疏：「鏡臺出魏宮中，有純銀參帶鏡臺一，純銀七子貴人公主鏡臺四。」和《女史箴圖》出現的鏡臺來看，鏡臺在魏晉已經出現了，但當時還沒有人關注過。其三，庾信有〈塵鏡詩〉，其中提到用以收納鏡子的盒匣，魏徐幹有〈情詩〉說：「君行殊不返，我飾為誰容。鑪薰闊不用，鏡匣上塵生。」但魏晉詠鏡賦裡也沒有提到過鏡匣。第四、「臺」與「匣」的主要功能是保存，這種視角更符合器物的實際情況；既有保存，就有毀損，因此我們也可以看見「破鏡」這樣的視角。第五、如果說鏡的保存方法是一種「收納」，那我們就必須承認，但凡收納，往往佔有空間，並且是特定空間的佔有。因此與其說是「鏡」是一種「器具」，它事實上會更接近我們心目中的「不方便輕易移動」的傢俱，從而發展出和魏晉詠鏡完全不同的意涵：一把被閒置的鏡子也許會引發見棄的感嘆，但一座被閒置的鏡臺則是顯現出滿室的荒涼；前者只是鏡與個人的關係，後者則是空間、時間與群體的關係。

（三）扇

南朝詠扇共 11 篇，佔詠器物中的 10%，包含：齊丘巨源（？～484）〈詠七寶扇詩〉、梁高爽〈詠畫扇詩〉、梁何遜（？～518）〈與虞記室諸人詠扇詩〉、梁蕭綱〈賦得白羽扇詩〉、梁蕭統（501～531）〈扇賦〉、梁周興嗣（？～521）〈白鶴羽扇賦〉、梁鮑子卿（生卒年不詳）〈詠畫扇詩〉、梁江淹〈扇上彩畫賦〉、梁庾肩吾（487～551）〈賦得轉歌扇詩〉、梁庾信〈詠羽扇詩〉、陳許倪（生卒年不詳）〈破扇詩〉。

南朝可見之扇制、扇材，大概在漢晉之間都已經發明了，就物質表現和創作情況共同觀之，得以下幾點：首先，南朝參與詠物創作的人數和魏晉比較起來更多，特別是有些詩人僅存世一、二首詩歌，就是詠物詩，顯示了詠物作為創作主題的比例之高。〔註30〕參與者眾，題材擴大，背後牽涉的是文學集團對

〔註30〕「很多（南朝）詩人僅僅留存一兩首詩作，都為詠物詩。如沈約之子沈旋、沈趨分別留下一首和兩首詩作，均為詠物詩。此外，梁代謝瑱的〈和蕭國子詠奈花詩〉，裴憲伯〈朱鷺〉、鮑子卿〈詠玉階詩〉、〈詠畫扇詩〉，顧煊〈賦得霧詩〉，王筠〈詠慎火詩〉、〈詠箸詩〉，庾仲容〈詠柿詩〉，都是詩人僅存的詩歌作品。其他一些詩人的詠物詩作也在其全部詩歌作品中占據了相當的比例，所占比例高達 90%。這種現象的出現，是齊梁創作詠物詩風氣之盛的突出體現。」曹旭主編；趙紅菊：《南朝詠物詩研究》（上海：上海古籍出版社，2009），頁79。

文學創作起到的影響作用。因共作而產生的作品有時候很好辨別，因為詩人會在題面上直接冠以「同詠」、「賦得」、「奉作」（應詔、應令、應教）、「酬和」等字樣，鄭良樹先生稱為「出題奉作」〔註31〕，何遜「與虞記室諸人」詠扇，蕭綱「賦得」白羽扇，庾信「賦得」轉歌扇都是此類。其次、前代扇賦中不同的扇制主要是針對製作的材料與形貌，竹扇以竹木製作，團扇以織品製作，羽扇賦以禽鳥的羽毛製作。竹扇和團扇可圓可方，羽扇的輪廓類似羽毛，呈尖頭或歧頭狀。另外還有狗脊扇賦、九華扇賦，都是因為外形特殊而受到關注。相較於此，南朝的視角轉向裝飾性的加工，如江淹關注扇上彩畫，丘巨源的七寶扇以珠玉鑲嵌、繪有圖樣，認為它起到的飾物效果可以比得上手鐲（釧、鐶）一類；鮑子卿的作品也以畫扇為題，卻對施彩不以為然，質疑器物的裝飾性對功能的增益程度。第三、丘、鮑的描寫很大程度直接來自於現實之中「扇」的功能的多元化。不僅作為生涼的工具，南朝的扇更常作為增加容姿的裝飾品，庾信的轉歌扇詩所形容的就是一把為樂舞增色的「道具扇」，許倪的作品更是一例，儘管扇子的破損會對生涼的效果有所影響，卻不代表失去作用，所謂「不堪鄣巧笑，猶足動衣香」，許倪完全具備藝術家的眼光。

（四）織品與服飾

　　根據孫機先生的爬梳，在中國新石器時代晚期良渚文化的遺址中，已發現絲織物的殘片，漢代由於養蠶與繅絲技術的進步，故而紡織品的主要原料是絲與麻。

　　漢代絲織品的種類很廣，依織法疏密和顏色不同，而有不同稱呼。潔白平紋的稱「素」，細薄致密的稱「紈」，以紈結實的稱「縑」，輕薄而帶方孔的稱「紗」或「縠」，以絞經法織成椒眼孔狀的稱「羅」。「羅」與「綺」雖然常常連稱，但二者其實不同，「綺」是不織孔眼的斜紋，常見為菱形狀。上述這些統稱為「帛」或「繒」。「錦」的原料雖然也是絲線，但它主要指的是染色絲線織成的絲織品，和羅、綺等織好而後染的單色織物不同，工法困難，因此很貴重，誠如《釋名‧釋采帛第十四》所述：「錦‧金也，作之用功重，其價如金，故其制字帛與金也。」西漢晚期至東漢雖然在圖案設計上和色彩搭配上不同於西

〔註31〕　參考鄭良樹〈出題奉作──曹魏集團的賦作活動〉：「『出題奉作』和『同題奉和』雖然都是一種集體的文學活動，卻有相當大的差別。『同題奉和』可以指一群作家在不同時代、不同地點，對一個共同題目進行相同體裁的文學創作；『出題奉作』卻指一群作家在相同時間及空間內，對某人倡導的一個題目進行相同體裁的文學創作。」《辭賦論集》（台北：臺灣學生書局，1998），頁169。

漢前期，但是中原地區此時的墓葬中很少出錦，倒是偏遠地區如新疆、內蒙、蒙古屢有發現，這說明了錦的樣式受到普遍歡迎，漢代的產錦重鎮，一直到魏晉仍未衰落，《論衡‧程材第三十四》說：「齊郡世刺繡，恆女無不能。襄邑俗識錦，鈍婦無不巧。」左思〈魏都賦〉說：「錦繡襄邑」。

麻織品統稱為「布」，雖不如絲織品貴重，卻是平民百姓最依賴的布料。吳越所產的越布特別著名，故左思〈吳都賦〉說：「蕉葛升越，弱於羅紈。」

棉布在西漢被認為是比較粗糙的織物，東漢初才有質量較佳的棉布，東漢晚期棉布品質更佳，《太平御覽》卷八二〇〈布帛部七〉「布」引魏文帝詔曰：「夫珍玩所生，皆中國，及西域他方，物比不如也。代郡黃布為細，樂浪練為精，江東太未布為白，故不如白疊布鮮潔也。」白疊即棉布。到了南北朝，棉布基本上也是日常生活中最常見的布料之一，《梁書‧諸夷列傳第四十八‧高昌國傳》：「多草木，草實如繭，繭中絲如細纑，名為白疊子，國人多取織以為布。布甚軟白，交市用焉。」

漢代的紡織工藝已經具有很高的水準，可以想像魏晉以至於南朝的織品一定更為精巧。當時有一種布稱為「雞鳴布」，意思是夜間浣紗，隔天天亮便可織成，說明了麻織技術的發達。可惜的是，南朝這方面留下的文物相當匱乏，據韋正先生的整理，同一個時期只有新疆地區出土有部分織品〔註32〕。

南朝詠織品與服裝的作品包含：梁沈約（441～513）〈十詠二首之領邊繡〉、〈十詠二首之腳下履〉、梁蕭詧（519～562）〈詠履詩〉、梁徐勉（465～535）〈詠司農府春幡詩〉，另有梁張率（475～527）〈繡賦〉一篇。其所反映之要點有：沈約的領邊繡和腳下履的謀篇非常類似，呼應了它們屬於同一個組織命題，比較可惜的是其它八篇沒有留存下來，不過據當時的組織命題習慣來說，另外八篇的題材很可能也是物品。再者，沈約描寫的腳下履是以錦作鞋面的鞋，這種鞋是漢晉之際的工藝指標，上頭有繡飾。另一首〈領邊繡〉和張率〈繡賦〉也聚焦於繡飾。繡即刺繡，是在織品上以針線另添紋樣，《鹽鐵論‧散不足篇》所謂：「今富者縟繡羅紈，中者素綈錦冰」，繡品比織品更為貴重，說明南朝詠物取材於士大夫階層豐厚的物質生活。其三，雖然都是寫履，沈約和蕭詧站在完全相反的立場，前者表達了對「被穿」的盼望，後者則以為「不穿」亦無損它的功能——前代書寫中以**使用**為前題的功能義界，此時正在發現變化。

〔註32〕詳參韋正：《魏晉南北朝考古》表十一「考古發現的北方紡織品簡表」（北京：北京大學出版社，2013），頁336～340。

（五）紙筆

　　兩漢墓中的筆、硯、簡牘往往相伴出土，可見它們共同作為書寫活動的必須品。筆、硯在南朝的發展和前代相比沒有明顯的跳躍，倒是東晉末安帝元興元年（402），桓玄頒布了一道廢除木簡的命令：「古無紙，故用簡，非主於恭。今諸用簡者，宜以黃紙代之。」（《文房四譜》卷四〈紙譜‧一之敘事〉）使得紙張成為官方認定的書寫載體。梁武帝酷愛書畫典籍，命人以紙拓印王羲之的字，每字一紙，此次用紙上千張。〔註33〕且不論紙質與成本，關於紙張能夠發揮過去其它材料所難以達到的傳播力與文化教育，南朝時基本上已經明確認識到了。

　　南朝與文具相關之詠有八首，佔詠器物的 7%，作品如下：齊王僧虔（426～485）〈書賦〉、梁吳均〈筆格賦〉、梁蕭統〈賦書帙詩〉、梁蕭衍〈詠筆詩〉、梁蕭綱〈詠筆格詩〉、梁徐摛（474～551）〈詠筆詩〉、梁蕭詧〈詠紙詩〉、陳後主〈七夕宴宣猷堂各賦一韻詠五物自足為十并牛女一首五韻物次第用得帳屏風案唾壺履〉。前文已提到所謂「出題奉作」，但也有一種同詠唱和的情況是「非同時」、「非同地」的，鄭良樹先生稱之為「同題奉和」（參考註解26）。這些作品在內容上仍舊有相呼應的傾向，但題面卻未必顯示出彼此的直接聯繫——詩人們沒有真正聚合在一起，但在書寫的時候卻是想像著某種有意義的交集而完成的。同題奉作不只是一種活動的形式，它更是一種創作的心理準備，這種心理準備使得他人的書寫對南朝個別詩人所產生的影響，遠比其它時候都還要顯著——最直接的情況就是我們會看到同一個生活圈中的人對同一個器物所表現出的共同興趣：梁武帝蕭衍詠筆，他的太子、他所賞識的人，也全都有與筆的相關詩賦創作。第二、上述提到桓玄下令以黃紙取代木簡，這裡的黃紙，很可能是指以黃柏染成的紙。北魏賈思勰（生卒年不詳）《齊民要術》裡有一種「染潢及治書法」〔註34〕，就是將紙張浸入黃蘗汁使其更為堅韌，進而

〔註33〕〔宋〕董逌撰《廣川書跋》卷六：「《千字》其初本得右軍遺書，梁武世嘗令殷鐵石搨一千字，每字一紙。」《石刻史料新編》第三輯「考證目錄題跋類」第三十八冊（台北：新文豐出版公司，民75），頁735。

〔註34〕〔北魏〕賈思勰《齊民要術》〈雜說卷三十〉：「染潢及治書法：凡打紙欲生，生則堅厚，特宜入潢。凡潢紙滅白，便是不宜太深，深則年久色闇也。入浸蘗熟即棄滓，直用純汁，費而無益。蘗熟後，漉滓搗而煮之，布囊壓訖，復搗煮之。凡三搗三煮，添和純汁者，其省四倍，又彌明淨。寫書經夏，然後入黃，縫不綻解。其新寫者，須以熨斗縫縫，熨而潢之。不爾，入則零落矣。豆黃不宜裏，裏則全不入潢矣。」（台北：臺灣商務印書館，民54），頁41。

起到防蟲效果的一種技術。在梁宣帝蕭詧的〈詠紙詩〉裡則描寫了一種高質感的紙料，從他讚美這種紙不同於以往用「魚網」當底材，甚至潔白如雪，可以想像此時的製紙技術又有了新的提升。第三、蕭綱和吳均不是詠筆，而是詠筆格，筆格也就是筆架，一個置筆的地方；另外蕭統也有〈賦書帙詩〉，書帙是用來收納書的封套，這種情況和上文所談到的「定位」現象很接近，也就是南朝除了是對器物本身加以關注，同時也已經注意到與此器相關的周邊物品，在某程度上表現了南朝人更具空間感的觀物視角。

（六）舟車

　　南朝的詠舟車共兩首：分別是梁王筠〈詠利輕舟臨汝侯教詩〉和甄玄成（？～560）的〈車賦〉。

　　造船技術，南朝以前已經相當進步。船體方面，有紀錄的大船可載二千餘人，可馳馬行於上頭，行船時穩定而不顛簸。所謂「八槽鑑」的設計可確保船身不易沉。動力方面，除了風帆，還有腳踩的車輪舟，使得船身可以逆水前進。王筠的作品強調船的輕利，雖從詩句中不能看出他具體指的是何種動力船，但快捷的行船速度確實是當時技術可以提供的。根據《隋書·帝紀第二·高祖下》記高祖十八年春正月辛丑下詔：「吳越之人，往承弊俗，所在之處，私造大船，因相聚結，致有侵害。其江南諸州，人間有船長三丈已上，悉括入官。」民間亦有自己建三丈以上大船的能力，其數量之豐，甚至引起政府的關注。

　　至於車，漢代以後最值得關注的現象是牛車愈來愈普遍，這個情況一直持續到隋代，據錢大昕《二十二史考異》證述：

　　　石崇傳：「崇與王愷初游，爭入洛城。崇牛迅若飛禽，愷絕不能及。」
　　　〈王衍傳〉：「衍引王導共載，謂導曰：爾看吾目光在牛背上矣。」
　　　〈王導傳〉：「導以所執塵尾驅牛而進。」《世說》：「劉尹臨終，外請
　　　殺車中牛祭神。」《南史·劉瓛傳》：「謂何偃曰：『君轡何疾？』偃
　　　曰：『牛駿馭精，所以疾耳！』」〈徐偃之傳〉：「與弟淳之共乘車行，
　　　牛奔車壞。」〈朱脩之傳〉：「至建業，奔牛墜車折腳。」〈劉德順
　　　傳〉：「善御車，嘗立兩柱，未至數尺，打牛奔，從柱前直過。」〈梁
　　　本紀〉：「常乘折角小牛車。」〈蕭琛傳〉：「郡有項羽廟，前後二千石
　　　皆以軶下牛充祭。」《北史·高允傳》：「特賜允蜀牛一頭，四望蜀車
　　　一乘。」彭城〈王勰傳〉：「登車入東掖門，牛傷人，挽而入。」〈北
　　　海王詳傳〉：「詳與咸陽王禧、彭城王勰共乘犢車。」〈常景傳〉：「齊

神武以景清貧，特給牛車四乘。」〈元仲景傳〉：「兼御史中尉，每向臺，恆駕赤牛，時人號赤牛中尉。」〈尒朱世隆傳〉：「今旦為令王借牛車一乘，王嫌牛小，更將一青牛駕車。」〈畢義雲傳〉：「高元海遣犢車迎義雲入北宮。」〈琅邪王儼傳〉：「魏氏舊制，中丞出，千步清道，王公皆遙住車，去牛，頓軛於地，以待中丞過。」〈和士開傳〉：「遣韓寶業以犢車迎士開入內。」〈牛弘傳〉：「弟弼常醉，射殺弘駕車牛。」〈藝術傳〉：「天興五年，牛大疫，與駕所乘巨犗數百頭，同日斃於路側。」此則自晉至隋，王公士大夫競乘牛車之證也。〔註35〕

甄玄成〈車賦〉有一段關於車駕畜力的形容：「及其駕也，堅珊瑚之駐，引絕群之駮，既絲靭之縶頭，亦銅鉤而瑩角。始向軛而龍轉，就入轅而獸躍。或齗齗而鳴鼻，或參差而動腳，咆哮歊轉，鬱怏隕閣，見輪陰之翻亂，視帶影之飛泊」，形容此獸雙腳如珊瑚，身上有特別的花色，跳躍能入轅，迴身如龍轉，跑動起來只見得飛快的殘影——看上去像是寫馬，實際上是寫牛。

值得注意的是，不僅描寫畜力，甄玄成還描寫乘車的人，對作者而言，「物」不僅是物質本身，同時也包含參與物質運動的人，這是前所未見的角度——在以「物」為主的角度裡，人是「物」的一個部分。「使用者」的概念在這裡幾乎是被徹底取消了，這是南朝器物書寫的普遍現象。

（七）圍棋

圍棋的發展到了南朝，被稱為「黃金時代」，兩個舉措促進了圍棋的流行：首先是圍棋邑的設立。《南齊書·王諶傳》：「明帝好圍棋，置圍棋州邑，以建安王休仁為圍棋州都大中正，諶與太子右率沈勃、尚書水部郎庾珪之、彭城丞王抗四人為小中正，朝請褚思莊、傅楚之為清定訪問。」西晉和南北朝的地方行政單位為州、郡、縣三級，邑本是自然村落、人群聚集的地方，而不是地方行政區域，故圍棋州邑應視為專業而獨立的掌管圍棋的單位，仿州、郡設大、小中正，職掌棋者的選舉、推薦，棋譜的收集、整理等。作為中國最早的官方圍棋機構，就圍棋的發展、品棋及其它奕棋制度的進一步完善來說，其出現有著頗為重要的意義。〔註36〕

〔註35〕余嘉錫：《世說新語箋疏》〈德行第一〉第35則箋疏引（北京：中華書局，2007），頁44。
〔註36〕何雲波：《中國圍棋文化史》（武漢：武漢大學出版社，2015），頁82。

　　另一舉措是「品棋活動」，此類活動不僅當作奕手之間的評比鑑別，其結果也會被官方記載正視為個人的經歷——此種模式顯然很受人物品評傳統的影響，故而是以人品的狀態作為棋藝的評語，《說郛》卷一百二十引邯鄲淳《藝經・棋品》記載：「夫圍棋之品有九：一曰入神，二曰坐照，三曰具體，四曰通幽，五曰用知，六曰小巧，七曰鬥力，八曰若愚，九曰守拙。九品之外，今不復云。」按照持品者的載錄，南朝一百七十餘年間，至少在宋文帝劉義隆（407～453）、齊武帝蕭賾（449～493）、梁武帝蕭衍（464～549）年間，都進行有品棋活動。

　　宋文帝時特別標舉五項才藝，分別是彈棋、詩、模書、圍棋、療疾，《南史・列傳第二十二・徐文伯傳》：「宋文帝云，天下有五絕，而皆出錢唐。謂杜道鞠彈棋，范悅詩，褚欣遠模書，褚胤圍棋，徐道度療疾也。」褚胤（？～454）即是圍棋之佼佼者。《宋書・列傳第十四・羊玄保傳》：「褚胤，年七歲入高品，及長，冠絕當時。」齊時，善棋者以王抗（生卒年不詳）最出名，他在前朝即參與圍棋邑的設立，《南史・列傳第八・蕭惠基傳》：「自宋大明以來，聲伎所尚多鄭衛，而雅樂正聲鮮有好者。惠基解音律，尤好魏三祖曲及相和歌，每奏輒賞悅不能已。當時能棋人：琅邪王抗第一品，吳郡褚思莊、會稽夏赤松第二品。」作為南朝在位最久，也是最具討論性質的皇帝梁武帝，毫不意外的也是「文藝備閑，棋登逸品」[註37]的好棋者。他在位期間，共有兩次品棋活動，一次召開於天監（502～519）年間，《南史・列傳第二十八・柳惲傳》：「梁武帝好奕棋，使惲品定棋譜，登格者二百七十八人，第其優劣，為棋品三卷，惲為第二焉。」一次於西元535到545年之間，《南史・列傳第三十八・陸瓊傳》：「大同末，雲公受梁武帝詔，校定棋品，到溉、朱异以下竝集。」南朝留下兩篇圍棋賦，其中一篇便是梁武帝所作，另一是蕭繹的〈圍棊賦〉。

（八）樂器

　　因為胡樂的流行，南朝最引人注意的樂器是琵琶。

　　承如前章所述，無論以為琵琶是出自本土或是域外，基本上，東晉以前的琵琶都是圓體、直項，而被後世所熟悉的梨形琴身，乃在東晉時期自波斯經新疆、甘肅傳入北方。韓淑德、張之年先生合撰之《中國琵琶史稿》將南北朝至隋唐作為琵琶發展歷史的第二期，梳理出此時除了腔體與前不同，也開始有曲

[註37] 《南史・梁本紀中第七》：「六藝備閑，棋登逸品，陰陽、緯候、卜筮、占決、草隸、尺牘、騎射，莫不稱妙。」

項（琴柄向後曲）、五弦的差異。〔註38〕

　　琵琶可分為「頭」與「身」部。頭部包含弦槽、軫子（弦軸）、山口。身部又分上、中、下部，上部是「頸」，又稱「相」位，中及中下部是「品」位，「相」和「品」合起來稱為「柱」，是一種決定音位的裝置，「（琵琶）的音域很廣，能彈出所謂八十四調中的八十一調，舊有的樂器很難做到。曾侯乙墓所出編鐘的音域雖然也很寬，但那是一套重二千五百多公斤的龐然大物，要由好幾名樂工同時演奏，其表現力就不好和琵琶相比了。」〔註39〕

　　南朝四代都是愛好音樂的，除了音樂機構的設立，並力求雅俗的均衡，《南史·列傳第八·蕭惠基傳》：「自宋大明以來，聲伎所尚，多鄭衛淫俗，雅樂正聲，鮮有好者。惠基解音律，尤好魏三祖曲及《相和歌》，每奏，輒賞悅不能已。」《宋書·志第十三·樂下》：「吳歌雜曲，并出江東，晉宋以來，稍有增廣……凡此諸曲，皆始徒歌，既而被之弦管，又有因弦管金石，造歌以被之，魏世三調歌詞之是也。」其中，由於梁武帝篤信佛教，好聽佛曲，因此特為佛法造新聲，使童子合奏法樂、梵唄，清朱銘盤《南朝梁會要·樂·鼓吹》：「帝既篤敬佛法，又制善哉、大樂、大歡、天道、仙道、神王、龍王、滅過惡、除愛水、斷苦輪等十篇，名為正樂，皆述佛法。又有法樂童子伎、童子倚歌梵唄，設無遮大會則為之。」〔註40〕此種畫面，正如同一時期北方莫高窟所存佛教壁畫樂隊之演奏情形。

　　敦煌壁畫裡的樂隊自北涼始，在進入隋代以前，計有以下表現：第272窟（北涼時期）3人天宮樂伎樂隊（圖5-1、5-2，引自《中國敦煌壁畫全集》圖版一九）〔註41〕、第257窟（北魏時期）3人藥叉樂伎樂隊、第6窟（西魏時期）4人飛天樂伎樂隊、第250窟（北周前期）6人飛天樂伎樂隊、第12窟（北周前期）12人飛天樂伎樂隊、第290窟（北周後期）20人樂隊，根據程天健先生的觀察，合奏很明顯是一種發展的趨勢〔註42〕。以洞窟為單位，進行

〔註38〕詳參韓淑德、張之年：《中國琵琶史稿》（成都：四川人民出版社，1985），頁3。

〔註39〕孫機：《中國古代物質文化》（北京：中華書局，2014），頁338。

〔註40〕〔清〕朱銘盤撰：《南朝梁會要·樂·鼓吹》（上海：上海古籍出版社，2012），頁144。

〔註41〕段文傑主編：《中國敦煌壁畫全集》冊一「敦煌北涼·北魏」（天津：天津人民美術出版社，2006），頁19。

〔註42〕詳參程天健：〈敦煌壁畫樂器、樂隊、樂伎的歷史形態構成分析〉，敦煌文物研究所編：《敦煌研究文集》（蘭州：甘肅人民出版社，1982），頁189～190。

樂器種類的整理，也可以清楚地看見樂器合奏的普遍現象：〔註43〕

圖 5-1：第 272 窟頂南坡　　　　圖 5-2：第 272 窟細部

北涼

第 272：彈撥類（龜茲琵琶〔註44〕）、吹管類（橫吹、法螺）、打擊
　　　　類（腰鼓、銅鈸）。

第 275：彈撥類（曲項琵琶〔註45〕）、吹管類（角）

北魏

第 248：彈撥類（龜茲琵琶、琵琶〔註46〕、彈撥樂器、鳳首箜篌）、
　　　　吹管類（排簫、笙、長笛、觱篥、橫吹、法螺）、打擊類（腰
　　　　鼓、羯鼓、擔鼓）

第 251：彈撥類（龜茲琵琶、琵琶）、吹管類（笙、長笛、橫吹、法
　　　　螺）、打擊類（腰鼓、銅鐃）

第 254：彈撥類（琵琶）、吹管類（長笛、橫吹、法螺）、打擊類（腰
　　　　鼓）

〔註43〕　本文所列舉，乃在夏灩洲先生的整理基礎上所進行。夏先生〈從敦煌壁畫看南
　　　　北朝歌舞娛樂〉體大思精、巨細靡遺，從南北朝音樂建構和南北朝敦煌壁畫中
　　　　的樂伎表現，推演南北朝時期的音樂情境。需要說明的是，北魏第263窟，僅
　　　　羅列於夏文的「有音樂題材之壁畫」，而沒有對其樂器種類的進一步指出，不
　　　　知是否為壁畫剝損以至「不可辨識」。站在尊重原研究者的立場，故對第263
　　　　窟暫不列論。詳參韓蘭魁主編：《敦煌研究文集》（北京：文化藝術出版社，
　　　　2014），頁47～49。
〔註44〕　此指梨形五弦琵琶。
〔註45〕　此指梨形曲項琵琶。
〔註46〕　此指梨形直項琵琶。

第 257：彈撥類（龜茲琵琶）、吹管類（排簫、觱篥、橫吹）、打擊類
（雞婁鼓、腰鼓、行鼓）

第 259：吹管類（觱篥、橫吹）

第 260：彈撥類（琵琶、豎箜篌）、吹管類（橫吹）、打擊類（腰鼓）

第 431：彈撥類（古琴、箏、琵琶、豎箜篌）、吹管類（排簫、長笛、
觱篥、橫吹、法螺）、打擊類（拍板、腰鼓）

第 435：彈撥類（阮咸〔註47〕、曲項琵琶、豎箜篌）、吹管類（笙、
橫吹、角、法螺）、打擊類（腰鼓、羯鼓、行鼓）

西魏

第 249：彈撥類（阮咸、龜茲琵琶、曲項琵琶、琵琶、鳳首箜篌）、
吹管類（排簫、長笛、觱篥、橫吹、角、法螺）、打擊類（腰
鼓、行鼓、雷公鼓、銅鈸）

第 285：彈撥類（阮咸、龜茲琵琶、曲項琵琶、豎箜篌、鳳首箜篌）、
吹管類（排簫、笙、觱篥、橫吹、法螺）、打擊類（腰鼓、
行鼓、雷公鼓、懸磬）

第 288：彈撥類（阮咸、龜茲琵琶、曲項琵琶、鳳首箜篌）、吹管類
（排簫、長笛、觱篥、橫吹、法螺）、打擊類（腰鼓、毛員
鼓、都曇鼓、行鼓、銅鈸）

北周

第 290：彈撥類（箏、阮咸、龜茲琵琶、曲項琵琶、琵琶、豎箜篌、
鳳首箜篌）、吹管類（排簫、笙、長笛、橫吹、法螺）、打擊
類（鼗鼓、腰鼓、擔鼓、銅鈸）

第 294：彈撥類（龜茲琵琶、琵琶）、吹管類（排簫）

第 296～299：彈撥類（箏、龜茲琵琶、曲項琵琶、豎箜篌、鳳首箜
篌）、吹管類（排簫、笙、長笛、觱篥、橫吹、法螺）、打擊
類（腰鼓、擔鼓）

第 301：彈撥類（龜茲琵琶、曲項琵琶）、吹管類（排簫、笙、橫
吹）

第 428：彈撥類（琵琶、豎箜篌、鳳首箜篌）、吹管類（排簫、觱篥、

〔註47〕此指圓形琵琶。

横吹）、打擊類（腰鼓）

第 430：彈撥類（龜茲琵琶、曲項琵琶、琵琶、豎箜篌、鳳首箜
篌）、吹管類（排簫、笙、横吹、法螺）、打擊類（腰鼓）

第 438：彈撥類（龜茲琵琶、琵琶、豎箜篌）、吹管類（排簫、篳
篥、横吹）、打擊類（腰鼓、羯鼓）

第 439：彈撥類（琵琶）、吹管類（横吹）

第 442：彈撥類（曲項琵琶）、吹管類（横吹）、打擊類（腰鼓、行
鼓）

第 461：彈撥類（阮咸、龜茲琵琶、曲項琵琶）、吹管類（排簫、篳
篥、横吹）

　　從以上列舉可以知道，但凡有彈撥類，定有琵琶，琵琶有時還是合奏中唯
一的彈撥樂器。南朝詠琵琶有：齊王融（467～493）〈詠琵琶詩〉、梁徐勉
（465～535）〈詠琵琶詩〉。詠笙有：梁沈約〈詠笙詩〉、梁陸罩（生卒年不詳）
〈詠笙詩〉、陳顧野王（519～581）〈笙賦〉。詠笛有：梁蕭衍〈詠笛〉、陳傅縡
（生卒年不詳）〈笛賦〉。詠箏有：梁沈約〈詠箏詩〉、梁王臺卿（生卒年不詳）
〈詠箏詩〉、陳陸瓊（537～586）〈玄圃宴各詠一物須箏詩〉、梁蕭綱與陳顧野
王有〈箏賦〉。詠箜篌有：梁蕭綱〈賦得樂器名得箜篌詩〉、另有劉義慶（403
～444）〈箜篌賦〉一篇。至於梁張嵊（490～549）〈短簫詩〉、梁劉孝儀（484
～550）〈詠簫詩〉，從詩句來看都講的是「排簫」，而非單管簫，自先秦以來，
排簫本就常用於合奏。總之，整個來看，南朝詠樂器詩和當時的音樂情境是相
符的，往往表現了合奏（如劉孝儀作「危聲合鼓吹，絕弄混笙篪」（詠簫）、陸
罩作「管清羅袖拂，響合絳唇吹」（詠笙）與樂舞（如蕭綱作「捩遲初挑吹，
弄急時催舞」（詠箜篌）、張嵊作「舞袖拂長席，鐘音由篪颺」（詠簫）的場景。

　　篪。南朝梁沈約有〈同詠樂器詠篪詩〉一首。此篇與謝朓〈詠樂器得琴〉、
王融〈詠琵琶詩〉為同題共作。《爾雅・釋樂第七》「大篪謂之沂」下郭璞注：
「篪，以竹為之，長尺四寸，圍三寸。一孔上出一寸三分，名翹，横吹之。」
宋陳暘《樂書》卷一百二十二名「篪」為「有底之笛」，可知篪和笛的原理很
接近，只是篪只能横吹，並且有底（圖 5-3，引自《中國樂器圖鑑》圖 2-1-51）
〔註 48〕。魏晉以後，篪沒有實物留存，作為判斷篪在生活當中的可見度，沈約

〔註 48〕劉東升主編：《中國樂器圖鑑》（山東：山東教育出版社，1992），頁 127。

的這一篇可以說是很重要的。

圖 5-3：漢箎

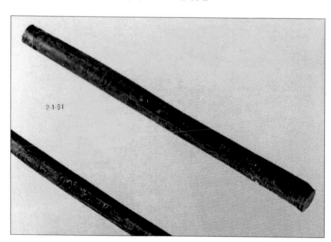

　　琴。雖然在南朝的合奏中，幾乎看不見琴，但琴的書寫在南朝依究是可觀的。南朝詠琴有：齊謝朓〈詠樂器得琴〉、梁劉孝綽（481～539）〈秋夜詠琴詩〉、梁到溉（477～548）〈秋夜詠琴詩〉、陳江總（519～594）〈賦詠得琴〉，另外陳陸瑜（生卒年不詳）有〈琴賦〉一篇。諸篇都是描寫個人的獨奏，很貼近琴不合奏的情況。不像其它樂器往往揭示出場景的歡樂，詠琴詩表露的，往往是個人的悲涼，或者莫名上心、若有似無的心緒。

　　孫機對琴在魏晉以降的合奏中缺席，提出過一番很精采的解釋，先生指出，琴這種樂器，儘管先秦至兩漢演奏的可能都是一些民間的曲子，可以說相當的通俗化，但是，隨著彈琴的指法愈來愈複雜，便不是所有人都可以駕馭。琴有實音、有泛音，可以隨彈琴者的感受調整速度，因為古琴譜是不標記節奏與拍子的，這就給了彈琴者很大的空間，一首曲子可能因為一個善彈者而得到更好的發揮，嚴格規範的方式反而會限制了彈琴者的表現力。如此，則同一首曲子由不同的人演奏，可能產生很大的差異，有了優劣的區別，「引領琴壇的只能靠高人逸士。在這些人的引領之下，彈琴逐漸變成了雍容典雅、不食人間煙火的小眾藝術。」〔註49〕是故，回頭觀察，琴不參與眾器合奏的結果，和它的製造動機、真正作用有一定的連結：因為琴的音樂，必須、也只能取決於「一位」善彈的人。

〔註49〕孫機：《中國古代物質文化》（北京：中華書局，2014），頁 343。

（九）武備

弓。南朝梁宣帝蕭詧有一首〈詠弓詩〉：「虞人招不進，繁氏久稱工。已悲軒主跡，復挹楚王風。」在本文第二章談彈弓時已經提過，弓可以說是最具歷史的中國武備。早先的記錄是用於狩獵，形制也很簡單，東周時弓的製作有了規範，記載在《考工記・弓人》裡，漢代以後一直到唐宋，騎兵都用強弓。

蕭詧詠弓的特殊處在於它的內容，此篇既與物質的生成無關，個人生平際遇的寄託也不明顯，它主要是把和弓有關的幾個典故結合在一起：所謂「虞人招不進」用的是《左傳・昭公二十年》：「十二月，齊侯田于沛，招虞人以弓，不進。」諷刺齊景公不能以禮待人的事情。「繁氏久稱工」指的是上古神話中的一把稱為「繁弱」的良弓，常出現在後世文人的書寫裡，如嵇康〈贈秀才入軍詩〉之一「良馬既閑，麗服有暉。左攬繁弱，右接忘歸。風馳電逝，躡景追飛。凌厲中原，顧眄生姿。」（節錄）傳說中楚王最終擁有這把弓，所以《昭明文選》注嵇康〈贈秀才入軍五首〉之一「左攬繁弱，右接忘歸」引劉向《新序》曰：「楚王載繁弱之弓，忘歸之矢，以射兕於雲夢。」〔註50〕詠弓詩末有「復挹楚王風」一句。至於「已悲軒主跡」，軒主指黃帝軒轅氏，《周禮》、《易系辭》等都將他視為發明弓箭的人，《周易・繫辭傳》謂：「黃帝堯舜……弦木為弧，剡木為矢，弧矢之利，以威天下，蓋取諸侯」，或雖非出自黃帝之手，也是出自其臣下，如《世本》云：「揮始作弓。牟夷作矢」宋忠注：「揮、牟夷，黃帝臣也。」〔註51〕

顯然，雖然以弓為題，但因為對物質的關注太少，因此它多少顯出不合時宜的品格；不過從另外一個角度來看，也不妨說蕭詧是脫離了詠物固有的經營方式：「詠物」從「與物質直接相關的」，擴大為一種抽象、寫意的表達選擇。

劍。從西漢中期開始，劍在戰場上的使用已逐漸被刀所取代，主要原因是步騎戰逐漸取代車戰，而刀的斬擊效果要比劍還要更加利索。劍可分長、短劍，主要用以防身。短劍出現得時間很早，江蘇邳縣大墩子339號柳林型墓葬出土之環柄骨短劍可上溯至四千到五千年。〔註52〕長劍主要出現在南方吳越地區，戰國時期已經可以用不同金屬製作背部、刃部，提高殺傷力的企圖相當明顯。

〔註50〕〔梁〕蕭統編；〔唐〕李善注：《文選》（台北：五南圖書出版有限公司，民80）上冊，頁617。

〔註51〕〔漢〕宋衷注；〔清〕秦嘉謨等輯：《世本八種》（台北：西南書局，民63），頁38。

〔註52〕詳參孫機：《中國古代物質文化》（北京：中華書局，2014），頁363。

依材質，劍可分銅、鐵、鋼、玉劍。銅劍最早，戰國有名的吳王劍、越王劍都是銅劍。鐵經過冶煉之成成為鋼，鋼劍最鋒利，它代表古代中國冶鍛技術的里程碑。玉劍最貴重，通常雕有精緻的神獸。

南朝梁吳均有一篇〈寶劍詩〉寫的是銅劍。劍材出自昆吾，切玉如切泥，吳均引用了自古以來說法，《山海經》第五〈中山經〉：「又西二百里，曰昆吾之山，其上多赤銅。」郭璞注：「此山出名銅，色赤如火，以之作刃，切玉如割泥也。」〔註53〕後段與前人對話，認為自己所擁有的，想來也會為好劍的張華所喜愛，甚至比張華所獲的「龍泉」、「太阿」還好。可見此物之寶貴。部分前人的注解從吳均的生平加以詮釋，認為這是他希望得到重用的隱喻——這個說法是有一定道理的，不僅因為劍在當時幾乎不作殺伐，「南北朝以後，劍除在儀仗、佩飾、武術和宗教法術中仍繼續留存外，在制式兵器中已被淘汰。《唐六典》『武庫令』中有刀制而無劍制。」〔註54〕也是因為吳均的作品往往寫思古之情懷（「古意」），並非個人的經驗。吳均另一組詩〈和蕭洗馬子顯古意〉之六寫到主人翁立於玉門關，「蓮花穿劍鍔，秋月掩刀環」，匈奴盡滅的場景，但吳均一生文官，未嘗到過關外。故此首所謂「鍔邊霜凜凜，匣上風淒淒」，拔劍在手、使敵手肅然起敬的威風神態，大概也只是一種想像。

鞞，可以指刀劍之鞘，也通「鼙」，指鼓的一種，《禮記‧月令》記仲夏：「是月也，命樂師脩鞀、鞞、鼓。」孔穎達疏：「鞞，鄭註詩云：『小鼓在大鼓旁，應鞞之屬也。』鼓者，《周禮》『雷鼓鼓神祀』之屬也。」梁蕭琛（478～529）有〈詠鞞應詔〉一首，《御定佩文齋詠物詩選》將此首和弩、矛等武備品放在一起，詩中之鞞，主要是和舞，應是朝廷雅舞當中執干戈兵器類的武舞場面，因此詠鞞當指刀鞘，而非鼙鼓。

鼓。神話傳說裡把創造鼓的功勞歸給了黃帝，《山海經》第十四〈大荒東經〉記載「東海中有流波山，入海七千里。其上有獸，狀如牛，蒼身而無角，一足，出入水則必風雨，其光如日月，其聲如雷，其名為夔。黃帝得之，以其皮為鼓，橛以雷獸之骨，聲聞五百里，以威天下。」黃帝打敗了蚩尤，作〈棡鼓之曲〉十章：「一曰雷震驚，二曰猛虎駭，三曰鷙鳥擊，四曰龍媒蹀，五曰靈夔吼，六曰雕鶚爭，七曰壯士奪志，八曰熊羆哮咶，九曰石盪崖，十曰波盪

〔註53〕袁珂注：《山海經》（台北：里仁書局，民71），頁123。
〔註54〕孫機：《中國古代物質文化》（北京：中華書局，2014），頁368。

鼕。」〔註55〕神話固然未可信，但可以想像鼓的出現一定很早，並且，作為一種能單擊、能和音，兼具指示和藝術美感的樂器，鼓的地位在中國樂器史上非常重要。

作為一種統稱，鼓制非常多樣，效果及適用的場合也不同，在周代已經系統化：

1、實際軍演部分，一用於對陣，《周禮注疏》卷第三十三〈夏官司馬第四〉：「辨鼓鐸鐲鐃之用，王執路鼓，諸侯執賁鼓，軍將執晉鼓，師帥執提，旅帥執鼙，卒長執鐃，兩司馬執鐸，公司馬執鐲。」二用於夜警，夜警擊賁鼓，每夜有三次固定的擊鼓，讓人辨別時間；若遇突發狀況也擊此鼓。三是用於訓練，如尉繚子〈勒卒令〉記載：「金、鼓、鈴、旗，四者各有法。鼓之則進，重鼓則擊。金之則止，重金則退。鈴，傳令也……一鼓一擊而左，一鼓一擊而右。一步一鼓，步鼓也。十步一鼓，趨鼓也。音不絕，騖鼓也。商，將鼓也。角，帥鼓也。小鼓，伯鼓也。三鼓同，則將、帥、伯其心一也。」〔註56〕

2、朝廷儀典部分，一用於田獵，二用於大射選士，參與樂器包含磬、鐘、鎛、建鼓、應鼙、鼗、笙簫。三用於驅邪納祥，如《通典》所述：「周制曰，日有蝕之，天子不舉樂，素服，置五麾，陳五鼓、五兵及救日之弓矢，又以朱絲縈社而伐鼓責之。」（卷七十八〈禮三十八‧軍三〉）《穀梁傳》卷六莊公二十五年疏：「五鼓者，麋信、徐邈並云：『東方青鼓，南方赤鼓，西方白鼓，北方黑鼓，中央黃鼓。』」〔註57〕至於朝會、祭祀、宴饗、武舞也都需要音樂，也都有鼓器的參與，《周禮注疏》卷第二十七〈春官宗伯下〉「鐘師」：「凡樂事，以鐘鼓奏九夏：王夏、肆夏、昭夏、納夏、章夏、齊夏、族夏、祴夏、驚夏。」

漢代的鹵簿雖為出巡的儀隊，但其樂器的編制，基本上是由鼓吹建立的，鹵簿最大駕可達八十一乘，參與之樂手達到七十四人。晉代的鹵簿編制更為壯觀，可達二百零二人，南朝的編制因政局不穩而略減〔註58〕，但橫吹樂發達，隋時正式將橫吹列為鹵簿的編制。

〔註55〕 〔清〕馬驌纂；劉曉東等點校：《繹史》卷五〈黃帝紀〉引《歸藏》：「蚩尤出自羊水，八肱八趾疏首，登九淖以伐空桑。黃帝殺之於青丘，作〈桐鼓之曲〉十章……。」（濟南：齊魯書社，2001），頁 31。

〔註56〕 李解民：《尉繚子譯注》（河北：河北人民出版社，1995），頁 109。

〔註57〕 〔清〕鍾文烝：《穀梁注疏及補正》（台北：世界書局，民59），卷內頁 8。

〔註58〕 參常朝棟：《中國軍樂發展之研究》（台北：臺灣師範大學音樂研究所碩士論文，民 74 年 6 月），頁 50～51。

　　南朝與前代不同的用鼓場面還有「王出入」進退殿堂時的導迎樂，以及祭祀和朝饗時所跳的雅舞（包含文、武舞）。《隋書·志第八·音樂上》記陳宣帝：

> 太建元年，定三廟之樂，採梁故事：第一，奏相和五引，各隨王月，則先奏其鍾。唯眾官入，奏俊雅，林鍾作，太蔟參應之，取其臣道也。鼓吹作，皇帝出閣，奏皇雅，黃鍾作，太蔟、夾鍾、姑洗、大呂皆應之。鼓吹作，皇太子入至十字陛，奏胤雅，太蔟作，南呂參應之，取其二月少陽也……鼓吹作，皇帝出宁及升座，皆奏皇雅，並如變服之作，上壽酒，奏介雅，太蔟作，南呂參應之，取其陽氣盛長，萬物輻湊也……武舞奏大壯，夷則作，夾鍾參應之，七月金始王，取其堅斷也。鼓吹引而去來。文舞奏大觀，姑洗作，應鍾參應之，三月萬物必榮，取其布惠者也。鼓吹引而去來。

在鼓吹如此普遍的情況下，人們對鼓器有一定程度的瞭解，自然也就可以進行各種比喻。梁高爽〈題延陵縣孫抱鼓詩〉主要是針對孫抱（生卒年不詳）寫的。高爽的這位朋友自從當了延陵縣令以後便滿口官腔，說起話來再不似以往熱絡，高爽見之，氣得拂袖，用官衙外的大鼓做了這首詩，以面皮甚厚、內無衷腸來諷刺他。

　　錞，即金錞、錞于。錞在軍陣當中的作用，主要用以輔助鼓聲，為四金之一，《周禮注疏》卷第十三〈地官司徒第二〉「鼓人」：「鼓人，掌教六鼓四金之音聲，以節聲樂，以和軍旅，以正田役……以金錞和鼓，以金鐲節鼓，以金鐃止鼓，以金鐸通鼓。」鐲、鐃、鐸的形貌比較接近，都像小型的鐘，手執；鐃原本無舌，需用槌擊出聲；鐸則有木製舌和金屬舌之分，前者用於宣布政教命令，後者用於戰事。錞的體積較大，必須懸於架上，形貌也不是標準鐘形，下口較窄。上古製錞的方法到南北朝便失傳了，因此上古錞的形制和唐宋以後的有些區別。下圖為1978年陝西咸陽市東郊塔兒坡出土戰國晚期至秦代龍紐錞（圖5-4，引自《中國樂器圖鑑》圖1-2-124），以及南宋陳暘《樂書》所繪神獸伏頂古錞圖（圖5-5），二者差異甚是明顯〔註59〕。

〔註59〕〔宋〕陳暘《樂書》卷一百十一「金錞」：「周官小師掌六樂，聲音之節與其和，鼓人掌六鼓四金之音聲，以金錞和鼓。自金聲之淳言之謂之錞，自和鼓之倡言之謂之和，其實一也。蓋其形象鐘鼎大腹（手絜），口弇上以伏獸為鼻，內縣子鈴銅舌，凡作樂振而鳴之，與鼓相和。後周平蜀獲其器，太常卿斛斯證觀曰：錞于也，以芒筒捊之，其聲極振，乃取以合樂焉。國語曰：戰以錞于儆其民也，又黃池之會，吳王親鳴鐘鼓，錞于振鐸，則錞之和鼓，以節聲樂和軍旅，

圖 5-4：龍紐錞　　　　　圖 5-5：宋代陳暘《樂書》金錞圖

　　值得注意的是，金錞在周代以下，基本上已經不用了，比方說鹵簿當見不到金錞；降至六朝，金錞甚至相當罕見，《周書·列傳第十八·斛斯徵傳》說：「又樂有錞于者，近代絕無此器，或有自蜀得之，皆莫之識。徵見之曰：『此錞于也。』眾弗之信。徵遂依干寶《周禮注》以芒筒捋之，其聲極振，眾乃嘆服。」因此當簡文帝蕭綱收到從弟所贈送的金錞，不禁「奇而賦之」，為這個特殊的禮物作賦一篇，文末強調「況茲贈之為美，而古跡之可尋」，雖說是樂器，但更具有收藏價值。斛斯徵（529～584）是隋代人，所謂近代云云，大概可以證明金錞在南朝的難得。

二、前代未見

　　學界對於貴遊文化〔註 60〕之於南朝文學的促成，有一普遍共識，以下兩段引文是基於這個背景所闡述的創作表現：

> 生活化（世俗化）傾向是南朝詠物詩的一個最大特色，它在題材選
> 擇上改變了傳統的雅正「風尚」，力求獨闢蹊徑，朝著世俗化的方向
> 發展。具體表現為大量選擇極具生活化的物象，來展示士大夫的閒

　　其來尚矣。後世之制或為兩馬，或為蛟龍之狀，引舞用焉，非周制也。」《景印文淵閣四庫全書·經部二〇五·樂類》（台北：臺灣商務印書館，民 75），頁211-456～211-457。後引《樂書》皆準此版本，不另作註。

〔註 60〕詳參王夢鷗：〈貴遊文學與六朝文體的演變〉，《古典文學論探索》（台北：正中書局，1984）、于志鵬、成曙霞：《六朝詠物文學論稿》（北京：經濟科學出版社，2017），頁 136～159。

情逸致。詩人把視野轉向身邊瑣細的**生活物品**，如簾、幔等用品，烏皮隱几、竹檳榔盤等玩器，笙、箏等樂器，乃至如領邊繡、腳下履等女性飾物。〔註61〕

永明詠物詩題材與前代相比，最大的不同之處在於這一時期出現了大量歌詠人工物品的詩歌題材，例如**生活器物**服飾類的有幔、帳、席、簾、燈、燭、筆、香爐、鏡臺、七寶扇、竹檳榔盤、竹火籠、柟榴枕、領邊繡、腳下履、烏皮隱几等。〔註62〕

敘述脈絡雖不同，但兩段的旨意相差不遠，有趣的是，這兩段的書寫時間前後相距二十年。也就是說，這二十年來，歷史因素未必沒有提供新的定位，但研究者對於南朝器物詩的作品解讀並沒有反映新的看法。

我們的切入點是：過去總以為南朝詠器朝「生活」傾向，但從他們自己的定義來看卻未必如此。以「盤」為例，「竹檳榔盤」首先應該是「盛器」，然而在沈約等人眼裡，竹檳榔盤卻是一種「玩器」；又以「燈」為例，我們會發現詩人更常寫的是人們不需要燈燭的那些時刻。是以，南朝器物書寫真的「生活化」嗎？

必須說，當代物質研究的熱度對研究南朝詠器物最重要的提示，就是讓我們正視器物的物質性，也許我們終究無法還原當時詩人的物觀，但總是有助於我們對狀態與使用進行重新的檢視。

（一）席

席，一般鋪就於家具或就坐之處，以草編和竹編最常見。草料主要有二：蘭草和蒲草，蒲草即莞草，《太平御覽》卷七〇九〈服用部一一〉「薦蓆」引範子計然曰：「六尺蘭席出河東，上價七十。蒲席出三輔，上價百。」莞草較貴。比莞席更貴的是簟，這是竹席當中質量最好的一種，但竹席比草席涼，適用於夏天，誠如張純〈賦席〉所說的：「席以冬設，簟為夏施。」

坐席有幾種講究，《論語·鄉黨》說：「席不正不坐。」這是從細節處要求自身合於正道的表示；《禮記·曲禮》：「主人跪正席，客跪撫席而辭。客徹重席，主人固辭。客踐席，乃坐。」既是主、客的互動，也是人與席的互動，因

〔註61〕曹旭主編；趙紅菊：《南朝詠物詩研究》（上海：上海古籍出版社，2009），頁137。

〔註62〕于志鵬、成曙霞：《六朝詠物文學論稿》（北京：經濟科學出版社，2017），頁153～154。

為禮節全是從人對席的掌握上表現出來的。主人迎接客人時必須採跪姿。跪當兩膝著地，兩腳腳背向下，臀部不能落在腳踵上，比較使力，也顯得比較恭敬。客人此時也要採跪姿，幾番謙讓後，才能坐席（臀部落在腳踵上）。《東觀漢記》記載了戴憑因博學出眾，在說經辯論中至少贏了五十人、奪五十人之席的事情：「戴憑字次仲，為侍中……正旦朝賀，百僚畢會，上令群臣能說經者更相難詰，義有不通，輒奪其席以益通者，憑遂，重坐五十餘席。」〔註63〕席既能表示自身的合理與否，也可以代表個人的存在與價值，因此，愈顯貴的人，所坐之席愈厚；反之，低微、犯罪者是沒有資格用席的：「唯喪與獄坐於地。」〔註64〕

看起來是象徵性的，不過，作為一種物質視野下的觀察，我們認為席的物質性才真正居功厥偉：是「席」所在的空間性，確保了〈曲禮〉主客謙讓的互動成為可能，如果沒有「席」標誌出「可容納」的「位置」，就像兩人同走過一座窄橋，沒有窄橋，如何談讓。

南朝的兩首詠席詩：謝朓〈同詠坐上所見一物得席〉、柳惲（465～517）〈詠席詩〉很好地過接了這種建構於物質性的意義表達：兩首詩的謀篇非常類似，前三句營造了一個歡樂具歌舞的筵宴的場景，席上之人從「揖讓而坐，君子攸宜」（魏張純〈賦席〉）變成參與筵席的君子與佳人——席不再代表「有禮的互動」，而是一種「歡聚」的指標物。但有聚則有散，兩首的最後因此都表達了一種更長久的、持續著的盼望（「但願羅衣拂」、「願君蘭夜飲」），同樣指出了宴會結束之後，「塵埃」可能造成的困擾（「無使素塵彌」、「羅袖少輕塵」）。值得注意的就在這裡，我們會發現作者是強調「蒙塵」，而不是「徹席」，換句話說，席所代表的空間仍在、位置仍在，這個被保留的空間提供了一種解釋的餘裕：歡聚的散儘管是一種必然，卻不是最後的結果，因為準備好的場地隨時都可以進行下一場愉快的聚會。

先前我們談扇子和織品的時候都曾提到過，南朝詠器物正悄悄地對「使用者」重新定義，在這裡，詠席也側面說明了這一點：比起使用者，物質自身會在一個計劃、一次事件中扮演更關鍵的角色。

〔註63〕〔漢〕班固等撰：《東觀漢記》卷十六（北京：中華書局，1985），頁138～139。
〔註64〕《說苑》卷十七〈雜言〉：「齊景公問晏子曰：『寡人自以坐地，二三子皆坐地，吾子獨褰草而坐之，何也？』晏子對曰：『嬰聞之，唯喪與獄坐于地。今不敢以喪、獄之事侍于君矣。」

（二）竹檳榔盤

竹檳榔盤指的是取竹材所作、用以盛裝檳榔的盤子（圖 5-6，馬來西亞檳榔盤摹本，取材自中研院民族所「紅唇與黑齒檳榔文化特展」）。一般而言，盤

圖 5-6：檳榔盤摹本

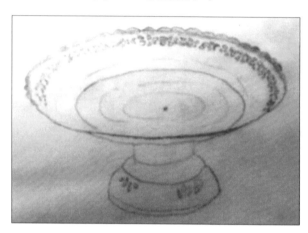

子「盛物」的功能性是無庸置疑的，但這裡詩人顯然有意識地將竹檳榔盤定義在另一個範疇，這個定義傾向的線索與「檳榔」的罕見有關。

據《太平御覽》卷九七一〈果部八〉「檳榔」記東漢楊孚（生卒年不詳）《異物志》：「檳榔若筍竹生，竿種之，精硬，引莖直上，末五六尺間，洪洪腫起，若瘣木焉。」楊孚祖籍南海郡，即今廣東省廣州市，《異物志》所記也是嶺南的物產風俗，檳榔係南方植物，非南方人不知不識，所以為了要對大眾說明，只能用對大部份人而言更熟悉的竹來比作比喻。東晉俞益期（生卒年不詳）〈與韓康伯箋〉有一段就寫初見檳榔，可以讓我們看北方人對此異物是如何地驚嘆：

> 檳榔，信南遊之奇觀，子既非常，木亦特奇，大者三圍，高者九丈，葉聚木端，房構葉下，華秀房中，子結房外。其擢穗似黍，其綴實似穀。其皮似桐而厚，其節似竹而概。其內空，其外勁，其屈如覆虹，其申如縋繩。本不大，末不小，上不傾，下不斜。調直亭亭，千百若一。步其林則寥朗，庇其陰則蕭條。信可以長吟，可以遠想矣。性不耐霜，不得北植，必當遐樹海南，遼然萬里，弗遇長者之目，

自令人恨深。〔註65〕

北人對檳榔的陌生進一步強化了稀有而珍貴的印象。《太平寰宇記》記載著一段關於檳榔的風俗：「朱鳶俗尚琴瑟，古風也。索婦之人未婚前，先送檳榔一盤，女食盡，則成親。」〔註66〕檳榔在某些古老的部落中被視為婚嫁儀式過程中必要之物，作為一種相見禮，其作用在表達友善，同時也測試對方是否有足夠的誠意。類似的文字事實上早見於嵇含（263～306）的《南方草木狀》卷下「果類」：

> 檳榔樹，高十餘丈，皮似青桐，節如桂竹，下本不大，上枝不小，調直亭亭，千萬若一，森秀無柯，端頂有葉，葉似甘蕉，條派開破，仰望眇眇，如插叢蕉於竹杪，風至獨動，似舉羽扇之掃天。葉下繫數房，房綴數十實，實大如桃李，天生棘重累其下，所以禦衛其實也。味苦澀，剖其皮，鬻其膚，熟如貫之，堅如乾棗。以扶留藤、古賁灰并食，則滑美下氣消穀。出林邑，彼人以為貴，婚族客必先進。若邂逅不設，用相嫌恨。一名賓門藥餞。〔註67〕

因著「藥材」的性質與「禮儀」之必要，我們講「檳榔」指的是檳榔的「果實」，誠如嵇含將「檳榔」劃分於「果類」。竹檳榔盤所以與「檳榔木」無關，而與檳榔果有關。

中土固有檳榔，且有設食的傳統，但卻缺乏「品質」的保障。在南朝的史料記載裡，最好的檳榔要來自於域外之國，比方干陁利國，也就是今日的印度或馬來半島：「干陁利國，在海南洲上，其俗與林邑、扶南略同，出斑布、古貝、檳榔。檳榔特精好，為諸國之極。」（《南史·列傳第六十八·夷貊上》）從南朝宋孝武帝開始，干陁利國開始有與中國的往來，到了梁天監時又有更積極的金銀寶物的進獻：

> 宋孝武世，王釋婆羅那鄰陁遣長史竺留陁獻金銀寶器。梁天監元年，其王瞿曇修跋陁羅以四月八日夢一僧謂曰：「中國今有聖主，十年之後佛法大興，汝若遣使貢奉禮敬，則土地豐樂，商旅百倍。若

〔註65〕〔北魏〕賈思勰：《齊民要術》〈五穀果蓏菜茹非中國物產者卷十〉（台北：臺灣商務印書館，民54），頁86。
〔註66〕〔宋〕樂史撰；王文楚點校：《太平寰宇記》卷之一百七十〈嶺南道十四·交州〉（北京：中華書局，2007），頁3252。
〔註67〕〔晉〕嵇含撰；靳士英主編；靳樸，劉淑婷副主編：《南方草木狀釋析》（北京：學苑出版社，2016），頁272。

不信我，則境土不得自安。」初，未之信，既而又夢此僧曰：「汝若不信我，當與汝往觀。」乃於夢中至中國，拜覲天子。既覺，心異之。陁羅本工畫，乃寫夢中所見武帝容質，飾以丹青，仍遣使并畫工，奉表獻玉盤等物。使人既至，摸寫帝形以還其國。比本畫則符同焉，因盛以寶函，日加敬禮。後跋陁死，子毗針邪跋摩立，十七年遣長史毗員跋摩奉表獻金芙蓉、雜香藥等。普通元年復遣使獻方物。（《南史・列傳第六十八・夷貊上》）

雖《南史》未提及，不過從士人的撰作中可知，檳榔也是于陁利國的進獻之物，王僧孺（465～522）〈謝賜于陁利國所獻檳榔啟〉：「竊以文軌一覃，充仞斯及，入侍請朔，航海梯山。獻琛奉貢，充庖盈府，故其取題在賦，多述瑜書。萍實非甘，荔葩慚美。」（全梁文卷五十一，頁 509）檳榔也出現在上下位階之間的饋贈，如庾肩吾（487～551）有〈謝東宮賚檳榔啟〉：「無勞朱實，兼荔支之五滋；能發紅顏，類芙蓉之十酒。登玉案而上陳，出珠盤而下逮。澤深溫奈，恩均含棗。」（全梁文卷六十六，頁 683）〈謝賚檳榔啟〉：「形均綠竹，詎掃山壇；色譬青桐，不生空井；事踰紫奈，用兼芳菊。方為口實，永以蠲痾。」（全梁文卷六十六，頁 683）等作。相關描寫作品有梁沈約〈同詠坐上玩器竹檳榔盤〉。

由於域外進貢之罕見，盛裝檳榔的盤子精緻而美觀，因此它本身便具有可供「欣賞」、「玩味」的特質——這大概可以作為沈約以「玩器」名之的一種參考。

（三）烏皮隱几

隱几就是几案，古人採取坐姿時用以倚靠的傢俱，它的出現與坐姿的困難有關。如前所述，先秦兩漢的坐姿，是兩膝著席，降腰，將臀部置於兩腳後跟上。這種姿勢雖雅，卻容易覺得疲累，所以產生了「隱几」——人的腿可以藏於几下，而手伏於案上。隱几的發明可以溯源得很早，《莊子・外篇・徐無鬼》裡就有：「南伯子綦隱几而坐，仰天而噓」的句子。

至於烏皮，則指几案包裹上一層黑色的羔羊皮，增加舒適度；也有包裹以毛織物的，冬天時候避免几案的冰涼與身體直接接觸，如《西京雜記》記載：「公侯皆以竹木為几，冬則以細罽為囊以憑之。」〔註68〕魏晉以降，隱几的形

〔註68〕《西京雜記》卷一：「漢制：天子玉几冬則加綈錦其上，謂之綈几。以象牙為火籠，籠上皆散華文。後宮則五色綾文，以酒為書滴，取其不冰。以玉為硯，亦取其不冰。夏設羽扇，冬設繒扇。公侯皆以竹木為几，冬則以細罽為囊以憑之，不得加綈錦。」

製發生很大的變化，根據東晉南朝墓出土之陶質隱几明器模型，此時的隱几由一個弧形的曲木構成，下有三足，分別置中和兩側，達到平衡（圖 5-7，引自楊泓《華燭》第一章圖 18）〔註69〕，南朝有謝朓〈同詠坐上玩器得烏皮隱几〉一首，中有「三趾獻光儀」一句，和出土文物相符。

圖 5-7：陶隱几

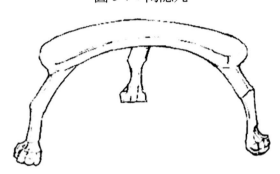

　　謝朓的這首與沈約〈同詠坐上玩器竹檳榔盤〉來自同一個共詠的活動，不過不像盛裝檳榔的檳榔盤，烏皮隱几是中原固有之物，對人們而言並不新鮮，因此它的「玩器」條件不是來自於某個相應之物的珍貴性，反而傾向於它自身精緻的刻飾（蟠木生附枝，刻削豈無施。取則龍文鼎，三趾獻光儀）。因此，「玩」的概念儘管包含得很廣，卻也很明確。

（四）博山爐

　　博山爐，又稱博山香爐，起自漢代，與漢武帝迷信長生、企求仙鄉有直接的關係。《史記‧孝武本紀》記載方士少君以「海中蓬萊仙者可見」說武帝，武帝不僅「遣方士入海求」，亦親往山東登州、萊州一帶隔海眺望，只是海上險惡，終不能至，於是返回長安建章宮作太液池，打造一個象徵的仙鄉：「漸台高二十丈，名泰液池，中有蓬萊、方丈、瀛州、壺梁、象海中神山龜魚之屬。」

　　博山爐的形製基本上呼應仙鄉嚮往，分為三類。第一類的整體分兩部份，上為爐蓋，像一山峰，鏤有刻孔，燃香時薰煙自孔隙溢出，有如雲霧繚繞之仙山，正像漢劉向〈薰爐銘〉所說的：「嘉此正氣，崭巖若山，上貫太華，承以銅盤，中有蘭綺，朱火青煙。」李尤亦有〈薰爐銘〉：「上似蓬萊，吐氣委蛇，方煙步繞，遙沖紫微。」立柱底下為承盤，用以盛水，象徵仙山所在之大海，

〔註69〕詳參楊泓：《華燭帳前明：從文物看古人的生活與戰爭》第一章〈席地起居——先秦至漢魏的家具〉（合肥：黃山書社，2016），頁20～21。

南宋呂大臨《考古圖》「博山香爐」引晉《東宮舊事》：「像海中博山，下有槃貯湯，使潤氣蒸香以象海之回環。」第二類博山爐沒有承盤，傅舉有先生認為這是因為漢人認為仙山不僅限於海上的緣故：「從設計思想講，漢人認為仙山除海上有之外，陸地也有。漢銅鏡銘文：『上大山，見神人……白虎引兮直上天。』『上華山，鳳凰集，見神人，保長久，壽萬年。』因此，所謂博山，又可解釋為泛指天下仙山名山，如崑崙山、華山、泰山、南山、嵩山等。」〔註70〕第三類博山爐中有高柄，乃是因應殿堂或較高的床、帳而產生。

　　從考古的角度來看，博山爐在西漢中期已經取代「豆式陶薰」成為墓葬中最常見的薰器〔註71〕，兼具實用與造型設計的形製使它被更廣泛地接受與再創造，《太平御覽》卷七五二〈工藝部九〉「巧」引《西京雜記》：「長安巧工人丁緩者，為恒滿燈，七龍五鳳，雜以芙華蓮藕之奇。又作臥褥香爐，一名被中香爐，大出房風。其法度至緩更始為之。環轉四周，而爐體常平，可置之被褥，故取被褥為名。又作九層山鑪，鏤為奇禽，怪獸諸靈，皆自然運動。又作七輪扇，連以七輪，大皆徑尺，並相連續，一人運之，滿堂皆生風寒焉。」能工巧匠求新求變、有所發明，而博山爐就是它實現的對象（圖 5-8、5-9，引自《滿城漢墓發掘報告》彩版九、二二。圖 5-10、5-11，引自《滿城漢墓發掘報告》圖四四、一七〇）〔註72〕：

> 以山為母題的博山爐，甚至特意隱藏鏤孔，更將關注點轉向如何塑造一座寫實的立體山嶽；不僅如此，也將具有地區特徵的母題移至器柄上，盡其所能展現其裝飾特質。這一波裝飾影響促使豆式陶薰模仿博山爐的山嶽造形，進而造就陶博山爐成為西漢晚期以後的薰器新寵兒，只不過在裝飾手法上仍顯現地域上的差異。陶博山爐最後已遠離薰器設計的實用初衷，而留下純粹的裝飾外貌。〔註73〕

〔註70〕 傅舉有：〈博山內曜、萬家飄香——千年博山爐記〉，《典藏古美術》第 119 期（民 91.08），頁 88。

〔註71〕 「整體而言，進入西漢中期，博山爐出現之後，豆式薰爐可以說還沒來得及在北方另闢疆土，就受到當地興新勢力的壓抑。除山東地區於西漢中期以後還可發現豆式陶薰的微弱勢力外，豆式銅薰更是無法自成一局。」呂幸玲：《實用與裝飾的權衡：論豆式薰爐與博山爐之形制互動與功能消長》（臺南：國立臺南藝術大學藝術史與藝術評論研究所碩士論文，2004），頁 33。

〔註72〕 中國社會科學院考古研究所、河北省文物管理處編：《滿城漢墓發掘報告》（北京：文物出版社，1980）。

〔註73〕 呂幸玲：《實用與裝飾的權衡：論豆式薰爐與博山爐之形制互動與功能消長》（臺南：國立臺南藝術大學藝術史與藝術評論研究所碩士論文，2004），頁 113。

圖 5-8：滿城一號漢墓銅錯金博山爐　　圖 5-9：銅錯金博山爐摹本

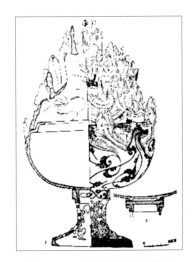

圖 5-10：滿城二號漢墓 I 型銅薰爐　　圖 5-11：I 型銅薰爐摹本

　　按照文物出土的狀況，到了南朝，除了少數中高階墓葬仍出土「銅」博山爐，多數已被「瓷」、「陶」博山爐所取代〔註74〕（圖5-12，引自傅舉有〈博山內曜、萬家飄香──千年博山爐記〉）〔註75〕：

〔註74〕呂幸玲：《實用與裝飾的權衡：論豆式薰爐與博山爐之形制互動與功能消長》（臺南：國立臺南藝術大學藝術史與藝術評論研究所碩士論文，2004），頁38。

〔註75〕傅舉有：〈博山內曜、萬家飄香──千年博山爐記〉，《典藏古美術》第119期（民91.08），頁89。

博山爐的發展到了南北朝，從今存實物觀之，薰香用途的薰爐大量採用青瓷或陶製，以仙山為主題的裝飾風格，被簡單的三角形鏤空器蓋取代，這種現象在南方尤其明顯。一來南方的薰香風尚勝於北方，再者薰香行為本屬日常生活所需，除去漢代貴族因神仙思想而以金屬且華麗博山爐作為精神象徵之外，日常所用的薰香器，陶瓷製品較金屬更為實際與便利。〔註76〕

如今所留存的詠博山爐有劉繪（457～502）〈詠博山香爐詩〉、蕭統〈銅博山香爐賦〉、沈約〈和劉雍州繪博山香爐詩〉、傅縡〈博山香爐賦〉。劉繪是彭城寒門，其父劉勔（418～474）位至將軍，死後追封司空，劉繪的哥哥劉悛（438～498）才使得劉家昌盛起來。待到任昉（460～508）成為御史中丞，拔擢後進，劉悛子劉孺（485～547）、劉恒（劉悛弟，生卒年不詳）子劉苞（482～511）、劉繪子劉孝綽有幸因屬文能力「兄弟及群從子姪當時有七十人，並能屬文，近古未之有也」（《南史·列傳第二十九·劉孝綽傳》），躋身「蘭臺聚」，陸倕（470～526）曾寫詩贈任昉，稱許他獎掖後進的舉動，詩中列舉劉氏兄弟云：「既有絕塵到，復見黃中劉。」換言之，劉繪當時並沒有因文才而得名，不吝對人予以讚賞的沈約在《梁書》中也未嘗對劉繪有所評價，是以劉繪此首何引起沈約的關注以至於作詩和之，當是後文需要特別分辨的。

圖 5-12：南朝青瓷博山爐

〔註76〕劉靜敏：〈幻化之境——漢魏晉南北朝博山爐的演變與象徵〉，《歷史文物》第102 期（2002.01），頁 28。

（五）牀

當代的牀指的是臥房中的寢具，古代的牀指的是「人所坐、臥」（《釋名・釋牀帳第十八》）、「古人稱牀榻，非特臥具也，多是坐物」（王觀國《學林》）〔註77〕的傢俱，陳列於堂上。最早的時候牀是相當矮的，符合當時的坐姿或跪姿，但這個情況到了東晉的時候有明顯不同，《女史箴圖》中的牀有半腿高，箇中的原因是佛教的傳入，鬆動了人們對「踞坐」——也就是垂足而坐——低俗不雅的觀念。孫機先生認為服飾的改變也對傢俱形制起到了一定的作用。魏晉以前不流行合襠褲，只在股間纏褌，所以跪或坐時可以確保下身的密掩。魏晉以後，合襠褲流行起來，解決了雙腿開叉的困擾。另外，孫機先生提到建築工藝與馬鐙發明和牀的關係，前一部分的梁架和斗拱得以提高，室內空間顯得敞亮，也更適合高的傢俱。而跨馬也就是踞鞍，型態和垂足坐很相似，總之，「衣、住、行三方面的上述變化使人們的生活方式與前有所不同。更何況自十六國以來大量北方民族入居中原，他們本來就沒有背上先秦禮俗所要求的如何坐、如何跪、如何踞的包袱。之後胡漢融合而形成的時代新風，更為高家具和垂足敞開了大門。」〔註78〕

南朝詠器物有兩首與「牀」有關，一首是蕭督的〈牀詩〉，一是庾肩吾〈詠胡牀應教〉。前者是上述所指的牀，但後者的胡牀是指完全不同的另一種器物。胡牀結構類似現代的板凳，可折疊，亦攜帶，非中原產物，考古資料顯示可能來自於古埃及。〔註79〕由於山東長清孝堂山石祠畫像石有胡牀圖像，此墓為東漢章帝至和帝之間修建的，因此石雲濤先生推斷，至少在東漢初年胡床已經傳入中原。〔註80〕文字方面的記載則要晚至東漢末，《後漢書》〈五行志第十三・五行一〉曰：「靈帝好胡服、胡帳、胡坐、胡飯、胡箜篌、胡笛、胡舞，京都貴戚皆競為之，此服妖也。其後董卓多擁胡兵，填塞街衢，虜掠宮掖，發掘園

〔註77〕〔宋〕王觀國撰；田瑞娟點校：《學林》卷四「繩牀」：「王羲之東牀坦腹而食，庾亮登南樓據胡牀與佐史談詠，桓伊吹笛據胡牀三弄，管寧家貧坐藜牀欲穿。陳蕃為豫章太守，徐孺子來特設一榻，去而懸之。沈休文詩曰：『賓至下塵榻。』漢沛公踞牀使兩女子洗足。凡此皆坐物也。雜書初學記之列於牀榻類中，不分坐臥，混而編之，亦誤矣。」（北京：中華書局，2006），頁127。

〔註78〕此段主要參考自孫機：《中國古代物質文化》（北京：中華書局，2014），頁163～165。

〔註79〕詳參石雲濤：《漢代外來文明研究》（北京：中國社會科學出版社，2017），頁162～165。

〔註80〕詳參石雲濤：《漢代外來文明研究》（北京：中國社會科學出版社，2017），頁152。

陵。」自此之後，胡牀愈來愈普遍，《晉書‧志第十七‧五行上》記西晉武帝泰始年間：「中國相尚用胡牀、陌㯓，及為羌煮陌炙，富人貴室，必蓄其器，吉享嘉會，皆以為先。」從戰場擴及至百姓庭園，從武人坐鎮指揮到臨街休息，劉宋沈攸之（？～478）因反對蕭道成專權，宣稱擁太后授意手書，起兵討伐，《南齊書‧列傳第五‧柳世隆傳》記載他：「乘輕舸從數百人，先大軍下住白螺洲，坐胡牀以望其軍，有自驕色。」顏延之（384～456）、張鏡為鄰居，兩人言談風格不同，有次顏延之聽到平常少話的張鏡正與人相談，好奇之下，取胡牀在圍籬旁就聽起來，才知道張鏡才學不凡，十分敬佩：「鏡少與光祿大夫顏延之鄰居。顏談議飲酒，喧呼不絕，而鏡靜翳無言聲。後延之於籬邊，聞其與客語，取胡牀坐聽，辭義清玄，延之心服。」（《南齊書‧列傳第十三‧張岱傳》）劉宋大學者劉瓛性格謙虛，雖受人景仰，但從不因高名而自矜，拜訪朋友隨身帶著一把胡牀：「（瓛）儒學冠於當時，京師士子貴遊莫不下席受業。性謙率通美，不以高名自居。遊詣故人，唯一門生持胡牀隨後。」（《南齊書‧列傳第二十‧劉瓛傳》）楊公則是蕭衍的部將，當時與齊高祖交戰，攻至建康，《梁書‧列傳第四‧楊公則傳》說：「公則自越城移屯，領軍府壘北樓，與南掖門相對，登樓望戰，城中遙見麾蓋，縱神鋒弩射之矢，貫胡牀，左右皆失色。公則曰『幾中吾腳』，談笑如初。」關於胡牀在南朝的普遍，從上述幾個例子可以看出。

胡牀在中古的圖像資料留存不少，文字描寫部分，則以南朝梁庾肩吾〈詠胡牀應教〉最早也是最完整，首句「傳名乃外域，入用信中京」表明此物由域外傳入，次句「足欹形已正，文斜體自平」表現椅腳交叉可折、椅面平坦可坐的情況，「臨堂對遠客，命旅誓初征」則寫明了胡牀的多種用途。

（六）屏風

六朝的考古文物中，相對完整的屏風只出現過一架。1977 年山西大同石家寨進行掘井工作時意外發現大批陶俑、用具、墓畫的陪葬品，共四百五十餘件。出土物件相當精美，其中包含一架石礎漆畫木屏風，墓主人被確認為北魏琅琊王司馬金龍（？～484）。

屏風最初是為了哪一種目的而打造的，目前很難說，到了南朝的時候，屏風至少已經具備以下的幾種用途：首先是屏障、遮蔽，「屏風，言可以屏障風也」（《釋名‧釋牀帳第十八》）人做為家具的中心，因此漢魏六朝的屏風圖像與實物，基本都在坐處之周圍。比方說司馬金龍墓出土的漆屏風：「漆屏風已

經朽毀，殘件散落墓室各處，只有 5 塊屏板還比較完整，板高 81.5 厘米。還有四件淺灰色細砂石精雕的小柱礎，應是屏板的礎座，礎高約 16.5 厘米。如把屏板與礎座插合成整體，看來是適宜於床上使用的四尺屏風……。」〔註81〕楊泓先生手繪漆屏風復原摹本〔註82〕如下：

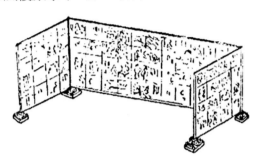

　　比具體遮蔽更被人看重的，是屏風的抽象意義。因為屏風的阻隔，當被屏風環繞的人因此與屏風外的產生距離，也就同時確定了身份上的差異。原本是指向「空間」的屏風，變成了指向「權力關係」、界定「行為方式」的屏風。巫鴻先生以南宋馬遠（1160～1225）〈雕台望雲圖〉陳設的屏風為例子，做過這樣的說明：「這面露天的屏風既不是為了擋風，也不是像一堵牆那樣可以劃分空間，其意義在於它與它前面的那個人物之間的心理關聯。那位士人，帶著一種誇張的平和，正凝望著宏偉宮殿之外的奇俏山峰。他身後的屏風為他『擋住』了所有從外部射來的未經允許的視線，從而提供了私密性與安全感，保證了他乃是面前景像的惟一欣賞者。由此，這架屏風確立了一個只為他的視覺所獨享的場所。」〔註83〕

　　空間中的屏風既有指向性，預言了它將成為教化的最好的載體——劉向編撰《列女傳》，並以此為題材畫於屏風：「劉向七略別傳曰：臣與黃門侍郎欲以《列女傳》種類相從為七篇，以著禍福榮辱之效、是非得失之分，畫之於屏風四堵。」〔註84〕——被屏風環繞的人無法否認自己就是屏風的教化對象。劉

〔註81〕楊泓：《華燭帳前明——從文物看古人的生活與戰爭》（合肥：黃山書社，2016），頁 68。

〔註82〕楊泓：《華燭帳前明——從文物看古人的生活與戰爭》第三章圖三「大同北魏司馬金龍墓漆木屏風復原示意圖」（合肥：黃山書社，2016），頁 69。

〔註83〕（美）巫鴻著；文丹譯：《重屏——中國繪畫中的媒材與再現》（上海：上海人民出版社，2009），頁 2。

〔註84〕詳參（美）巫鴻著；文丹譯：《重屏——中國繪畫中的媒材與再現》（上海：上海人民出版社，2009），頁 75～82。

向的屏風今日已經看不到了，但北魏司馬金龍墓漆屏風上保留了下來，雖時間未必早於劉向屏風，但漆屏風上的女性形象同樣取材於《列女圖》。

　　當然，即便有如此明顯的教化目的，精美的屏風畫也還是一件藝術品，完全具有它獨立的美感價值，否則東漢光武帝也不會情不自禁地將目光流連於新製屏風的列女圖像，引得宋弘用孟子的話提醒君上留心於德、莫留於色。〔註85〕今日所存南朝詠屏風三首，其中梁費昶（生卒年不詳）〈和蕭洗馬畫屏風詩二首〉及梁庾信〈詠畫屏風詩二十五首〉的內容都是屏風的畫像；陳後主叔寶〈七夕宴宣猷堂各賦一韻詠五物用得帳屏風案唾壺履〉的屏風以琉璃為底材、繡有錦飾，可以想像非常華麗，可惜沒有實物得以佐見。

（七）幔、簾

　　關於遮蔽，孫機以為屏風尚不足以擋風，故有「幔」或稱「帷幔」的產生。帷幔掛於次要的楹柱上，通常是分段卷曲以後，讓末端垂綴下來。垂綴的部分，可用綏加以繫住固定〔註86〕，《周禮注疏》卷第六〈天官冢宰下〉「幕人」鄭司農云：「綏，組綏，所以繫帷也。」講究一點的受會用珠玉裝飾，南朝齊王融〈詠幔詩〉首句「幸得與珠綴，冪麗君之楹」寫得很具體。幔也可以散放，作為兩邊空間的簡易區隔，誠如王融詩所接寫的：「月映不辭卷，風來輒自輕。每聚金爐氣，時駐玉琴聲。」

　　從阻隔的意義上說，簾和幔很接近，《說文・竹部》：「簾，堂簾也。」前者主要是遮蔽門窗，以隔離室內與室外，齊虞炎（生卒年不詳）〈詠簾詩〉裡就是主人翁在室內撩撥窗簾，感嘆無人與共的情景，梁徐摛〈賦得簾塵詩〉則寫白天捲簾、夜晚垂簾，更深露重，簾能阻擋露霧的侵入。

（八）帳

　　雖然李善在注班固〈東都賦〉：「供帳置乎雲龍之庭」引張晏說：「帳，帷帳也。」〔註87〕不過帷帳主要是張掛的，嚴格說是帳的部件，帳的整體是指用木質支架的結構，如一個簡易房舍，《周禮注疏》卷第六〈天官冢宰下〉「幕人」

〔註85〕　《後漢書・宋弘傳》：「御坐新屏風圖畫列女，帝數顧視之。弘正容言曰：『未見好德如好色者。』帝即為徹之。」

〔註86〕　詳參孫機：《漢代物質文化資料圖說》（上海：上海古籍出版社，2011），頁261。

〔註87〕　〔梁〕蕭統編；〔唐〕李善注：《文選》（台北：五南圖書出版有限公司，民80）上冊，頁22。

鄭注：「四合象宮室曰帳，王所居之帳也」，頂上若披以錦帛，就稱「幄帳」，
《釋名‧釋牀帳第十八》：「幄，屋也，以帛衣板施之，形如屋也。」（圖 5-13，
引自孫機《圖說》圖版 57-3）帳主要施放於床上，《南史》記載毛修之性至孝，
母親過世後，「更修母所住處床帳屏帷，每月朝十五向帷悲泣。」（〈列

圖 5-13

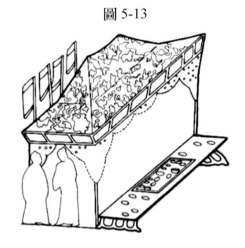

傳第六‧毛修之傳〉）根據南朝梁沈約〈詠帳〉的描述，幄帳上部四角會有珠
玉流蘇的飾件，所謂「甲帳垂和璧」、「隋珠既吐曜」，想來甚是美觀。

（九）竹火籠

　　據揚之水先生的考察，竹火籠是南北朝出現的稱呼，在此之前，類似的東
西——鏤空竹編、內盛炭、用以熏香、烘物、供暖——的東西被稱為薰籠。更
早之前稱為篝、牆居、籃、笭，《方言》卷五：「，陳楚之間謂之牆居。」郭璞
注：「今薰籠也。」〔註 88〕《廣雅‧釋器》曰「篝」，「籠也」，又說：「薰篝謂
之墙居。」〔註 89〕

　　南朝竹火籠未見實物，如今可見的是漢代薰籠，比如湖北荊洲包山楚墓二
號墓出土之細竹編六角形（圖 5-14，引自《包山楚墓》圖一〇二）〔註 90〕薰
籠，高 17.3 公分、長 15.2 公分；長沙馬王堆一號西漢墓薰籠作截錐形，材質

〔註 88〕〔漢〕揚雄撰；〔晉〕郭璞注：《方言》卷五，李學勤主編：《中華漢語工具書
　　　　書庫》（合肥：安徽教育出版社，2002）第七十二冊，頁 23。

〔註 89〕〔魏〕張揖撰；〔隋〕曹憲音釋：《廣雅》〈釋器〉，李學勤主編：《中華漢語工
　　　　具書書庫》（合肥：安徽教育出版社，2002）第四十五冊，頁 460。

〔註 90〕圖見湖北省荊沙鐵路考古隊：《包山楚墓》圖一〇二（北京：文物出版社，
　　　　1991），頁 164。

亦為竹篋（圖 5-15，引自《長沙馬王堆漢墓文物》，頁 72）。薰籠的形制頗大，《藝文類聚》卷七十〈服飾部下〉「火籠」曰：「東宮舊事曰，太子納妃，有漆畫手巾薰籠二七，大被薰籠三，衣薰籠三。」但南朝詩文裡的竹火籠是可以放進袖子或被褥當中的，形制應該較小。〔註91〕

圖 5-14

圖 5-15

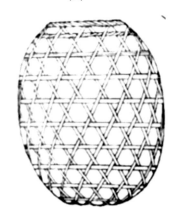

　　南朝詠竹火籠有四首：謝朓〈詠竹火籠〉、沈約〈詠竹火籠詩〉、臨賀王蕭正德（？～549）〈詠竹火籠詩〉以及沈滿願（生卒年不詳）〈詠五彩竹火籠詩〉。雖然題目一致，作者之間也有交往，但由於缺少進一步的資訊，所以很難認定它們是一個共作活動下的產出，這些詩可能有各自的表述和創作動機──實際上，此四篇也確實呈現完全不同的詮釋向度。謝朓設定的場景在冬季，符合使用竹火籠的時機，也符合他個人詠物的一種謀篇習慣。沈約的作品則先講竹木向來是作扇的材料，看上去是物質描寫，其實寫的是面對竹火籠的心理印象，承前所說，南朝的竹火籠為可以收進袖、被之中，因此形制必然不像漢代薰籠一樣龐大，對人們而言是很新鮮的，因此沈約才說感嘆這新東西竟是用如此熟悉的材料製成。蕭正德的詩突顯了凜冬之感「欲知懷炭日，正是履霜期」，和他本擁有大位，卻不得不退為人臣，心有不甘，因此屢屢犯禁的生平背景大概有關。沈滿願的詩則著眼於竹火籠的彩飾（主要是包覆在竹火籠外以免燙手的五彩織品），一經彩飾，則器物美觀又實用，原初材料的凌雲而高潔，其功用也不可與眼前的這個五彩竹火籠相比。沈滿願的詩頗有因勢導利的意味。

〔註91〕詳參揚之水：《終朝采藍──古名物尋微》（北京：生活·讀書·新知三聯書店，2008），頁 199～201。

（十）眼明囊

南朝梁蕭綱有〈眼明囊賦〉一篇。

根據宗懍（502～565）《荊楚歲時記》的記載，南朝梁時，民眾在八月十四日這一天要做兩件事情，一是將朱墨蘸點在小兒的額頭上，此舉名為「天炙」，可去除疾病；一是用錦緞作成的囊袋蒐集露水，以此擦眼，可以明目。〔註92〕宗懍又引《述征記》：「八月一日作五明囊，盛取百草頭露洗眼，令眼明也。」及《續齊諧記》所載：「弘農鄧紹，嘗以八月旦入華山採藥，見一童子執五綵囊，承柏葉上露，皆如珠滿囊。紹問曰：『用此何為？』答曰：『赤松先生取以明目。』言終，便失所在。今世人八月旦作眼明袋，此遺象也。」〔註93〕以為兩件事情在歷史上都有跡可循，主旨略同，後書中將進行此些活動的這日稱為「天醫節」〔註94〕或「六神節」〔註95〕。

顯然，宗懍所記與其它資料的日期不一樣，《荊楚歲時記》寫八月十四日，《述征記》、《續齊諧記》、蕭綱〈眼明囊賦序〉：「俗之婦人，八月旦，多以錦翠珠寶為眼明囊，因競凌晨取露以拭目」都指的是八月初一，事實上，南朝以後的記載也都是記八月初一，《天中記》略述各地異載的情況：「天炙，八月一日，是六神日，以露水調朱砂，蘸小指，宜點炙，去百病。楚俗以八月十日以朱墨點小兒額為天炙，以壓疾病。」〔註96〕

這些本來具有某種嚴肅意味的活動，在以審美著稱的南朝人那裡實踐起來便格外不同，比方說《說郛》卷三十二引《潛居錄》記載「天炙」的點額被

〔註92〕〔梁〕宗懍原著；譚麟譯注：《荊楚歲時記》：「八月十四日，民並以朱水點兒頭額，名為天炙，以壓疾。又以錦彩為眼明囊，遞相餉遺。」（武漢：湖北人民出版社，1999），頁104。

〔註93〕〔梁〕吳均撰：《續齊諧記》（北京：中華書局，1991），頁5。

〔註94〕《吳郡歲華紀麗》卷八「八月」：「《潛居錄》八月朔，以碗盛取樹葉露，研辰砂，以牙筋染點身上，百病俱消，謂之天炙。古人以此日為天醫節，祭黃帝岐伯。郡志載：吳中天炙之俗，朔日早起，取草頭露磨墨，點小兒額腹，以祛百病。」〔清〕袁景瀾撰；甘蘭經、吳琴點校，（南京：江蘇古籍出版社，1998），頁253。

〔註95〕〔漢〕應劭撰；王利器校注：《風俗通義校注》〈佚文〉：「八月一日是六神日，以露水調朱砂蘸小指，宜點炙，去百疾。」（北京：中華書局，2010），頁606。「古人認為，人的五官和心，各有一神明主之。這些神明，合稱『六神』，乃主人聰敏之神。六神無病，人就感知力強，思維敏捷，反應快。或以為蘸露調墨或朱砂之法，也可使六神健旺，故此日又稱為『六神日』。趙杏根：《中華節日風俗全書》（合肥：黃山書社，1996），頁270。

〔註96〕〔明〕陳耀文：《天中記》卷五（台北：文海出版社，民53），頁151。

宋孝武帝劉駿（430～464）的妃嬪當作一種妝樣：「宋孝武殷淑姬，恒當額點之，謂之天粧，顏色倍常。」而從蕭綱的描述也可以知道，當時的眼明囊非常精緻，就像是一個裝扮的配件，因此也可以互相贈與，「或以金箔為之，遞相餉焉」（《荊楚歲時記》），劉宋江夏王劉義恭（413～465）〈啟事〉：「垂賜金鏤虎魄茱萸囊，七寶樹裝絹裡副之，七寶枝裝玉眼明囊。」（全宋文卷十二，頁 127）

　　以囊承露，到了唐代稱作「承露囊」，雖作用大不相同，但形制類似，不無因襲關係〔註97〕。《歲時廣記》卷三〈秋〉「結絲囊」引《隋唐嘉話》：「八月五日，明皇生辰，號千秋節。王公戚里進金鏡，士庶結承露絲囊相遺。」〔註98〕為了慶祝唐玄宗八月五日的生日，將這一天定為千秋節，王公大臣要象徵性地向皇帝呈上進言的文章，士人彼此之間則互贈用以承露的絲囊。漢武帝時建承露盤以求永年，魏代的時候也建承露盤以求長安，唐代不建盤，改作囊，一方面是祈福國泰民安，一方面也是對帝王盛世的頌揚。

（十一）步搖花

　　步搖花，即步搖，因為形象似花枝，所以又稱步搖花。魏晉南朝詩文裡有不乏女子戴步搖的描寫〔註99〕，它的具體形象在《女史箴圖》（圖 5-16，英國大英博物館藏唐代摹本）中也可看見（圖 5-17〈女史箴圖〉步搖摹本，引自孫機〈步搖・步搖冠・搖葉飾片〉圖一）。一個步搖由三樣主要部件組成，底座、枝條、枝條上的動物或珠玉，對比《後漢書・輿服制第三十・輿

〔註97〕〔宋〕王楙《野客叢書》卷七「承露絲囊」：「懶真子讀杜牧之詩：千秋佳節名空在，承露絲囊世已無，謂漢以金盤承露，而唐以絲囊。絲囊可以承露乎？此不可解，僕謂懶真是未深考。按華山記，弘農鄧紹八月曉入華山，見童子執五綵囊，盛栢葉露食之，此事在漢武之前，是以武帝於其地造望仙等宮觀。又觀梁文帝眼明囊賦序曰：俗之婦人，八月旦多以錦翠珠寶為眼明囊，因凌晨拭目。唐人千秋節以絲囊盛露，亦襲其舊正八月初故事。」（台北：臺灣學生書局，民 60），頁 201～202。
〔註98〕〔宋〕陳元靚撰；〔清〕陸心源校刻：《歲時廣記》（台北：新興書局，民 66），2170。
〔註99〕曹植〈七啟〉：「戴金搖之熠燿，揚翠羽之雙翹。」（節錄）傅玄〈豔歌行有女篇〉：「頭安金步搖，耳繫明月璫。珠環約素腕，翠羽垂鮮光。」（節錄）劉遵〈相逢狹路間〉：「春晚駕香車，交輪礙狹斜。所恐惟風入，疑傷步搖花。」（節錄）蕭綱〈七勵〉：「金鈿設翠，步搖藏花。遙同暮雨，遍似朝霞。」（節錄）費昶〈春郊見美人〉：「芳郊拾翠人，迴袖捲芳春。金輝起步搖，紅綵發吹綸。」（節錄）王樞〈徐尚書座賦得阿隣〉：「紅蓮披早露，玉貌映朝霞。飛燕啼粧罷，顧插步搖花。」（節錄）沈滿願〈戲蕭娘〉：「明珠翠羽帳，金薄綠綃帷。因風時暫舉，想像見芳姿。清晨插步搖，向晚解羅衣。」（節錄）

服下》記載的朝廷命服：「皇后謁廟服，紺上皂下，蠶，青上縹下，皆深衣制，隱領袖緣以條。假結、步搖、簪珥。步搖以黃金為山題，貫白珠為桂枝相繆，一爵九華，熊、虎、赤羆、天鹿、辟邪、南山豐大特六獸。」大抵是相符的。

圖 5-16   圖 5-17

　　西晉時，步搖是內命婦的正式服制之一：「公主、三夫人、九嬪、世婦、諸太妃、太夫人及縣鄉君、郡公侯特進夫人、外世婦、命婦皆步搖、衣青、各載筐鉤從蠶。」（《晉書・志第九・禮上》）當代考古學家在南京幕府山、富貴山、郭家山等地的東晉墓中發現有大量的步搖，按此些地方作為當時的高級墓葬區來說，「可見步搖冠是表明女性墓主身份的重要物品」。〔註100〕從遼寧北票房身村 2 號前燕墓出土的兩件金步搖來看，「其基座均為透雕的金博山，小的從基座上伸出 12 根枝條，大的為 16 根，枝上為金葉，已脫失不全，小的存金葉 27 片，大的上有 30 餘片⋯⋯大約可以像《女史箴圖》所表現的那樣，直接插在髮前。」

　　有單枝的步搖，也有多簇的固定於硬挺的巾幗，就稱步搖冠。魏初時，已經流行於「燕」、「代」地區，《晉書・慕容廆載記》：「曾祖莫護跋，魏初率其諸部入居遼西，從宣帝伐公孫氏有功，拜率義王，始建國於棘城之北。時燕代多冠步搖冠，莫護跋見而好之，乃斂髮襲冠，諸部因呼之為『步搖』」。但這種冠的實物不可見，倒是 1979 年，公元一世紀左右的大月氏步搖冠在阿富汗北部席巴爾甘（Shibarghan）金丘 6 號墓出土了，「此冠橫帶長 47、寬 4 厘米，兩端有環。橫帶上裝有五簇圖案化的樹木形步搖，每簇高約 12.5 厘米，除當

<hr />

〔註100〕韋正：《魏晉南北朝考古》（北京：北京大學出版社，2013），頁 541。

中的一簇外，其餘四簇在樹梢上各對棲二鳥，且每簇樹木都裝有六枚六瓣形花
朵，還綴滿可搖動的橢圓形葉子。」（圖 5-18，引自孫機〈步搖‧步搖冠‧搖
葉飾片〉圖五）孫機認為這頂和《續漢書》所描述的形制極為接近：「東漢之
成套的步搖則可能接受過大月氏的影響，因為只有席巴爾甘金冠上的步搖才
稱得上是這種飾物之典型的式樣。不僅其棲八雀、貫白珠等作法與《續漢書》
的記載驚人地一致，而且從漢代匈奴的文物中還能看到一些大月氏首飾東傳
的跡象。」〔註 101〕

圖 5-18

　　總之，步搖起源於西方，傳入中國後受到朝廷的重視，流傳迅速：「中原
漢地系統的步搖可能至遲在西晉時期已被官方規定為內廷女官直至官員夫
人的命服，東晉時南方遵循西晉制度，南北朝時期情況比較明確的是北周，
有可能恢復了西晉制度。一種源自於大月氏的冠飾傳入中國為時不久竟被作
為朝廷命服而不以為異，可見大月氏文化滲透力之強和魏晉南北朝社會之開
放程度。」〔註 102〕除了作為一種禮節的體現，步搖的搖葉迎合了人們的審美
經驗，因此也被一般民眾認知為充滿美感的飾物。南朝有沈滿願〈詠步搖花
詩〉一首。

〔註 101〕此段關於步搖的爬梳，主要參考自孫機：《中國聖火：中國古文物與東西文化
　　　　交流中的若干問題》〈步搖‧步搖冠‧搖葉飾片〉（瀋陽：遼寧教育出版社，
　　　　1996），頁 87～104。
〔註 102〕韋正：《魏晉南北朝考古》（北京：北京大學出版社，2013），頁 543。

（十二）塵尾

南朝詠塵尾，有蕭詧〈塵尾詩〉一首。

漢代李尤寫過〈塵尾銘〉：「撝成德柄，言為訓辭，鑒彼逸傲，念茲末茲。」可見漢代已經有塵尾了。其製作的由來有三，一是拂塵：「其尾辟塵。」〔註103〕二是指揮：「鹿之大者曰塵，群鹿隨之，皆看塵所往，隨塵尾所轉為準；故古之談者揮焉」（《埤雅》卷三）。三是魏正始以降名士清談時的配備，如許詢（生卒年不詳）〈白塵尾銘〉：「君子運之，探玄理微。因通無遠，廢興可師。」徐陵（507～583）〈塵尾銘〉：「爰有妙物，窮茲巧制……揚斯雅論，釋此繁疑。拂靜塵暑，引飾妙詞。誰云質賤，左右宜之。」蕭詧〈塵尾詩〉講的也是這個用途。趙翼（1727～1814）《廿二史劄記》：「六朝人清談，必用塵尾……蓋初以談元用之，相習成俗，遂為名流雅器，雖不談亦常執持耳。」〔註104〕這就意味著不一定是談玄時才手持，往往不談時也用，或以之相贈，如《晉陽秋》記：「石勒偽事王浚，遺勒塵尾。勒為不執，置之於壁，朝拜之，云『見王公所賜，如見公也。』」（《太平御覽》卷七○三〈服用部五〉「塵尾」引）

塵尾與羽扇的輪廓相近，所以常常被視為一物，包含羽扇形象深植人心的諸葛孔明，孫機先生認為那是手執塵尾的訛誤。孫先生有專文〈諸葛亮拿的是「羽扇」嗎？〉考證，不敢掠美，但為著介紹的完整性，茲敬摘要點如下：孫先生首先考證文句，據《北堂書鈔》、《殷芸小說輯證》所引晉代裴啟《語林》是這樣說的：「武侯乘素車，葛巾，持白羽扇」（《北堂書鈔》卷一百三十四〈服飾部三〉），但《語林》已佚，而在唐、宋類書的早期刊本中，則能發現另一種引文，如宋刊本《藝文類聚》卷六十七〈衣冠〉引語林：「諸葛武侯與宣皇在渭濱將戰，宣皇戎服蒞事，使人視武侯，乘素輿、葛巾、毛扇，指麾三軍，皆隨其進止。宣皇聞而歎曰：『可謂名士矣』。」其次，羽扇產自吳地，這一點在許多魏晉〈羽扇賦序〉中可以看到，西晉平吳，洛中人遂輕視南人，所以即便南方的產品進入視野，也不是一開始就被當作高貴之物，因此陸機（吳人）〈羽扇賦〉裡的諸侯才會「掩塵尾而笑」，看不起那些執羽扇的。既如此，半個世紀以前的諸葛亮，更沒有道理拿著敵國的儀飾了。其三，目前所存的所有〈羽

〔註103〕〔宋〕陸佃撰：《埤雅》卷之三〈釋獸〉（台北：臺灣商務印書館，民62），此版本不編頁。

〔註104〕〔清〕趙翼撰：《廿二史劄記》卷八「清談用塵尾」（台北：臺灣商務印書館，民54），頁151～152。

扇賦〉裡，都沒有提到諸葛亮，倒是梁簡文帝蕭綱〈賦得白羽扇詩〉講到東晉建國之初，江東首望吳郡顧榮手執羽扇指揮軍隊的典故。因此，不是羽扇不能指揮，而是不同地方的人用以指揮的物品並不一樣。

南朝以前，麈尾多為岐頭或尖頭；南朝以後，圓頭成為定式〔註105〕，如徐陵〈麈尾銘〉描述：「爰有妙物，窮茲巧制。員上天形，平下地勢。」

三、小結

通過南朝詠器物的品類爬梳，可以得到概念如以下：

第一，繼承而來的題材展現南朝人對器物更為細膩的觀察，和魏晉不同的之處有三：1、它更為寫實。比方寫鏡子，器物在空間中定然要面臨的蒙塵情況，在這裡被作為書寫的視角；比方寫文具，詩人不光著眼於那些經典的筆、墨、紙、硯，同時也留心於筆筒、書套——這些現實存在，以往卻不被人重視的物件。2、詩人審美眼光在此時也顯得特別突出。南朝人的詠扇是重視扇的形色（白羽扇、彩畫扇）或扇的華麗（七寶扇），甚至是一把破扇，都有值得稱道之處；蕭綱詠金錞，欣賞它的音聲，更是欣賞它的歷史意義，把它當作一件古董。3、詩人不止一次在這些題材中表達對「使用者」的閒置或取消——不被穿的鞋子依究是很舒適、很美觀的（蕭詧詠履）；「乘車的人」是甄玄成眼中「車」的面貌之一，意即「人」是「物」的「一部分」——它造成的深刻意義是，直接鬆動了人為主、器為客的觀物立場。

第二，新題材的選擇是偏向室內的，它首先涉及「空間」，包含幔、簾、席、屏風、竹檳榔盤等，其實都是空間中「人」或「物」的位置的決定物，詩人的所有連結與想像，也都是立足在這些位置上的「應有之物」。因此我們會發現詩人很少真正膠固於「眼前」，因為空間中的一切都是流轉的——當經歷空間時，也就在經歷時間。詩的上一句明明是在讚美著女子衣領上的繡紋，下一句就提示必然會到來的褪衣歇息之時（沈約詠領邊繡）；上一句是寫在冬日裡懷抱竹火籠，下一句春天已經來到詩人面前（謝朓詠竹火籠）。我們很容易得到一種印象，一首南朝的詠器物的題面和它讀起來給人的感受天差地遠，因為它所涵蓋的，往往比人們感官所能接收到的，還要更多更廣，直至牽引出新題材的第三個書寫特徵：南朝詩人所詠的博山爐，都不是當時流行的瓷或陶

〔註105〕詳參孫機：〈諸葛亮拿的是「羽扇」嗎？〉，《孫機談文物》（台北：東大圖書公司，2005），頁144～149、圖22-2。

博山爐，他們寫的是記憶中的、常見於以往、少見於當時的銅博山爐。

第三節　南朝器物詩的書寫發展

因著「不被使用卻依然美好」、「車裡的人也是物質描繪的範疇」，本文在上節強調，南朝器物詩裡的「使用者」已經被取消了。這個部分用陳秋宏先生的理型來說解，是因為此時的體物活動以「視覺」為主：「南朝之後新的觀感模式，既以視覺的眼光為主，展開向外網羅，刻寫描繪的視角游移，詩中所流露詩人語態和自我形象，就更為淡化，而隱藏在景物之間」〔註106〕是以，南朝器物詩在書寫模式上的「變轉」，實乃觀看的「選擇」——包含觀看什麼、觀看目的、以及如何觀看。

一、觀看什麼：有限的功能

照明，在南朝以前的燈燭賦描寫裡是必然的一環。西漢劉歆（前50～23）〈燈賦〉「明無不見，照察纖微」，夏侯湛（243～291）〈缸燈賦〉說「焰煜燴於茵筵，煥照晰乎屏組」，范堅（生卒年不詳）〈蠟燈賦〉說：「旁映文楹，仰暉丹桷」，傅咸（239～294）〈燭賦〉也說：「泰清垂象，匪日不光。向晦入冥，匪火不彰」。「照明」，或說「照亮」，似乎是順理成章的。

燈燭為我們提供的不僅是照明，而是一切在空間中行動的前提，一個在夜晚舉辦卻不燃燈燭的筵席，幾乎是不可想像的，即便是「休放燭花紅」，那也得要有夠明亮的月光。因此，理論上來說，人們定義「燈燭」與定義「空間」所採取的是完全不同的角度：前者講功能，後者講形式，前者所「佔據」的空間，並不能等同於它所存在的「空間」的大小，說它們是兩個平行的概念似乎並不為過；但現實的情況是，我們認知空間的辦法脫離不了感官，而感官中又屬視覺最被依賴與信任。

也就是在這個以感官認知為主的情形之下，人們終將發現感官的有限、光源的有限：空間中，總有不被視覺所接收、光源所抵達不了的，如此，則燈燭既是「照亮」，其實也是「照『暗』」——南朝詠燈正著力於此。

> 堂中綺羅人，席上歌舞兒。待我光泛灩，為君照參差。

上引這首是梁武帝蕭衍（464～549）的〈詠燭〉，參差不齊的物象透露了不均

〔註106〕陳秋宏：《六朝詩歌中知覺觀感之轉移研究》第壹章〈六朝詩歌中的不同觀感表現〉（台北：新文豐出版股份有限公司，民104），頁79。

匀的光照。

> 杏梁賓未散，桂宮明欲沈。曖色輕帷裏，低光照寶琴。徘徊雲鬢影，
> 的爍綺疏金。恨君秋月夜，遺我洞房陰。

接著這首是謝朓（464～499）的〈雜詠三首之三燭〉，詩人描寫了燭光的現實
——「低光」，在那些更為耀眼的光源前面（月亮或首飾），它將顯得特別的暗
淡。

現實的描寫，以至於突顯了「功能的有限」，燈燭只是一例。梁沈約〈十
詠二首領邊繡〉：

> 纖手製新奇，刺作可憐儀。紫絲飛鳳子，結縷坐花兒。不聲如動吹，
> 無風自裹枝。麗色儻未歇，聊承雲鬢垂。

從最後一句可以看出，領邊繡的主人原本就是容姿姣好的，領邊繡的作用，乃
是一種「聊承」，換句話說，用它裝飾，並不見得使人更美，即便這個東西本
身是很美的。梁何遜（？～518）〈與虞記室諸人詠扇詩〉：

> 如珪信非玷，學月但為輪。機杼蘼蕪妾，裁縫篋笥人。搖風入素手，
> 占曲掩朱唇。羅袖幸拂拭，微芳聊可因。

女子身上的芳香因為扇搧而向周圍遞送，她與其它人的距離彷彿被拉近了，
「聊」字透露了扇與人的互動關係，但同樣保持一種淡淡的、「可有可無」的
筆調。

南朝以前詠鏡的典型是傅玄的〈鏡賦〉。關於鏡的幾種傳統示意方式，在
傅玄的作品裡一覽無遺，包含鏡沒有照物的限制，「清邈明水，景若朝陽。不
將不迎，應物無方」；沒有美醜的主觀選擇，「不有心於好醜，而眾形其必詳」；
也沒有善惡的主觀判斷，「同實錄於良史，隨善惡而是彰」；鏡可讓人覺察時間，
「猗猗淑媛，桀桀后妃。眷春榮之零悴，懼玉顏之有衰」；也可讓人反省自身，
「君子知貌之不可以不飾，則內省而自箴。既見前而慮後，則祗畏於幽深。察
明明之待瑩。則以此而洗心。」傅玄筆下之鏡幾乎是無所不能的，但南朝詩人
卻完全擺脫了這個傳統，梁朱超和王孝禮的兩篇〈詠鏡詩〉大概是器物「功能
有限」的最好詮釋：

> 折花須自插，不用暫臨池。當由可憐面，偏與鏡相宜。安釵釧獨響，
> 刷鬢袖俱移。唯餘心裏恨，影中恒不知。（朱超）

> 可憐不自識，終爾因鏡中。分眉一等翠，對面兩邊紅。轉身先見動，
> 含笑逆相同。猶嫌鏡裏促，看人未好通。（王孝禮）

鏡只能「照」、不能「見」；只能照「象」、不能照「真」，且不論兩首詩最終目的是不是以物喻人，總之它們非常準確地說出了物質的侷限性。

二、觀看目的：觀空

　　隨之而來的問題是：何以執著於「有限」？從詩文表現來看，通常是在人們心理期待落空時，器物的侷限性就會被發現，比如說朱超、王孝禮的〈詠鏡〉在很大程度上表明了「見心」的渴望；沈約〈領邊繡〉、何遜〈與虞記室諸人詠扇詩〉裡有一種對致美的追求，而裝飾性的單一物件顯然不能完全實現這件事。

　　是故，所謂「有限」，實際上是在一種完備的、完美的意識前題下成立的。上述所引諸首反映了詩人對於事物正反兩面的認識與認知，有亮就有暗，有「照見」即有「不見」，通過「有限」所指示的「暗」與「不見」，器物在這裡成為「在」的證明，同時也是「不在」的表明。謝朓〈雜詠三首之三燭〉說「恨君秋月夜，遺我洞房陰」，詩人所設計的女性角色「我」最後被孤單單地被留在房子裡，因為「君」被更皎亮的月光吸引了，燭光再美再好「徘徊雲鬢影，的爍綺疏金」，也無法撫平「我」源於君之「不在」的失落情緒。謝朓還有另一首〈雜詠三首之二燈〉，是這樣寫的：

　　　　發翠斜溪裏，蓄寶宕山峰。抽莖類仙掌，銜光似燭龍。飛蛾再三繞，

　　　　輕花四五重。孤對相思夕，空照舞衣縫。

「不在」更明確了：詩的最末停格於一身影，這個身影終究因對象的不在而「孤『對』」。「空照」字提醒讀者，對主人翁或詩人來說，即便這個房子如何富麗堂皇、器用如何細膩精緻，期待的對象不在，它就是一個「空」的地方。

　　「不在」有時是藉由燈燭發覺的，有時是通過「簾」、「幔」意識到的。虞炎（生卒年不詳）〈詠簾〉是典型之一：

　　　　青軒明月時，紫殿秋風日。朣朧引光輝，晻曖映容質。清露依檐垂，

　　　　蛸絲當戶密。褰開誰共臨，掩晦獨如失。

首句寫的是簾外的世界，次句寫的是簾內的主人翁，雖是兩處，但它們分享的是同一個光源——月光穿過了軟簾，使得室內充滿了朦朧的光采，並且照出詩中的主人翁。只有既輕又柔的材料，才有可能使月光自由地穿透，可穿透的，還有空氣、水氣，人也應該在這兩個空間裡來去自如，這是主人翁能懷抱著「希望」去「褰開」的心理基礎。它的巧妙不止於此。一面軟簾至少可以將空間區

隔成兩個部分，就像詩歌一二句、三四句的內外相對。現在這個空間裡唯一的「在」，正因某個「不在」而感到孤獨。在確認「無人」之後，主人翁的下個動作是把軟簾給蓋下了，如果軟簾的開放意謂著對來人的準備與迎接，現在確實沒有必要。我們可以想像，對主人翁來說，在「褰開誰共臨」的階段，畢竟還可以懷抱著些許的希望，而現在這個更完整、更明亮的空間，反而要帶來最為強烈的失落之感。蓋簾（掩晦）的動作何嘗不是一種掩藏內心煎熬的表示，只不過它大概是徒勞的──我們想要憑藉一種表面上的阻撓去解決心裡面的困境，無疑是緣木求魚、自欺欺人。關於器物所造成的「空」，沒有比蕭繹（508～555）和蕭綱（503～551）的詠燭相和更好的詮釋，兩首是這樣的：

> 花中燭，焰焰動簾風。不見來人影，迴光持向空。（蕭繹〈古意詠燭〉）

> 花中燭，似將人意同。憶啼流膝上，燭焰落花中。（蕭綱〈和湘東王古意詠燭〉）

蕭氏二人的相和基本可以看作是虞炎詩三四句的分寫，蕭繹以「不見來人影」強調了「獨之空」；蕭綱則以「憶啼流膝上」強調了「落淚之失」。

饒富意味的是，讀蕭氏二人的詩，我們很難準確地辨別器物和主人翁之間的分界。我們固然可以想像有一個「不見來人影」的「人」，除了「此人」以外，沒有其它人在場，但事實上，這個視角很容易被蕭繹、蕭綱自己給取消，因為這首詩是詠器物，作為詩的主角，最後被詩人留在畫面裡的，應該要是那一支燭──不止古意詠燭，包含上引謝朓、虞炎的作品也是同樣的情況：被詩人留在最後的畫面裡的，應該是那一方簾。張力就在這裡：孤零零的究竟是「人」、是「簾」還是「燭」？

「人」固然不是「簾」，但從某個角度來說，「人」又為什麼不可以是「簾」、「燭」的置換呢？在南朝這樣一個佛學盛行的時代，「物」與「我」的分別與等差，很容易取得更深刻的解釋，虞炎雖沒有相關的論述，但他和西邸文士相交遊，而這些人基本上都深受佛教義理的影響。《南齊書》〈列傳第三十三‧文學〉：「會稽虞炎，永明中以文學與沈約俱為文惠太子所遇，意昒殊常，官至驍騎將軍。」永明九年蕭子隆（474～494）赴荊州任刺史，謝朓隨行，沈約（441～513）、王融、范雲（451～503）、江孝嗣（生卒年不詳）等餞別賦詩，虞炎也在其中，作〈餞謝文學離夜〉。他又有〈奉和竟陵王經劉瓛墓下詩〉，沈約〈懷舊詩〉悼亡友九人之中，虞炎竟名列其一。從這些交遊對象來說，我們

很難說虞炎觀物的眼光完全與佛教的觀照無關。

從佛教教義來看這些書寫，是什麼樣子的？以上文引過的蕭衍〈詠燭〉來說：

> 堂中綺羅人，席上歌舞兒。待我光泛艷，為君照參差。

在這裡，「我」即是「燭」，「燭」亦是「我」。蕭衍寫作生涯，基本上和沈約、謝朓等永明詩人是一起的，包含其崇佛，以及觀照萬物、解釋宿業的方法，都有相互呼應的脈絡。作為帝王，蕭衍在他即位之初即撰作〈立神明成佛義記〉，在這篇文章裡，他首先建了一個不失、不斷、不滅的「神明」：「夫涉行本乎立信，信立由乎正解。解正則外邪莫擾，信立則內識無疑。然信解所依，其宗有在，何者？源神明以不斷為精，精神必歸妙果。」〔註107〕站在話語權的至高點，這個「神明」的提出很容易被看成范縝（450～510）〈神滅論〉的官方回應：對佛教教義的倡導和宣說——因為只有主張「神不滅」，才能進一步談佛教的「宿業」與「來身」的成立。

不過，由於「神明」在中國本土的語境有它既定的意涵，為了能更接近自己的意思，梁武帝在文中乃模擬各種狀態，並且通過辨證對「神明」加以建構：

1、在靜態中稱「神明」，在動態中稱「精神」。人們能夠通過修行，使自己的神明向善知識靠近，「神愈『精』」，愈能有效理解世間真理，也就愈接近佛國妙地。誠如沈績所注：「以其不斷，故終歸妙極……明於眾理，何行不成？信解之宗，此之謂也。」〔註108〕

2、但是，修行的環境中總有許多誘惑，使人陷溺，產生攀緣的可能，梁武帝遂將此可能「變動」的表述為「心」，藉以和本性的、不移的「神明」作一分別。

> 妙果體極常住，精神不免無常。無常者，前滅後生，剎那不住者也。
> 若心用心於攀緣，前識必異後者，斯則與境俱往，誰成佛乎？（《弘明集》卷第九）

沈績注云：「夫心隨境動，是其外用；後雖續前，終非實論。故知神識之性湛然不移，故終歸於妙果矣。」值得注意的是，這裡的「攀緣」與「隨境而動」，包含了「情動」，於是，人之「有心」也就表示人之「有情」；如此，則草木等

〔註107〕〔梁〕釋僧祐作；劉立夫、魏建中、胡勇譯注：《弘明集》（北京：中華書局，2013），頁585。

〔註108〕〔梁〕釋僧祐作；劉立夫、魏建中、胡勇譯注：《弘明集》（北京：中華書局，2013），頁585。

「無情之物」，也就「無心」了──「心」遂成區分人與草木的關鍵詞。故新羅元曉《涅槃宗要》說梁武帝：「心有神靈不失之性。如是心神已在身內，即異木石等非情物，由是能成大覺之果，故說心神為正因體。如來性品云：『我者即是如來藏義，一切眾生悉有佛性即是我義。』師子吼中言：『非佛性者謂瓦石等無情之物，離如是等無情之物是名佛性故。』此是梁武簫焉天子義也。」

〔註109〕

　　3、神明是不移、不失、不滅的，但現象界卻有生滅的變化。為了要強調這些變化的「存在」，梁武帝用「無明」來指稱感知於此些生滅變化的「原因」：

> 尋無明之稱，非太虛之目，土石無情，豈無明之謂？故知識慮應明，
> 體不免惑，惑慮不知，故曰無明。（《弘明集》卷第九）

「無明」就是「惑」，或說「神明」受到「蒙蔽」，所以土石不會無明，因為土石根本就沒有神明，神明是無明的可能，無明是神明的狀態之一。梁武帝又說：

> 而無明體上，有生有滅，生滅是其異用，無明心義不改。恐見其用
> 異，便謂心隨境滅。故繼無明名下，加以住地之目。此顯無明，即
> 是神明，神明性不遷也。（《弘明集》卷第九）

行文至此，我們大概可以感覺到梁武帝論說當中一個很重要的根本邏輯：境、生滅被視為「用」，感知「用」的是為「心」；而不滅則被視為「體」，覺知「體」的是為「神明」。

> 夫心為用本，本一而用殊。殊用自有興廢，一本之性不移……故知
> 生滅遷變，酬於往因；善惡交謝，生乎現境。而心為其本，未曾異
> 矣。（《弘明集》卷第九）

　　4、最重要的是佛性自覺與覺他。「神明」可能惑，自然也可以清明，是以神明又是「佛性」的先決條件。梁武帝的這篇文章，看似強調神不滅，實際上是建構了體用之說。體與用是互相彰顯的，「成佛皎然，狀其本也；生死可盡，由其用也。若用而無本，則滅而不成；若本而無用，則成無所滅矣。」（沈績注）甚至可以說，梁武帝肯定成佛的過程必得依賴「對現象界的覺悟」，最終，「隨境遷謝，故生死可盡明矣」，從虛相中看見實相。

> 物情異所異，世心同所同。狀如薪遇火，亦似草行風。迷惑三界裏，

〔註109〕〔新羅〕元曉撰：《涅槃宗要》，《大正新修大藏經》第三十八卷（北縣：傳正有限公司，2001），頁249。

顛倒六趣中。五愛性洞遠，十相法靈沖。皆從妄所妄，無非空對空。

（蕭衍〈十喻詩・靈空〉，梁詩卷一，頁 1533）

就現象界而言，物我自然是不同的，所謂「物情異所異」；但就觀象之「心」觀之，則終可領悟現象界運作的道理，所謂「世心同所同」，如此，則萬殊也不過是「空」罷了。回到梁武帝的〈詠燭〉：在此基礎上推衍，燭、我倘若不分，則「我」的昭示，也就是「器」的揭示，「器」的獨白，也就是「我」的獨白；說到底，器與我都只是「生滅」之一，都只是「在」，包含蕭衍在內的詩人們所顯示的一致傾向是：通過「此在」、揭示「不在」，最終領略萬有皆空道理。田曉菲先生的睿見應在此處參看：「形象起到一種具有悖論性質的作用：它們是『道』的重要載體，而『道』則意味著一切形象的本質是『空』……我們必須記住『形象』在佛教語境中的雙刃解釋：既意義重大又毫無意義，既重要又多餘。」〔註110〕在通向「萬有皆空」的核心義理上，蕭綱有另一首說明的詩〈十空詩六首如影〉，詩是這麼寫的：

朝光照皎皎，夕漏轉駸駸。晝花斜色去，夜樹有輕陰。並能興眼入，

俱持動惑心。息形影方止，逐物慮恒侵。若悟假名淺，方知實相深。

（梁詩卷二十一，頁 1938）

為了要說明「形象」的虛幻，「影」遂成為一個有趣的題材，它恰好符合了田曉菲所說的雙刃性質：「影」基本上是「形象」的一個分身、一種存在的說明，但是「影」卻非常不牢靠。詩人刻意用了「晝花」「夜樹」來強調人的感官對形象的捕捉能力，但問題也就在這裡，我們無法接觸一個影子，更不可能保存一個影子。「影」雖可以被視覺感官捕捉，卻不能再更具體；它只在視覺中被驗證，但這個視覺卻受到時間、空間等各種限制。

見形，因此入道，「若悟假名淺，方知實相深」，若不是通過對「所見」的認知、反省與辯證，我們終究得不到這最後的、「空」的領悟。（按：佛像參拜就是一種最基礎的見形的修行，作為「陳列的追求目標」，蕭綱所以認為不該將佛像封印於匣，而是該日日可見，如此才有益於精進之心〔註111〕）總之，

〔註110〕田曉菲：《烽火與流星》（新竹：清大出版社，民98），頁 159。

〔註111〕簡文帝〈下僧正教〉：「此土之寺，止乎應生之日，則暫列形像。自斯已後，封以篋笥，乃至棄服離身，尋炎去頂。或十尊五聖，共處一廚。或大士如來，俱藏一櫃。信可謂心與事背，貌是情非，增上意多，精進心少……夫以畫像追陳，尚使吏民識敬；鎔金圖範，終令越主懷思。匹以龍阿，尚能躍鞘；方之虎兕，猶稱出柙。況復最大圓慈，無上善聚，聞名去煩，見形入道，而可

詩歌裡的「物」（包含器所在的物質世界）「我」相觀，有它堅固的佛教社會文化思想背景，這也許同時是南朝詩人沉迷於器物的原因之一。

三、如何觀看：景的營造

（一）謝靈運的山水視域

目睹佛教在六朝文學中的發揮方式和目的——觀空與自在之獲取——我們相信六朝的山水詩一定程度地擔任了媒介角色，也就是說追蹤佛教觀念在六朝文學中的足跡，需先考慮「遺世獨立」、「遁跡自然」的「山水」作品。考察被范文瀾視為最早山水詩人虞闡（生卒年不詳）的遊仙詩〔註112〕，蕭馳先生發現確實處處是「採藥求仙」、「芳谷丹芝」〔註113〕，與其說是寫人境，毋寧說是寫仙境、佛境（這兩個境界在中國幾乎密不可分），與前節相呼應的是，這些景色的獲得很大程度依賴「視覺」，而不是依賴「興感」，所謂「詩人視覺饜飫山川之美」〔註114〕。

虞闡之後視覺山水的發展歷程中，不能不提謝靈運。在一首相傳為謝靈運所作的〈詠冬詩〉裡〔註115〕，天上的星宿閃曜著，周圍是冰霜與寒風。時值冬季，園林被積雪所覆，因此呈現一片皓亮，庭院顯得特別清皎。於是詩中的兩個天際之物的任務顯得特別重要：它們正發出光芒。作為光源，它們不僅只

慢此雕香，蘊斯木樨，緘匿玉毫，封印金掌？」（《全梁文》卷九，頁98）

〔註112〕范文瀾：《文心雕龍注》〈明詩〉注三十四「寫山水之詩起自東晉初庾闡諸人」（台北：學海出版社，民80），頁92。

〔註113〕「庾闡登山的動機很可能與採藥求仙有關，雖然他也受到佛教景響。其詩今存二十首（其中有十首是遊仙），竟處處充斥著『彩藥靈山』、『疏煉石髓』、『雲英玉蕊』、『芳谷丹芝』、『咀嚼六氣』一類語彙。小尾郊一曾引《抱朴子·金丹》中『若有道者登之，則此山神必助之為福，藥必成。』一段話說明：採仙藥必入正神名山的觀念推動了遊覽山水的風氣。」蕭馳：《佛法與詩境》（台北：聯經出版事業股份有限公司，2012），頁29。

〔註114〕蕭馳：《佛法與詩境》（台北：聯經出版事業股份有限公司，2012），頁28。

〔註115〕清末民初歷史學家黃節（1873～1935）——同時也是詩人并漢魏南朝詩歌研究者，有多家詩全註——以明代萬曆十一年焦竑校、沈啟原等輯《謝康樂集》為底本，考證現存宋紹興本《藝文類聚》，認為應出自於元嘉之雄：謝靈運（385～433）的手裡。但實際上，研究大謝詩者很少能立刻說出這首詩的作者，因為這首詩的詩名，以及它的結構，都與大謝詩風有些不符合。這也許是為什麼會有另一種看法：丁仲祜（1874～1952）《全漢三國晉南北朝詩》、逯欽立（1910～1973）輯校《先秦漢魏晉南北朝詩》，皆參考明代馮惟納（1513～1572）《古詩紀》「藝文新本字譌作靈運，考舊本，正之」一語，將這首詩的作者，指成了謝靈運的族弟：謝惠連（407～433）。

是自身的出場，為「斐皓」與「皎潔」背書，它們更在繁雲底下畫一道陰影，為二維世界創造了景深，這些本來置於畫面一隅的物象頓時變得立體——成為三維度的空間，代表著「自然」開始以它的真面貌示人：

> 七宿乘運曜，三星與時滅。履霜冰彌堅，積寒風愈切。繁雲起重陰，
> 廻飈流輕雪。園林粲斐皓，庭除秀皎潔。墀瑣有凝汙，遠衢無通轍。
>
> （宋詩卷四，頁 1196）

一切的「觀」都是「光的反射」，反射形成於「光線」，光線由「光源」造成，所以更確切地說，自然界一切的「觀」都根植於「日」、「月」、「星」。特重光源，並把它標誌出來作為寫作的起點，在大謝詩中，比比皆是：義熙十二年（公元 416，年三十二）〈歲暮〉第二句「明『月』照積雪，朔風勁且哀。」景平元年（423）〈遊南亭〉首句「時竟夕澄霽，雲歸『日』西馳。」元嘉元年（424）〈南樓中望所遲客〉首句「杳杳『日』西頹，漫漫長路迫。」元嘉三年（426）〈廬陵王墓下作〉首句「曉『月』發雲陽，落『日』次朱方。」元嘉六年（429）〈七夕詠牛女〉首二句「火逝首秋節，明經弦『月』夕。『月』弦光照戶，秋首風入隙。」元嘉七年（430）〈發歸瀨三瀑布望兩溪〉首句「我行乘『日』垂，放『舟』候月圓。」又或者是把光源所造成的狀態或效果在首四句中披露：

> 述職期闌暑，理棹變金素。**秋岸澄夕陰**，火旻團朝露。（〈永初三年
> 七月十六日之郡初發都詩〉，宋詩卷二，頁 1159）

> **清旦索幽異**，放舟越坰郊。苺苺蘭渚急，藐藐苔嶺高。（〈石室山
> 詩〉，宋詩卷二，頁 1164）

> **昏旦變氣候**，山水含清暉。清暉能娛人，游子憺忘歸。（〈石壁精舍
> 還湖中作詩〉，宋詩卷二，頁 1165）

> 猨鳴誠知曙，**谷幽光未顯**。巖下雲方合，花上露猶泫。（〈從斤竹澗
> 越嶺溪行詩〉，宋詩卷二，頁 1166）

> 朝旦發陽崖，景落憩**陰峰**。舍舟眺迴渚，停策倚茂松。（〈於南山往
> 北山經湖中瞻眺詩〉，宋詩卷三，頁 1172）

應該注意的是，日月的書寫或許會涉及自《楚辭》始，漢晉紀行賦接替所形成的一種「朝—夕」、「出發地—目的地」的遊歷模式，〈離騷〉曰：「朝發軔於蒼梧兮，夕余至乎縣圃。」、「朝發軔於天津兮，夕余至乎西極。」潘岳〈金谷集作詩〉：「朝發晉京陽，夕次金谷湄。」（晉詩卷四，頁 632）劉琨（270～318）

〈扶風歌〉：「朝發廣莫門，暮宿丹水山。」（晉詩卷十一，頁 849）但大謝不全然受到此種模式的影響。誠如蘇怡如先生所說，在這個模式裡的詩人們，「總是謹慎地先在篇首交代行程的始末地點，彷彿唯有先完成此一既定儀式，才能順理成章地展開進一步的風光描寫。」〔註116〕儼然已經將模式內化，而大謝的紀行並非總由旦至夕、由夜至朝的機械輪轉，最明顯的是他每每夾雜「山水含清暉、清暉能娛人」、「暝還雲際宿、弄此石上月」的「知覺」圖象，不是上述模式內化以後的公式演出。

　　總之，如果不是詩人以視覺的行動與創作支撐了「觀」，它在詩歌的世界裡一直是一個虛構的詞。即使辯稱所有詩歌當中的物本都來自於視覺，也是一種理論先行、一種理論的想像。只有察覺了這一點，才能夠了解大謝的「標誌光源」，它最重要的意義不是為事物添上亮度、或是作為一種更新鮮的物象，而是回歸於「觀物」的企圖。

　　雖然強調了光源，捕捉了光源的形象，但在好幾個詩例子裡，人們只能看見一首詩裡的某物的某一面——大謝顯然不認為「光源」可以毫無限制地「普照萬物」。確實，依照科學的原理，光的行進是直線式的，不能拐彎：「受光的部份將光線反折到我們的眼睛，就呈現為物體的亮部，而照射不到光線的那部分就呈現為暗部，因此我們的眼睛所見到的世上萬物，其呈現的一切形相，均有其明暗光影的特徵。」〔註117〕〈九日從宋公馬戲馬臺集送孔令詩〉一首。詩云：

　　　　季秋邊朔苦，旅鴈違霜雪。淒淒**陽卉**腓，皎皎寒潭絜。（節錄，宋詩
　　　　卷二，頁 1157）

句首告訴我們時節正走到了深秋。避寒的候鳥已經要遠離這霜雪之地，草木凋零、水落石出，池潭顯得特別靜謐。草木的茁壯必受之於陽光的潤澤，如今春陽不再，生長在向陽坡面上的草木，也將凋盡枯萎。若非駐足於現實天地，大謝必不能如此造詞，他確是個詩人實業家，否則，我們還是會看到一種知識性的寫法：「冬日淒且厲，『百卉』具已腓」（陶淵明〈於王撫軍座送客詩〉，晉詩卷十六，頁 981）。又或者是〈郡東山望溟海詩〉，其中狀物一句是：

〔註116〕蘇怡如：《中國山水詩表現模式之嬗變——從謝靈運到王維》（台北：臺灣大
　　　　學中研所博士論文，民 97），頁 43。
〔註117〕徐書城：《繪畫美學》（台北：五南圖書出版有限公司，民 82），頁 24。

　　　　白花縞**陽林**，紫蘪曄春流。（宋詩卷二，頁 1163）
在北半球，山的南面，水的北面，共稱為向陽面。草木生長離不開陽光，白花
閃耀處，必然是陽光照曜所在，所以在詩中與白花輝映的林木被稱之為「陽
林」。〈石門新營所住四面高山廻溪石瀨茂林脩竹詩〉：

　　　　躋險築幽居。披雲臥石門。苔滑誰能步。葛弱豈可捫。嫋嫋秋風過。
　　　　萋萋春草繁。美人遊不還。佳期何由敦。芳塵凝瑤席。清醑滿金罇。
　　　　洞庭空波瀾。桂枝徒攀翻。結念屬霄漢。孤景莫與諼。俯濯石下潭。
　　　　仰看條上猿。早聞夕飇急。晚見朝日暾。**崖傾光難留**。**林深響易奔**。
　　　　感往慮有復。理來情無存。庶持乘日車。得以慰營魂。匪為眾人說。
　　　　冀與智者論。（宋詩卷二，頁 1166）

詩的開始，詩人將自己安排在一處險峻山中的深院裡，山與天接，人便彷彿
臥於雲中。深山植物極具辨視度，包含「青苔」潮濕難以步履，「葛藤」柔
軟難以攀扯，還有一片春天長起，如今稍嫌衰颯的小草。處在一個「崖傾光
難留」陽光被四面高山所妨礙的地方，大謝通常以「木本質物」為主，進行
單一種類或聚落如「木」、「松」、「柏」、「喬」、「林壑」的描述就很自然地消
失了。

　　在另一首〈於南山往北山經湖中瞻眺〉裡，詩人顯然位在於一個更奇詭的
地方：兩座高中之間，具有一定海拔高度的湖面上。因此當他仰面時，可以聆
聽從山上滾落的淙淙瀑布，俯首時卻又迎著喬木的樹梢。「朝日發陽崖」，詩人
一早從南山的崖邊出發，「景落憩陰峰」，日落的時候，他終於在北山下停駐。
對一個最富冒險精神的讀者來說，這一篇可能都可以說超乎想像，但也因為這
樣，我們願意相信這首詩裡的場景很大程度來自大謝的經驗──因為走進窮
山惡水，一直是他「通理」的路徑之一。

　　　　朝旦發陽崖，景落憩陰峯。舍舟眺迴渚，停策倚茂松。側徑既窈窕，
　　　　環洲亦玲瓏。**俛視喬木杪，仰聆大壑淙**。石橫水分流，林密蹊絕蹤。
　　　　解作竟何感，升長皆丰容。初篁苞綠籜，新蒲含紫茸。海鷗戲春岸，
　　　　天雞弄和風。撫化心無厭，覽物眷彌重。不惜去人遠，但恨莫與同。
　　　　孤遊非情歎，賞廢理誰通。（宋詩卷三，頁 1172）

還有一首〈登臨海嶠初發彊中作與從弟惠連可見羊何共和之詩〉：

　　　　杪秋尋遠山，**山遠行不近**。與子別山阿，含酸赴修畛。（節錄，宋詩
　　　　卷三，頁 1176）

面對著自己尋找遠山的念想，詩人不禁說出「山遠行不近」這樣的一句話來。實際上，兩物之間的距離即使再遠，也不可能「行不近」。只是，作為一個體驗者，丈量後的數字不能表示「距離」，「感受」才是距離真正的意義。這裡無疑又告訴我們，「現實」是如何地一再影響、改變、決定大謝的創作。

奠基於現實的另一指標是萬物殊色。曹道衡在《南北朝文學史》舉了一個例子，謝靈運的〈入彭蠡湖口〉：「春晚綠野秀，巖高白雲屯」（宋詩卷三，頁 1178）用的綠色，和他的另一首〈晚出西射堂〉：「連鄣疊巇崿，青翠杳深沉」（宋詩卷二，頁 1160）所表示的深綠色，構成暮春和深秋兩幅不同的畫面。〔註 118〕

〈晚出西射堂〉的時間確實在深秋，但造成身深淺之綠設色不同的主要原因，恐怕不是在節氣——否則此首不應該出現「青翠」二字——而是在光影，因為「晚出」西射堂，殘陽只會照見連鄣的某一面，如果旅人此時是正對夕陽，那麼他眼前之連鄣勢必呈現深綠甚至接近黑色的狀態。在一首以自然為口號的藝術品中，每一個更具體的「現實」都是通過體驗、不斷添入的細節所標明的。

經過整理，大謝詩中主要的色彩使用分別是：「紅」、「黃」、「綠」、「翠」、「碧」、「青」、「紫」、「白」、「丹」、「黑」。〔註 119〕以綠色、白色次數最多。

色彩	詩 題		詩行位置	計次
綠	入彭蠡湖口	春晚綠野秀，岩高白雲屯	7.8	6
	於南山往北山經湖中瞻眺	初篁苞綠籜，新蒲含紫茸	13.14	
	讀書齋詩	殘紅被徑隧。初綠雜淺深	3.4	
	登上戌石鼓山詩	白芷競新苕。綠蘋齊初葉	13.14	
	過始甯墅詩	白雲抱幽石。綠篠媚清漣	15.16	
	從遊京口北固應詔	原隰荑綠柳。墟囿散紅桃	13.14	

〔註 118〕曹道衡：《南北朝文學史》（北京：人民文學出版社，2006），頁 51。
〔註 119〕關於大謝詩之用色，前輩研究者如日籍學者小西昇《謝靈運詩索引》、陳怡良〈謝靈運山水詩的創作背景及其作品中的色彩美〉（《成大中文學報》第五期）統計，紅色共計 4 次、黃色 5 次、綠色 6 次、翠色 2 次、碧色 3 次云云，都將既有名詞估算在內。〈過白岸亭〉：「交交止桑『黃』，呦呦食萍鹿。」實指《詩經‧黃鳥》。〈富春渚〉：「定山緬雲霧，『赤』亭無淹薄。」赤亭乃古地名，在今浙江富春江邊。等等諸類，實非大謝開創，不應列作大謝用色。

白	郡東山望溟海詩	白花皛陽林。紫蘭暉春流	9.10	5
	入彭蠡湖口	春晚綠野秀，岩高白雲屯	7.8	
	登上戌石鼓山詩	白芷競新苕。綠蘋齊初葉	13.14	
	過始甯墅詩	白雲抱幽石。綠筱媚清漣	15.16	
	從遊京口北固應詔	遠巖映蘭薄。白日麗江皋	11.12	
紅	入華子崗是麻源第三谷	銅陵映碧潤，石磴瀉紅泉	3.4	4
	酬從弟惠連	山桃發紅萼，野蕨漸紫苞	33.34	
	讀書齋詩	殘紅被徑隧。初綠雜淺深	3.4	
	從遊京口北固應詔	原隰荑綠柳。墟囿散紅桃	13.14	
紫	於南山往北山經湖中瞻眺	初篁苞綠籜，新蒲含紫茸	13.14	3
	郡東山望溟海詩	白花皛陽林。紫蘭暉春流	9.10	
	酬從弟惠連	山桃發紅萼，野蕨漸紫苞	33.34	
翠	晚出西射堂詩	連鄣疊巘崿。青翠杳深沉	3.4	2
	過白岸亭詩	空翠難強名。漁釣易為曲	5.6	
碧	行田登海口盤嶼山	遨遊碧沙渚。遊衍丹山峯	7.8	2
	入華子崗是麻源第三谷	銅陵映碧潤，石磴瀉紅泉	3.4	
青	晚出西射堂詩	連鄣疊巘崿。青翠杳深沉	3.4	2
	過白岸亭詩	援蘿臨青崖。春心自相屬	7.8	
丹	行田登海口盤嶼山	遨遊碧沙渚。遊衍丹山峯	7.8	3
	登石室飯僧詩	結架非丹甍。藉田資宿莽	5.6	
	晚出西射堂詩	曉霜楓葉丹。夕曛嵐氣陰	5.6	
黃	阮瑀	河洲多沙塵，風悲黃雲起	1.2	1
黑	陳琳	夜聽極星闌，朝游窮曛黑	17.18	1

根據唐代張彥遠《歷代名畫記》的記錄，浙西甘露寺有謝靈運畫菩薩六壁，其〈佛影銘序〉云：「摹擬遺量，寄託青采，豈唯像形也篤，故亦傳心者極矣。」（全宋文卷三十三，頁321）義熙八年五月，慧遠在廬山立臺畫佛像，九月九日刻銘於石，請謝靈運作序，張克鋒先生認為此語表明了他既重造形又重傳神

寫意的繪畫概念。〔註120〕大謝實際上是一個文學、書法、繪畫兼擅的人，這提供了一條有助於理解他設色的路徑：畫〈早春圖〉的宋代名畫家郭熙，今傳《林泉高致》記載著他的繪畫理論。裡頭有一則說：「山無烟雲，如春無花草。」這個意思是畫山的時候如果沒有烟霞為伴、雲霧相襯，就顯得單調，甚至無法突顯山的韻致，因為烟雲的作用正如同紅花繁草，最能彰顯春天的到來，所以郭熙又說：

> 山以水為血脈，以草木為毛髮，以烟雲為神彩。故山得水而活，得
> 草木而華，得烟雲而秀媚。〔註121〕

通過血脈、毛髮、神彩的比喻，郭熙告訴人們山水畫除了主景之山以外，應該別重視「水」、「草木」、「烟雲」。確實，我們無法想像一個毫無血色、禿髮，然後宣稱自己相當健康的人，也很難讚賞一個眼神渙散的美男子。在郭熙看來，謝靈運很可能完全不能算是一個山水畫家；在謝靈運看來，郭熙也很可能和詩人二字畫不上等號。當然我們的任務不是為這兩位大藝術家再加上一些頭銜，只是認為他們的實踐有共通之處：郭熙畫是一個「山」、「水」、「草木」、「烟雲」的構圖；詩人的詩景則矗立了一座山脈，山上有奔騰而下的水瀑，水瀑間爬升起了的雲霧，灌養了環繞其中的喬木——烟雲之「白」，草木之「綠」，正是大謝詩歌中最頻繁出現的顏色。

有意思的是，大謝幾乎不寫黑色。在某種程度上我們同意一種解釋，也就是在謝靈運以前的詩歌傳統，黑色的名詞性格最為人所熟悉，例如「黑水」、「黑地」，更多的時候，它被用來與「白」作對比，強調某件事情的真偽、是非或道德觀念，譬如《楚辭‧抽思》曰：「變白而為黑兮」，王逸注：「世以濁為清也」；〈惜誓〉：「眩黑白之美惡」，注曰：「眩，惑也。言方今之世，君臣不明，惑於貪濁，眩於黑白，不能知善惡之情也」；或是曹植〈贈白馬王彪〉：「蒼蠅間白黑，讒巧反親疏。」（魏詩卷七，頁453）從這個傳統來說，我們要求大謝在詩歌中如實地填充黑色，確有些不近情理。但按理說來，他的詩歌還是應該要充滿黑色，因為他必須面對他所強調的光源，在很多時候，是不帶亮度的。下面這些例子是大謝的捕捉：

〔註120〕張克鋒：《魏晉南北朝文學與書畫的會通》（北京：中國社會科學出版社，2010），頁119。

〔註121〕〔宋〕郭思編：《林泉高致集》，〔清〕永瑢、紀昀等纂修：《景印文淵閣四庫全書》（台北：商務印書館，民75），藝術類子部118冊，頁578。

秋岸澄夕**陰**。（〈永初三年七月十六日之郡初發都詩〉，宋詩卷二，頁
1159）

夕曛嵐氣**陰**。（〈晚出西射堂詩〉，宋詩卷二，頁 1160）

新陽改故**陰**。（〈登池上樓詩〉，宋詩卷二，頁 1161）

陰霞屢興沒。（〈遊赤石進帆海詩〉，宋詩卷二，頁 1162）

景落憩**陰**峯。（〈於南山往北山經湖中瞻眺詩〉，宋詩卷三，頁 1172）

旦發清溪**陰**。（〈登臨海嶠初發疆中作與從弟惠連可見羊何共和之
詩〉，宋詩卷三，頁 1176）

息**陰**倚密竿。（〈道路憶山中詩〉，宋詩卷三，頁 1177）

這些作品的關鍵同為「陰」字。人們之所以看見「紅的桃」、「綠的柳」，是光
源照映物象，然後反射進人的眼睛所形成的，一旦光源變得微弱，無法反射足
夠的可見光被眼睛所接收，儘管「紅的桃」的顏色並沒有改變，此時看來也不
是光源充足時的紅顏色。正是因為如實地反映眼前的景象，「陰」字一再地點
染在作品之中，預示著一連串觀念的轉換。意即：失去色彩的某物難以激發詩
人的靈感，遂轉而聚焦在微弱光源在某物投下的陰影裡。這一個看似失去光源
遂不得已的妥協，卻恰好是揭示「光─物」之間相互關係的表現──物象之
所以有輪廓、外觀、色彩，受制並且也決定於光線。

　　衾枕昧節候，褰開暫窺臨。傾耳聆波瀾，舉目眺嶇嶔。初景革緒風，
　　新陽改故陰。池塘生春草，園柳變鳴禽。（〈登池上樓〉節錄，宋詩
　　卷二，頁 1161）

在一場大病之後，找尋印象中山的壯偉、水的激響，謝靈運必須非常專注，因
為所有的知覺還在逐漸地恢復當中。彷彿初次離巢的幼雛那樣小心翼翼，迎向
詩人的，僅僅是一道「不一樣的空氣」（初景革緒風），又像是在黑暗以久忽然
照見陽光，詩人被「陰陽」的變化所觸動（而不是「景物」的變化）。顯然，
這個感官能力很快就恢復了，池塘「生」春草、圓柳「變」鳴禽的「猝然」〔註
122〕說明了這樣的混沌只是很短的一瞬，然而愈是短暫、愈是不須分析、不須
反省的知覺，就愈真切：在這一瞬之中我們看見萬千世界凝聚成了兩種元素的
劇烈作用，一是身體所感觸的**風**，一是眼底接觸的**光**。

〔註 122〕《石林詩話》卷中第三十則語，〔宋〕葉夢得撰；逯銘昕校注：《石林詩話校
　　　　注》（北京：人民文學出版社，2011），頁 137～138。

（二）光與風

影響大謝甚深的慧遠在記載廬山聖域時，以「風」作為造化萬物的神佛的化身：

> 其山大嶺，凡有七重，圓基周迴，垂五百里，風雲之所攄，江山之所帶，高岩仄宇，峭壁萬尋，幽岫穿崖，人獸兩絕。天將雨，則有白氣先搏，而瓔珞于山嶺下，及至觸石吐雲，則倏忽而集。或大風振岩，逸響動谷，群籟競奏，奇聲駭人。此其變化不可測者矣。（慧遠〈廬山記〉節錄，全晉文卷一百六十二，頁 1700）

幽壑天雨中乍現的白霧在山嶺嵺石間倏忽集散，是因為風的緣故；高崖之間懾人的群籟迴響，也是受到了風的振盪。應慧遠（334～416）的要求，謝靈運作〈佛影銘〉，一改淨域的「神秘」、「駭人」為「山光水色」，此中固然是大謝對淨域的「親愛」，卻也同時透露一種更為人所接受的淨域模樣：

> 因聲成韵，即色開顏。望影知易，尋響非難。形聲之外，復有可觀。觀遠表相，就近暧景。匪質匪空，莫測莫領。倚岩輝林，傍潭鑒井。借空傳翠，激光發岡。金好冥漠，白豪幽暧……周流步欄，窈窕房櫳。激波映墀，引月入窗。雲往拂山，風來過松。地勢既美，像形亦篤。彩淡浮色，羣視沉覺。若滅若無，在摹在學。（謝靈運〈佛影銘〉節錄，全宋文卷三十三，頁 321～322）

這場景色的盛宴最終來到拂過山松的一道風，和先前奇幻而神麗的「輝林」、「空翠」、「激光」、「豪暧」形成經典的形象：繁華與平淡、萬有與空相。就像喇嘛一口氣吹掉了繪製已久的彩色壇城，留下一片原本的潔白無染，又猶如每次證道之後，都有一道風捲起了花雨，「風」象徵著結束的同時又否定了結束，塵埃落定，似有還無，形成絕妙的平衡，構築起「娑婆世界」的基本樣貌——也可以說是佛為了度化眾人，而選擇駐在的世界的樣貌。

蕭馳先生認為，謝靈運的寫景其實是佛教影響下的一種視感文化，事實上，這種視感繼承是全面的：首先，不祇大謝，同時，宋武帝、鮑照、王曰、殷仲文、蕭綱等人的作品，也反映了這種光與風的景致。其次，此種景致也正是六朝所謂「風景詩」的內涵：「直至齊、梁時代為止，所謂『景』，與其說是指放出光線的物體（即天體，特別是指日和月）本身，不如說是放射出來的光或輝耀的光芒而言」、「風字，即是空氣的意思……景氣的氣是個稍微抽象性的

概念，這氣引起人的感覺之作用便是風。」〔註123〕其三，在那些不以「風景」命題的作品——如器物詩，「光」（景）與「風」（氣）依然是並峙的兩個元素：

> 幸得與珠綴，纍纍君之楹。月映不辭卷，**風**來輒自**輕**。每聚金爐**氣**，
> 時駐玉琴聲。但願置樽酒，蘭釭當夜明。（王融〈詠幔〉）

> 甲帳垂和璧，螭雲張桂宮。隋珠既**吐曜**，翠被復**含風**。（沈約〈詠
> 帳〉）

> 青軒明月時，紫殿秋**風日**。朣朧引**光輝**，晻曖映容質。清露依檐垂，
> 蛸絲當戶密。褰開誰共臨，掩晦獨如失。（虞炎〈詠簾詩〉）

> 開關簾影出，參差**風焰**斜。**浮光**燭綺帶，凝滴汗垂花。（劉孝威〈和
> 簾裡燭〉）

> 朝逐珠胎卷，夜傍**玉鈎**垂。恒教羅袖拂，不分秋**風吹**。（徐摛〈賦得
> 簾塵詩〉）

> 綺筵日已暮，羅帷月未歸。開花散鵲彩，含**光**出九微。**風軒**動丹焰，
> 冰宇澹青輝。不吝輕蛾繞，惟恐曉蠅飛。（沈滿願〈詠燈詩〉）

> 匣上生**光影**，毫際起**風流**。本持談妙理，寧是用椎牛。（蕭詧〈塵尾
> 詩〉）

> 錦作明玳牀，黼垂光粉壁。帶日芙蓉**照**，因**吹**芳芬拆。（陳後主叔寶
> 〈七夕宴宣猷堂各賦一韻詠五物用得帳〉）

雖然以器物為名，但南朝詠器物很大程度是依賴周遭環境的烘托：我們是通過「廣角」看見器物。寫鞋子的時候，詩人的視野是女子穿著鞋子滿廳堂飛舞：

> 丹墀上颯沓，玉殿下趨鏘。**逆轉珠珮響，先表繡袿香。裾開臨舞席，**
> **袖拂繞歌堂。**所歡忘懷妾，見委入羅牀。（沈約〈十詠二首腳下履〉）

要寫一艘航行速度極快的船，詩人的視野是看不清的電光和晃眼而過的鳥群：

> 君侯飾輕利，搖蕩邁飛雲。凌波漾鷗彩，汎水渙蛟文。**電流已光絕，**
> **鳥逝復超群。**倏忽方千里，戀茲歧路分。（王筠〈詠輕利舟應臨汝侯
> 教詩〉）

要寫鏡子，詩人的視野不是鏡前的人或物，而是花是月亮，是整個天地：

> 玉匣聊開鏡，輕灰暫拭塵。**光如一片水，影照兩邊人。月生無有桂，**

〔註123〕詳參（日）小川環樹：〈風景的意義〉，譚汝謙編；譚汝謙、陳志誠、梁國豪
合譯：《論中國詩》（香港：中文大學出版社，1986），頁5、6。

花開不逐春。試挂淮南竹，堪能見四鄰。（庾信〈鏡詩〉）

要寫樂器，詩人的視野隨著樂音攀上了屋簷、攀上了簷瓦，裝點了整個夏季：

促柱弦始繁，短簫吹初亮。舞袖拂長席，鐘音由簾颺。已落簷瓦間，
復繞梁塵上。時屬清夏陰，恩暉亦非望。（張綖〈短簫詩〉）

又或者，樂音在花草樹叢間傳繞，和明月、華池相映成趣：

抱月如可明，懷風殊復清。**絲中傳意緒，花裏寄春情**。掩抑有奇態，
淒鏘多好聲。芳袖幸時拂，龍門空自生。（王融〈詠琵琶詩〉）

雕刻紛布護，沖響鬱清危。**春風搖蕙草，秋月滿華池**。（謝朓〈同詠
樂器得琴〉節錄）

此時的整體觀照不是讓文字圍繞著器物打轉，讀者終究會獲得一個印象：就好
像要我們了解一張地毯，不是去看它的材料與編織方法，而是去看那閒置放它
的，有陽光灑落、微風輕拂的房子——詠器物在一個傳統認知中最為狹窄的題
目裡，擁有最大的視野——而我們原本以為，這種視野，是山水詩、風景詩的
專職。

第六章　六朝詠器物的書寫想像

第一節　傷時的呼應

　　時間何以總是引起濃濃的悲感？這和先民認知時間的方式有關。原始的計時憑藉自然界的規律改變，以日夜為例，《說文》夜字从「夕」，象月亮之形，所謂「夜，天下休舍也。」旦字从「日」，象太陽躍上地面，「明也，旦見一上一地也」，是以日升月落，謂之一日。較長的時距如季節、年歲，就依賴鳥獸遷徙、稻熟穀落，《爾雅‧釋天第八》：「周曰年」郭璞注：「取禾一熟」，「勞作」在這當中佔據相當重要的位置，嚴格說來，時間的認知是因為我們需要一個工作與休息的量尺。

　　是以，無論「個人」在運動的過程中保持怎麼樣的速度與方向，「我的時間」必然伴隨著「世界的時間」而存在著；我們雖能感受到天地自然提供的「再生」，其中卻清晰地揉合著個人的「不再」，「循環」與「線性」的時間感受形式無從分割，而且實際的情況是這兩種時間形式將發生不斷且嚴重的衝突，「將個人的主觀經驗之樂，與人生難免在時間之中湮滅之痛並列，人生的短暫與落空，人類的生存情境之悲劇性，便昭然若揭。時間，變成了人的永恆焦慮。」[註1]

　　如果不能將這樣一種感知時間形式的情況考慮進來，便不能理解何以時間總是主宰著人的情緒，召喚出「短暫」的、「及時行樂」的意識，甚至主導

〔註 1〕　張淑香：〈抒情傳統的本體意識——從理論的「演出」解讀〈蘭亭集序〉〉，收於柯慶明、蕭馳編：《中國抒情傳統的再發現》下冊（台北：臺大出版中心，2009），頁 714。

第三種時間形式的想像與建構，用以終結傷時之悲感──這正是本章所要討論的重點：魏晉器物賦裡有一種「懸置」時間的可能，而南朝器物詩則有一種非線性、非循環的「片刻」的強調〔註2〕。

一、懸置

綜覽魏晉詩賦，我們很容易會獲得一種印象：敏感於時間，以及伴隨時間流逝而至的傷感情緒，泛濫於賦序、詩題、取材、用字等各種顯而易見的透露之中──我們以為這種情緒也會在魏晉器物賦裡俯拾皆是。

實際上不然。就像第四章最末我們所強調的，魏晉裡的器物幾乎都是「好器」（按：成公綏〈故筆賦〉也許會被視為唯一的例外，但那並不代表作者有意強調「不好」，所謂「故筆」，純然是要突顯「使用以後」的普遍現象。詳參本文第四章第三節），它不帶時間憂愁、不著時間痕跡，甚至無關任何時間之流中的舊與損，那麼它如何呼應時間？為了加以說明底下我們需要先將器物賦以外的、魏晉作品中表露的傷時書寫整理出來：

〔註2〕 依照敘述內容的需要，除了線性的、循環的時間形式，根據學者的研究，中國古典文學裡還存在著仙界的、輪迴的、異界等的時間狀態。仙界的時間主要呈現為與人間事物運動速度的落差，所謂「天上一日，地上一年」，一方面投射主人公的長生想望，一方面表示與人世的脫離，這部分研究可參考小川環樹撰、張桐生譯：〈中國魏晉以後的仙鄉故事〉（瘂弦、廖玉蕙主編：《中國古典小說論集》第一輯，台北：幼獅文化公司期刊部，1975），頁90～91，以及李豐楙〈六朝道教洞天說與遊歷仙境小說〉，《誤入與謫降：六朝隋唐道教文學論集》（台北：臺灣學生書局，民85），頁112。輪迴的時間源自印度佛教，在漢傳以後影響中原，其精神在於解釋人身處世的困阨，安頓人與萬物的關係，前世因、今生果，「佛教認為一切眾生在未達到涅槃解脫的彼岸前，生命的長流都在死此生彼死彼生此，生生死死的輪迴道中輪轉不息……人所做的善業惡業的因緣若未了，其作用力是不會在時空的流轉變遷中消逝，當因緣會合時機成熟之時，還是要自受果報……佛較認為善惡業力與習性的牽引是眾生輪迴生死乃至未能成佛的重要原因，正如《根本說一切有部毘奈耶雜事》中言：『一切事業皆是串習以為因緣。』《毘婆尸佛經》云：『業習煩惱一切不生，得大解脫成正等覺。』」（詳參丁敏：〈漢譯佛典阿含、廣律中「前世今生」故事的敘事主題與結構〉，《文與哲》第8期（2006.06），頁100～105），眼前得失不代表善惡之報，鼓勵人積德修業，以累積來世的福田。至於異界時間，則是劉苑如用以觀察六朝志怪小說的觀念，它既不同於「自然時間」（由自然現象所接收到的時間印象）、不同於「日常時間」（由日常作息所標誌的行動位移），範圍比仙界更廣，應該還包含形神變化當中的妖與鬼。關於異／常／非常的解釋，詳參劉苑如：《六朝志怪的文類研究──導異為常的想像歷程》（台北：國立政治大學中研所博士論文，1999），頁23～40。

1、詠物賦序

作為一種情感的載體，魏晉詠物賦的序言常常與正文連袂出現，像是怕被誤讀一樣地直指核心，又像不甘心隱身於文字之後，作者們左右著讀者對賦文的想像，為讀者展示他們毫不掩藏的對時間流逝的畏懼。

表現之一是因物的長生而感覺生年的苦短：如曹丕〈柳賦序〉：「昔建安五年，上與袁紹戰於官渡。是時余始植斯柳，自彼迄今，十有五載矣，左右僕役已多亡，感物傷懷，乃作斯賦。」（全三國文卷四，頁48）傅咸〈桑樹賦序〉：「世祖昔為中壘將軍，於直廬種桑一株，迄今三十餘年，其茂盛不衰。皇太子入朝，以此廬為便坐。」（全晉文卷五十一，頁534）陸機同題共作，序言曰：「皇太子便坐，蓋本將軍直廬也。初世祖武皇帝為中壘將軍，植桑一株，世更二代，年漸三紀。扶疏豐衍，抑有瑰異焉。」（全晉文卷九十七，頁996）

表現之二是因物的零落而有所感發，或為無奈、或若有所悟：如嵇含（263～306）〈白首賦序〉：「余年二十七，始有白髮生於左鬢，斯乃衰悴之標證，棄捐之大漸也。蒲衣幼齒，作弼夏后，漢之賈、鄧，弱冠從政。獨以垂立之年，白首無聞，壯志衄於蕪途，忠貞抗於棘路。覩將衰而有川上之感，觀趣舍而抱慷慨之歎。」（全晉文卷六十五，頁671）〈孤黍賦序〉：「余慎終屋之南榮，有孤黍生焉。因泥之濕，遭雨之潤，宿昔牙蘗，滋茂甚速。塗燥根淺，忽然萎殞。深感此黍，不韜種以待時，貪榮棄本，寄身非所，自取彫枯，不亦宜乎！」（全晉文卷六十五，頁673）庾儵（生卒年不詳）〈安石榴賦序〉：「於時仲春垂澤，華葉甚茂。炎夏既戒，忽乎零落。是以君子居安思危，在盛思衰，可無懼哉！迺作斯賦。」（全晉文卷三十六，頁375）張華〈朽杜賦序〉：「高柏橋南大道傍有古社槐樹，蓋數百年木也，余少居近之，後去。行路遇之，則已朽，意有緬然，輒為之賦，因以言衰盛之理云爾。」（全晉文卷五十八，頁598）傅咸〈蜉蝣賦序〉：「讀《詩》至〈蜉蝣〉，感其雖朝生暮死，而能修其翼，可以有興，遂賦之。」（全晉文卷五十一，頁537）

2、樂府

主　題	作　者	篇　名	頁碼（《先秦漢魏晉南北朝詩》）
薤露	曹操	薤露	347
	曹植	薤露行	422
	張駿	薤露行	876

蒿里	曹操	蒿里	347
長歌行	曹叡	長歌行	415
	傅玄	長歌行	555
	陸機	長歌行	655
短歌行	曹操	短歌行	349
	曹丕	短歌行	389
	曹叡	短歌行	413
	傅玄	短歌行	553
	陸機	短歌行	651
丹霞蔽日行	曹丕	丹霞蔽日行	391
	曹植	丹霞蔽日行	421
放歌行	傅玄	放歌行	557
太山吟	陸機	太山吟	660
君子有所思行	陸機	君子有所思行	662
	陸機	順東西門行	667

作為一種以物命名的題目，〈薤露行〉自上古起便承載關於人們的生死感受
〔註3〕。在建功立業一途上，儘管試圖反映「瞻彼洛城郭，微子為哀傷」（曹操
語）的忠肝義膽、表達「懷此王佐才，慷慨獨不群」、「騁我徑寸翰，流藻垂華
芬」（曹植語）的慷慨激昂，但擺脫不了的露水命運始終讓人語塞。「人居一世
間，忽若風吹塵」（曹植語）使我們想起〈古詩十九首〉當中的若干單句，它
們使用的都是同一種句法：「人生天地間，忽如遠行客。斗酒相娛樂，聊厚不
為薄……極宴娛心意，戚戚何所迫。」（〈青青陵上柏〉）「人生忽如寄，壽無
金石固。萬歲更相迭，聖賢莫能度。服食求神仙，多為藥所誤。不如飲美酒，
被服紈與素。」（〈驅車上東門〉）「今日良宴會，歡樂難具陳。彈箏奮逸響，新

〔註3〕古辭云：「薤上露，何易晞，露晞明朝更復落，人死一去何時歸。」〔晉〕崔豹
《古今注》卷中〈音樂〉：「薤露、蒿里，並喪歌也。出田橫門人，橫自殺，門
人傷之，為之悲歌，言人命如薤上之露，易晞滅也，亦謂人死魂魄歸乎蒿里……
至孝武時，李延年乃分為二曲，薤露送王公貴人，蒿里送士大夫庶人，使挽柩
者歌之，世呼為挽歌。」

聲妙入神。令德唱高音，識曲聽其真。齊心同所願，含意俱未伸。人生寄一世，奄忽若飆塵。」（〈今日良宴會〉）

　　我們遺憾地發現，不僅形體快速生滅的物使人們感覺悲傷，連不易生滅的「金石」也同樣能引發作者們的心痛，傅玄〈放歌行〉說：「靈龜有枯甲，神龍有腐鱗。人無千歲壽，存質空相因。朝露尚移景，促哉水上塵。丘冢如履綦，不識故與新。」（節錄）即便靈獸如龜都終將枯殞，「神龍」亦不免於腐朽的命運，那人們如何能期待「朝露」或「水上塵」可以帶給人們任何安慰？陸機〈長歌行〉：

> 逝矣經天日，悲哉帶地川。寸陰無停晷，尺波豈徒旋。年往迅勁矢，
> 時來亮急弦。遠期鮮克及，盈數固希全。容華夙夜零，體澤坐自捐。
> **茲物苟難停，吾壽安得延。俛仰逝將過，儵忽幾何間。**慷慨亦焉訴，
> 天道良自然。但恨功名薄，竹帛無所宣。迨及歲未暮，長歌乘我閒。

恐怕實際的情況是，在魏晉文人的心中，沒有一物是不能生悲的，換言之，時間的推移感幾乎浸染成生命的基調。

3、雜詩

　　根據沈凡玉先生的統計，「季節物候大量出現在題意籠統的『雜詩』、『詠懷』、『七哀』等同題群中」，形同無題的「雜詩」與節候作結合，有其背後的理由：「面對提示著提示『壯齒不恆居』的秋季物候，該如何『及時』實現生命的意義？許多詩人像左思一樣沒有答案，無可奈何的，只能抒發『雜』感。」〔註4〕

季　節	作　者	首　句	頁碼（《先秦漢魏晉南北朝詩》）
春	王粲	日暮遊西園	364
	張華	逍遙遊春宮	620
	張翰	暮春和氣應	737
	張協	述職投邊城	746
		太昊啟東節	748
	郭璞	青陽暢和氣	868

〔註4〕沈凡玉：《六朝同題詩歌研究》（台北：國立台灣大學出版中心，2015），頁227～228。

夏	傅玄	朱明運將極	571
	郭璞	羲和騁丹衢	868
秋	劉楨	節運時氣舒	368
	阮瑀	臨川多悲風	381
	曹丕	漫漫秋夜長	401
	曹植	高臺多悲風	456
		攬衣出中閨	457
	應瑒	秋日苦促短	472
	傅玄	志士惜日短	569
		蕭蕭秋氣升	576
	張華	暑度隨天運	620
	何劭	秋風乘夕起	649
	司馬彪	百草應節生	729
		秋節良可悲	729
	左思	秋風何冽冽	735
	張載	靈象運天機	743
	張協	秋夜涼風起	745
		大火流坤維	745
		金風扇素節	745
	王讚	朔風動秋草	761
	湛方生	仲秋有秋色	945
	陶潛	榮華難久居	1006
冬	司馬彪	烈烈玄飆起	729
	張協	朝霞迎白日	746
	包播	冬日淒慘	950

4、以思／懷／哀／樂／嘆／感時入題

時　序	作　者	篇　名	#卷數／頁碼
四時	李顒	悲四時賦	全晉文#53／562
春	夏侯湛	春可樂	全晉文#68／714
	王廙	春可樂	全晉文#20／218
	湛方生	懷春賦	全晉文#140／1457
夏	李顒	羨夏篇	858
秋	曹植	秋思賦	全三國文#13／137
	夏侯湛	嘆秋賦	全晉文#68／709
		秋可哀	全晉文#68／714
		秋夕哀	全晉文#68／715
	何瑾	悲秋夜	948
	潘岳	秋興賦	全晉文#91／937
	曹毗	秋興賦	全晉文#107／1091
	王譽期	懷秋賦	全晉文#115／1169
	伏系之	秋懷賦	全晉文#133／1383
冬	李顒	感冬篇	858
感時、運、節	曹植	感時賦	全三國文#13／137
		感節賦	全三國文#13／141
	陸機	感時賦	全晉文#96／983
		嘆逝賦	全晉文#96／988
	傅玄	朝時篇	558
	陶潛	時運詩	968
	盧諶	感運賦	全晉文#34／355

5、「歲暮」書寫

主　題	作　者	篇　名	頁　碼
百年	陸機	百年歌十首	668
蠟除	張望	蠟除詩	890

	陶潛	蠟日詩	1003
冬至	潘尼	冬至詩	771
	陳新塗妻李氏	冬至詩	955
歲暮	陸機	大暮賦	全晉文#96 / 988
	陸雲	歲暮賦	全晉文#100 / 1021
元正	辛蕭	元正詩	954
輓歌	傅玄	挽歌	565
	陸機	挽歌詩三首	653
		庶人挽歌辭	654
		又（庶人挽歌辭）	655
		王侯挽歌辭	655
		挽歌辭	655
	苻朗	臨終詩	932
	陶潛	擬挽歌辭三首	1012

　　魏晉時期有大量的「輓歌」——習俗中為人所諱言，而今卻成為作者所注目的題材。悼念死亡自然可看作是傷時的一個側面，然而遮去題目，大部份的輓歌與前引樂府中的寫成模樣甚為類似。它們或述說時間流逝之迅速與一去不回，「朝發高堂上，暮宿黃泉下」（繆襲（186～245）〈挽歌詩〉）、「人往有返歲，我行無歸年」（陸機〈挽歌辭三首之三〉），或定義這自古而然的道理，繆襲說「造化雖神明，安能復存我。形容稍歇滅，齒髮行當墮。自古皆有然，誰能離此者」，傅玄說：「人生尟能百，哀情數百端」、陸機說：「闈中且勿喧，聽我薤露詩。死生各異倫，祖載當有時」（〈挽歌〉），又或者，明知世事如此，亦不可免去生離死別的傷痛哀情，以至於大悲無言，「欲悲淚已竭，欲辭不能言」（傅玄〈挽歌〉）、「含言言哽咽，揮涕涕流離」（陸機〈挽歌詩三首之一〉）。

　　正由於從魏到西晉諸輓歌在內容上的雷同，遂顯出東晉陶潛（365～427）同題作品的特出。在陶潛的挽歌辭裡，沒有前人那種強烈的扴心之痛，關於時間流逝與不復返的遺憾，就好像僅僅是點綴似的，都被作者摻入的自然景色所稍稍稀釋：

　　有生必有死，早終非命促。昨暮同為人，今旦在鬼錄。魂氣散何之，枯形寄空木。嬌兒索父啼，良友撫我哭。得失不復知，是非安能覺。千秋萬歲後，誰知榮與辱。但恨在世時，飲酒不得足。(〈擬挽歌辭三首〉之一)

　　在昔無酒飲，今但湛空觴，春醪生浮蟻，何時更能嘗。肴案盈我前，親舊哭我傍，欲語口無音，欲視眼無光。昔在高堂寢，今宿荒草鄉，一朝出門去，歸來夜未央。(〈擬挽歌辭三首〉之二)

　　荒草何茫茫，白楊亦蕭蕭。嚴霜九月中，送我出遠郊。四面無人居，高墳正崔嶬。馬為仰天鳴，風為自蕭條。幽室一已閉，千年不復朝。千年不復朝，賢達無奈何。向來相送人，各自還其家。親戚或餘悲，他人亦已歌。死去何所道，託體同山阿。(〈擬挽歌辭三首〉之三)

「千年不復朝」、「賢達無奈何」、「早終非命促」的泰然，來自於「有生必有死」的體悟〔註5〕，前所未見的是，我們甚至會感覺陶潛率性到對生命價值的刻意嘲弄，所謂「千秋萬歲後，誰知榮與辱，但恨在世時，飲酒恒不足」、「在昔無酒飲，今但湛空觴，春醪生浮蟻，何時更能嘗」與其有目標地活著，不如當一個酒鬼。

　　「酒」在這裡所扮演的角色極為吃重。即便作為一種食品，它因強烈的「需求」而存在，但中國古代文人更常把它當成「客體性」的「對象物」，進而突顯主體的感覺與行動——「酒」與「酒器」的關係因此很微妙，它們不再是兩種物質，「在昔無酒飲，今旦湛空觴」，酒的意象在書寫概念裡，包含著它的盛裝物。

　　賦家也許無意召喚，但實際上這裡有一個清楚的守則：人們因匱乏而思酒，然後因飲酒而得到滿足；人們因壓抑而索酒，然後在飲酒中釋放壓抑，也就是說，「時間」所造成的種種困擾，就在「匱乏／滿足」、「壓抑／釋放」中取得平衡，而這個平衡，正是通過器物來完成的。酒器如此，他器亦然，都處

〔註5〕孫康宜著；鍾振振譯《抒情與描寫：六朝詩歌概論》：「在陶淵明那裡，我們看到了一種對死亡的強調意識和積極態度，而前此的詩人們對此則不甚措意。這意味著詩歌中文學批評的一個轉折點，因為自漢代以來，死亡的煩惱已經成了中國詩歌的主要話題之一。正如在〈古詩十九首〉裡可以看到的那樣，人們不斷地為稍縱即逝的生命而悲哀。然而陶淵明的獨出心裁之處在於他那征服死亡的抒情——他認為生命的短暫本來就是凌駕於人類之上的大自然的一種必然現象。」(台北：允晨文化實業股份有限公司，民90)，頁50。

在這個「需求／成全」的守則底下。

與此同時，器物賦家隱身於文字之後，我們當然知道某篇一定出於某個人之手，但很顯然，作者並沒有給出自己就是「使用者」的訊息，作品裡的情境與作品外的情境遂成功地產生了距離，這將有效地避免了一場將器物賦變成某人的使用說明的尷尬，畢竟那不是器物賦最精采的一部分；最精采的一部分，終究是回應書寫的動機、創作的欲望，成全那個欲望的自我。根據物化理論：

> 因為商品的魅力令人困惑，它像巫術一樣，讓人迷狂又恐懼，自由
> 又壓抑，並情不自禁地為之所完全占有，從而感受到一種自我喪失
> 的快感。〔註6〕

憑藉著對「酒」（器）的「使用」、「占有」與「投入」，自我或許真的能進入一種獨有的狀態。魏張紘〈瓌材枕賦〉最後說「昔詩人稱角枕之粲，季世加以錦繡之飾。皆比集異物，費日勞力，傷財害民，有損于德。豈如茲瓌，既剖既跐，斯須速成。一材而已，莫與混并。纖微無加，而美曄春榮」，對他而言，一個本質極佳的枕頭，就是游離於盛衰、生滅以外的、春日裡的繁花；棗據〈船賦〉說「感斯用之却廣，信人道之所存」，通過物質所獲得的信念，讓作者超越了物質性；張翰〈杖賦〉說「舍少壯之自然，假扶我之攸賴……（足畜）踽旦夕，欲與永久」最讓作者欣慰的是杖所提供的「永久」陪伴，起到「與物共存」的自我轉化——一種暫時懸置、忘卻，或說「喪失」於那如影隨形的焦慮：時間。

二、片刻

焦慮於時間，在南朝器物詩裡不僅依然為一道伏線，而且蘊涵更多的因應之道：如果說魏晉是以器物賦實現某種自我於時間中的逃離，那麼南朝的器物詩就是進一步反映了人們對逃離的懷疑，為了安定自身，從而發展出不同的、得以解釋的時間形式。

善於捕捉人的器物，莫過於「鏡」。南朝以前，以鏡傷時的作品，以傅咸的〈鏡賦〉為典型。前節我們已經提到這篇，這裡再做更詳細的說明。此篇分五段，除了第一段寫鑄鏡過程和光潔的鏡身，餘下四段從「應物無方」到「玉

〔註6〕 韓琛：〈道成「物」身：物化時代的仙境或廢墟〉，徐敏、汪民安主編：《物質文化與當代日常生活變遷》（北京：北京大學出版社，2018），頁29。

顏有衰」一方面是鏡的功能，另方面是遲暮之嘆，最終歸結出「內省自箴」、「見前慮後」的積極哲學：

> 從陰位於清商，採秋金之剛精。醮祝融以制度，命歐冶而是營。熾火壚以陶鑄，飛光采于天庭。晞日月之光烈，儀厥象乎曜靈。（首段）

> 清邈明水，景若朝陽。不將不迎，應物無方。不有心于好醜，而眾形其必詳。同實錄于良史，隨善惡而是彰。（二段）

> 猗猗淑媛，戔戔后妃。眷春榮之零悴，懼玉顏之有衰。盼清揚而自鏡，競崇媌以相暉。珥明璫之迢迢，點雙的以發姿。（三段）

> 若乃雲鬢亂于首，頹黛渝于色。設有乏于斯器兮，孰厥貌之能飾。與暗瞽而同昧兮，近有面而不識。（四段）

> 君子知貌之不可以不飾，則內省而自箴。既見前而慮後，則祗畏于幽深。察明明之待瑩，則以此而洗心。覿目觀之有瑕，則稽訓於儒紳。夫然，尚何厥容之有慢，而厥思之有淫。（五段）

南朝以降，情緒反映於詠鏡裡變得很多元，傷時固不可免，如孔範的〈和陳主詠鏡詩〉：

> 虎賁愁與日，龍鏡覽顏時。懷恩未得報，空歎髮如絲。

但同時，詩人也強調鏡子只是照影，不能見心。關於喜悅、苦恨、悲切、懺悔等等「情感」，雖然常常被詩人加以強調，但具體的內容卻很模糊，比如朱超的〈詠鏡詩〉：

> 折花須自插，不用暫臨池。當由可憐面，偏與鏡相宜。安釵釧獨響，刷鬢袖俱移。唯餘心裏恨，影中恒不知。

擴而言之，有時竟像庾信〈塵鏡詩〉這樣，笑看春風秋月：

> 明鏡如明月，恆常置匣中。何須照兩鬢，終是一秋蓬。

對於「理想狀態」的體認，如前文所論述的，是南朝詠器物的一大特點，這不僅是知識般的敘述，被單純視為知覺的作用，更重要的意義在於，它是一種同情共感，在歷經漢魏器物賦的輝煌以後，對於器物「有毀」的體悟，或說「徹悟」，進而轉換重心，用別樣的心態去消化困境，都似乎是佛教末法思想的翻版：末法指世尊涅槃後，佛教將經歷 500 年正法時期，1000 年像法時期，至此以後，釋迦的教義難以實行，人們不再追求開悟的時期；具體來說，也就是

佛教將要滅亡的危機意識〔註7〕，但也因為這種危機，「促成佛教徒的反省與奮起，開始思考、尋求解決挽救的方法。」〔註8〕

　　因此，器物固然是一種對象，但在這個南朝的佛教場域來說，它只是對象之一，人們真正面對的是貪嗔癡帶來的困擾，「通常造成困苦結局的，與其說是欲望，毋寧說是貪欲（craving）或執著（clinging），也就是往對象、人物，或經驗過分黏附放而放不了手的表現。」〔註9〕。就實踐順序而言，必須先看懂身體的感知並且加以突破，進一步掌握心識，接收佛教指示的新的世界觀。當參透了時間表現在物質上的「幻」，便能超越一切現實、既有的限制，賦予新的意義。

　　那麼，新的詮釋視域下的時間，會以什麼姿態在詠器物詩當中現身？謝朓〈雜詠三首之一詠鏡臺〉是一個很好的說明。詩歌如下：

　　　　玲瓏類丹檻，苕亭似玄闕。對鳳懸清冰，垂龍掛明月。照粉拂紅粧，

　　　　插花理雲髮。玉顏徒自見，常畏君情歇。

在謝朓以前，最具影響力的鏡書寫就是上引的傅咸〈鏡賦〉，他的梳理主要包含了鏡的功能和形上涵義，然後在「有瑕」之「目睹」的前題下，進行教誨式的、有目的的導向。但謝朓則一篇則完全不同。嚴格來說，它甚至無關於傳統因「照鏡」而產生的「色衰」之感，因為色衰所引發的「君情之歇」，根本是一種「總是」（常）、是一種如影隨形，不須等待照鏡來確認此一事實。「畏」的力度多少被「常」沖淡了，與其說寫出恐懼之情緒，毋寧說「畏」只是「過程」的一個部分——在謝朓詩中，沒有意志的導向，只有一個明確的場景、一個明確的主角，以及一個完整的事件過程。如果說傅咸的作品是論理，那麼謝朓的則像是敘事，我們真正要考慮的是謝朓說「玉顏徒自見」所加入的行動因素，傅、謝的根本區別在於：前者申述的是「一般狀態的認知」，而謝朓則是突出了與器物互動的「片刻」。

　　佛教向來重視「眼見」。雖然說要以心為識，但卻不能夠脫離於眼見之

〔註7〕（日）鐮田茂雄著；黃玉雄譯：〈末法到來〉，《五臺山研究》，2001年第1期，頁40。

〔註8〕劉苑如：《朝向生活世界的文學詮釋——六朝宗教敘述的身體實踐與空間書寫》（台北：新文豐出版股份有限公司，民99），頁16。

〔註9〕蔡耀明：〈以菩提道的進展駕馭「感官欲望」所營造的倫理思考：以《大般若經・第十二會・淨戒波羅蜜多分》為依據〉，《臺大佛學研究》第16期（民97.12），頁78。

「色」，也就是說，固然要不被耳鼻舌身所惑，但論理時，卻必須通過色相才能顯出心的照實功能。一般人關注於色，試圖將它辨認到底，卻常會被矇蔽，因為一般人只是認知色之狀態，便以少／老、新／舊、原／損，以為時間遷流不止。但從東晉以降在中國南方發揮影響力的中觀般若學來看，少／老等等既是不同狀態，也就是不同事物，《中觀》：「觀方知彼去，去者不至方」〔註10〕，人們由方位來判斷某物的離去，殊不知離開的某物並沒有到達人們以為的彼方，達到彼方的已經不是原初離開的那個事物，也就是說，眾事物沒有從哪裡來，也沒有往哪裡去，《道行》所謂：「諸法本無所從來，去亦無所至」〔註11〕，事物看起來好像在動，實際上卻是寂寂不動的，僧肇（384～414）的〈物不遷論〉「昔物不至今」就是在發明這個旨意：

> 既知往物而不來，而謂今物而可往。往物既不來，今物何所往？何則？求向物於向，於向未嘗無；責向物於今，於今未嘗有。於今未嘗有，以明物不來；於向未嘗無，故知物不去。（全晉文卷一百六十四，頁1723）

這樣，萬物即生、即滅，「是謂昔物自在昔，不從今以至昔；今物自在今，不從昔以至今」，用時間形式定義這種存在狀態，就是「剎那」、就是「片刻」，「『剎那』是時間點，就是有為法（具體事物），剎那以外是沒有時間可說的」。〔註12〕

回到本文的脈絡，片刻，實是南朝器物詩的時間基調：

> **暫**承君玉指，請謝陽春旭。（齊謝朓〈詠竹火籠〉）

〔註10〕 此語出自僧肇〈物不遷論〉。所謂〈中觀〉即龍樹菩薩（約公元前3～2世紀）《中觀論》，中國習稱《中論》，係以《般若經》為本，全文在緣起性空的立場上進行辯證闡發。

〔註11〕 此語亦出自僧肇〈物不遷論〉。《道行》乃《道行般若經》，後漢月支國三藏支婁迦讖譯，卷五〈摩訶般若波羅蜜道行經分別品第十三〉語云：「說諸法空，是亦無所從來亦無所從去」，詳參《大正新修大藏經》第八冊（北縣：傳正有限公司，2001），頁452。

〔註12〕 釋印順：《說一切有部為主的論書與論師之研究》（新竹：正聞出版社，1987），頁235。說一切有部和中觀派在時間形式的看法上基本是一致的，它們最主要的差別是在對現象世界的解釋。前者以現象世界為虛幻，以法體（自性）為實有；後者則相反，認為現象才是真實存在的，法體只是腦海中的一個虛構的概念，眾物不是由法體創造，而是眾緣和合而成，所以說它們的本質都是「空」，所謂「眾因緣生法，我說即是空，亦為是假名，亦是中道義。」（《中論》）。

　　折花須自插，不用暫臨池。（梁朱超〈詠鏡詩〉）

　　玉匣聊開鏡，輕灰暫拭塵。（梁庾信〈鏡詩〉）

根據詩人的提醒，人不會整日照鏡、也不會一年四季使用竹火籠，當然，現實中的照鏡和過冬是完全不同的時距，但重點是讀者應該要很有信心：作品要傳遞「使用時間」很短的訊息，且諸家具有一致性。不止單個字眼，詩人也借助上下句的今昔安排營造白駒過隙的時間感，如沈滿願的〈詠五彩竹火籠〉：

　　可憐潤霜質，纖剖復毫分。織作迴風苣，製為縈綺文。含芳出珠被，

　　耀綵接緗裙。徒嗟今麗飾，豈念昔凌雲。

季節轉換也是詩人的手段，沈約〈詠竹火籠〉寫出竹材遊走於夏天「滌炎氛」和冬天「吐氛氳」兩個極端之間，轉換之「速」，遂用「忽」字強調：

　　結根終南下，防露復披雲。雖為九華扇，聊可滌炎氛。安能偶狐白，

　　鶴氅織成文。覆持鴛鴦被，百和吐氛氳。忽為纖手用，歲暮待羅裙。

詩中清楚地表明了：人與器物的相遇，就是一場極為短暫的時空相遇——是在這個前題底下，我們才能理解何以詩人常用歷史人物去突顯這一刻的難得：

　　擢影兔園池，抽莖淇水側。朝映出嶺雲，莫聚飛歸翼。幸雜綈囊用，

　　聊因班女織。一合軒羲曲，千齡如可即。（蕭統〈賦書帙詩〉）

　　本自靈山出，名因瑞草傳。纖端奉積潤，弱質散芳煙。直寫飛蓬牒，

　　橫承落絮篇。一逢提握重，寧憶仲升捐。（徐摛〈詠筆詩〉）

否則這些都是日常之物，又何來驟然相遇之嘆？也就是說，南朝器物詩的這種「片刻」的揭示，固然是一個創作的活動，但又何嘗不能是一個佛學浸染下的普遍認知、學佛者的開悟結果呢？蕭衍的〈詠筆詩〉是特別有意思的一首，作品如下：

　　昔聞蘭蕙月，獨是桃李年。春心儻未寫，為君照情筵。

桃李年指的是青春年華，蘭蕙在傳統上雖有特定意義，但此處將「蘭蕙月」一詞朝香草美人解釋，未免有些不合。從前後句的形式來看，很可能是「桃李年」相對仗的安排，並且和第三句的「春心儻未寫」相呼應。按照創作的題材，春心指的是男女愛情的書寫，而蕭衍也確實有相當出色的這類作品，集中表現在他的樂府詩，比方說〈子夜四時歌・春歌四首〉之一、二：「階上香入懷，庭中花照眼。春心一如此，情來不可限。」「蘭葉始滿池，梅花已落枝。持此可

憐意，摘以寄心知。」〈襄陽白銅鞮歌三首〉之一、二：「陌頭征人去，閨中女下機。含情不能言，送別沾羅衣。」「草樹非一香，花葉百種色。寄語故情人，知我心相憶。」因此，本首最表面的意思應該可以理解為：要透顯抽象的「情」，必須為它留一個具象的「筵」（位置），虛實之間的困難與突破，就是筆的功勞。如果沒有筆的坐實，情根本就難以捕捉、難以證明，換言之，如果我們將「月」和「年」視為主人翁對對方由來已久的思念，在「筵」完成以前，它們可以說是無意義的。在這裡，作為一種相對於情的「實」，「筵」為我們說明了空間與時間的緊密關係——至少詩人是從「具體之物」定位時間的，然後進一步解釋「筆」的存在意義，就發生在「心」對情之「照見」的一刹那。

　　一切並非理所當然，必得依賴有識之士，於是乎，我們也常常在南朝器物詩裡看到「幸」字，它很好地說明了詩人摹擬器物在生活中「被『非經常的』使用」的狀態——這裡所以應視為作者對器物本質的理解：

> 仰出寫含花，橫抽學仙掌。**幸**因提拾用，遂廁璇臺賞。（蕭綱〈詠筆格〉節錄）

> **幸**雜緗囊用，聊因班女織。一合軒羲曲，千齡如可即。（蕭統〈賦書帙詩〉節錄）

> 掩抑有奇態，淒鏘多好聲。芳袖**幸**時拂，龍門空自生。（王融〈詠琵琶詩〉）

> 薦羞雖百品，所貴浮天實。**幸**成歡醑餘，寧辭嘉宴畢。（沈約〈同詠坐上玩器詠竹檳榔盤〉）

> **幸**得與珠綴，羃麗君之楹。月映不辭卷，風來輒自輕。（王融〈詠幔〉）

> 搖風入素手，占曲掩朱唇。羅袖**幸**拂拭，微芳聊可因。（何遜〈與虞記室諸人詠扇詩〉）

三、愉快的香氣

　　顯而易見的是，並非所有器物詩都展現了「片刻」。那麼除了片刻以外，是否還有其它方式也回應傷時之感？

　　還是以詠鏡為例。魏晉時期寫鏡的不多，留存的更少，孫盛（生卒年不詳）

有〈鏡賦〉一篇，從留存的序言可看見是受到鏡體的光潔亮麗所吸引：

> 余昔於吳市得見青明鏡，即異之。及晴日映水，光采流曜，有殊眾
> 鑑。乃始知曠世金精，實不貲之異物也。

雖本篇已亡佚，但從創作動機來看，可以想像孫盛和傅咸（教化意義之強調）是不同的。如果說孫盛的視角是以物質狀態為主，那麼南朝的蕭綱可以說是繼承了這個視角，他有一首〈鏡詩〉，開宗明義地宣稱自己沒有因為韶光易逝而減少覽鏡的次數，因為覽鏡目的已經由照面，變成對「鏡」本身的欣賞：

> 四銖恆在側，誰言覽鏡稀。如冰不見水，似扇長含暉。全開玳瑁匣，
> 併卷織成衣。脫入相如手，疑言趙璧歸。

比扇子還蘊藏光亮，又像冰一樣的沁涼，對蕭綱而言，鏡的工藝技術直可追上一塊上等的玉器。庾信的〈鏡詩〉也著眼於物質狀態：

> 玉匣聊開鏡，輕灰暫拭塵。光如一片水，影照兩邊人。月生無有桂，
> 花開不逐春。試挂淮南竹，堪能見四鄰。

鏡光如月，花樣如春，憑藉著鏡面所反射的光亮、鑄鏡的紋樣，在這一方小小的銅鏡前，詩人有立足月下花前的感受，就像前文所說的：在一個最小的題目裡，詠物往往有最寬廣的視野。

鏡和韶華無關，和時間也無關，是它的物質條件直接影響了創作。這裡，我們不妨再看一下庾信的〈鏡賦〉：

> 天河漸沒，日輪將起。燕噪吳王，烏驚御史。玉花簟上，金蓮帳裡，
> 始折屏風，新開戶扇。朝光晃眼，早風吹面。臨桁下而牽衫，就箱
> 邊而著釧。宿鬟尚捲，殘粧已薄。無復脣朱，纔餘眉萼。屬上星稀，
> 黃中月落。鏡臺銀帶，本出魏宮。能橫却月，巧挂迴風。龍垂匣外，
> 鳳倚花中。鏡乃照膽照心，難逢難值。鏤五色之盤龍，刻千年之古
> 字。山雞看而獨舞，海鳥見而孤鳴。臨水則池中月出，照日則壁上
> 菱生。暫設粧奩，還抽鏡屜。競學生情，爭憐今世。鬢齊故略，眉
> 平猶剃。飛花磚子，次第須安。朱開錦蹹，黛蘸油檀。脂和甲煎，
> 澤漬香蘭。量鬢鬟之長短，度安花之相去。懸媚子於搔頭，拭釵梁
> 于粉絮。梳頭新罷照著衣，還從妝處取將歸。暫看絃繫，懸知攝縵。
> 衫正身長，裾斜假襜。真成個鏡特相宜，不能片時藏匣裏，暫出圍
> 中也自隨。

從夜幕收攏、曙光微露開始，庾信繪製了一個雕梁畫棟、金光晃眼的場景，在

這場景裡有一美好的主人翁甦醒了，就著鏡臺，打理自己的容妝，然後翩翩然然的出園子去。若是不看題目，我們很可能以為這是在寫一個女子，而不是一面鏡子，但其實作者描寫女子的舉手投足、扮前扮後，其實就是鏡像的反射。當然，女子的姿態一旦過度吸引我們的目光，總是令人不安的，但是，這卻是最饒富趣味之處——庾信很清楚點出了「鏡」作為用物的價值：我們是用它來讓自己的生活趨於美好的、更方便的，而不是用它來反省的、愁思的。事實上，這個鏡子「鏤五色之蟠龍」、「刻千年之古字」，它原本就符合了人們生活之美感品味。如若它笨重、呆板近乎醜陋，文中的女子也不會願意將它藏之衣裙、暫出園中，時時照拂了。

　　值得注意的是，此時照鏡的是一名女子，而非男子——在魏晉以前，創作書寫中的鏡子的功能是為了更崇高的目的：端正自省，因此照鏡也只能是男子的專屬。但魏晉以降，詠器物的道德要求逐漸下降，我們遂可以看見更實際的用鏡情況，人人皆可用鏡，而生活之中，大概是女子照鏡更多，在這裡，鏡賦的內容顯然也直接服膺於它的目的。當然，「女子」在南朝的宮體環境中有它特定的意涵，她們是美的化身，在書寫中頻頻出現，則代表了人們被純粹的美所吸引。何維剛先生指出，由「男子照鏡」到「女子照鏡」的變化，正好表現在《藝文類聚》所收的三篇鏡賦裡：傅咸、劉緩、庾信，「劉、庾二人書寫風格的變動，其重要性不僅只是文學作品意涵的轉變，更側映出南朝時期社會風潮對於『照鏡』舉止的價值取向：就文學書寫對象來看，『照鏡』氛圍的書寫重心漸由男性轉為女性，對於鏡子的道德意義也漸漸剝落，鏡子成為女性追求美感的憑藉，『美』的追求便是鏡子的功能所在。而女性與鏡子之間美感的聯繫關係，也在南朝作品中奠定其文化底蘊。」〔註13〕劉緩的作品在《初學記》、《歷代賦彙》皆作〈照鏡賦〉，而不是〈鏡賦〉——「照鏡」的動作被包含在「鏡」的物質觀察之中。這種「女子」的物化在現代看來不合時宜，卻恐怕是當時最具體的美感領地、一種「使人精神愉快」的代表。

　　說到底，南朝不乏「使人精神愉快」之物。梁武帝筆下的圍棋是一個很好的例子。眾所周知，這位皇帝有許多異於常人之處，《梁書》本傳稱他「少而

〔註13〕何維剛：〈從鏡賦書寫看六朝時人對鏡子認識的轉變〉，《人文社會科學研究》第五卷第二期（2011.6），頁140。關於何維剛先生此文的討論，詳見本文第一章相關研究回顧。

篤學，洞達儒玄，雖萬機多務，猶卷不輟手，燃燭側光常至戊夜」、「六藝備閑，棋登逸品，陰陽緯候，卜筮占決，並悉稱善。又撰金策三十卷，草隸尺牘，騎射弓馬，莫不奇妙。」這樣一位「會玩又會讀書」的作者，他的圍棋描寫完全展現了南朝時期器物朝「精神世界」發展的新取向：

> 圍奩象天，方局法地。枰則廣羊文犀，子則白瑤玄玉。方目無斜，直道不曲。

> 爾乃建將軍，布將士，列兩陣，驅雙軌。徘徊鶴翔，差池燕起。用忿兵而不顧，亦憑河而必危。癡無戒術而好鬥，非智者之所為。運疑心而猶豫，志無成而必虧。

> 今一棋之出手，思九事而為防。敵謀斷而計屈，欲侵地而無方。不失行而致寇，不助彼而為強。不讓他以增地，不失子而云亡。

> 落重圍而計窮，欲佻巧而行促。劇疎勒而迍邅，甚白登之困辱。或龍化而超絕，或神變而獨悟。勿膠柱以調瑟，專守株而待兔。或有少棋，已有活形，失不為悴，得不為榮。若其苦戰，未必能平，用折雄威，致損令名。

> 故城有所不攻，地有所不爭。東西馳走，左右周章，善有翻覆，多致敗亡。雖畜銳以將取，必居謙以自牧，譬猛獸之將擊，亦俯耳而固伏。若局勢已勝，不宜過輕，禍起於所忽，功墜於垂成。

> 至如金壺銀臺，車箱井欄，既見知於曩日，亦在今之可觀。或非劫非持，兩懸兩生。局有眾勢，多不可名。或方四聚五，花六持七。雖涉戲之近事，亦臨局而應悉。或取結角，或營邊鄙，或先點而亡，或先撇而死。

> 故君子以之遊神，先達以之安思，盡有戲之要道，窮情理之奧秘。

此篇分為七段。首段寫棋具的物件，圓的棋盒和方的棋盤，分別像天地之形，棋盤是用犀角作的，棋子則是玉料作的；次段將棋戲視為軍陣兵法，隨著棋位不同，相當於將軍、將士等不同職屬，但重點在不僅憑藉奕者之智慧，更要有決勝的志意；第三段總述棋法：斷察敵謀，不失行、不助彼、不讓他、不失子；第四段，提出奕棋的困境與解決之方，一旦落於重圍，則不能膠柱鼓瑟——苦戰未必有好結果，威名也不見得有用——此時就要懂得審視局勢、善用新

局〔註14〕；第五段接續上文，指出洞察局勢的關鍵在於「居謙自牧」，掌握局勢的關鍵則在態度的嚴謹、「不宜輕忽」；第六段講的是棋形與定式，包含金壺銀臺、車箱井欄、方四聚五、花六持七，劫、持、取、營、點、撇皆為攻守專門術語。

全篇讀來，攻守之法、作戰要略像是主要的內容，但其實那些關乎「心靈」的字眼才是串連賦文的關鍵：下棋首要有立定「心志」，加之「詳思」、覺察「獨悟」，並且「居謙自牧」。雖講棋法，但梁武帝不曾表明一種必勝的棋法；雖講攻術，但也沒有一種現成的、保證式的要略，從某個方面來說，圍棋的勝負直接與棋手有關，圍棋的過程是對棋手的一種訓練——訓練未定的心性、周嚴虧欠的思慮、留意不經意的靈感、拋卻趾高氣揚的態度，圍棋的勝負在於棋手自身的脫胎換骨，所謂「先達以之安思，盡有戲之要道，窮情理之奧秘」，圍棋之作用在於棋手面對自己的精神世界，繼「遊意」、「遊慮」之後，梁武帝以「遊神」、「有戲」稱之。

勝負世界，不贏則輸，然而從魏晉到南朝的「詠圍棋」發展中，我們會看到對局的兩個人更像是為了一致的目標：不是思考如何打敗對方，而是思考如何用最佳的策略對付當前的局面；不是赴湯蹈火的求勝，而是虔誠地修心。換句話說，「器物」的價值，隨著「遊」、「戲」觀念的改變而轉換，甚至形成一種風尚，顏之推每將圍棋、彈棋等稱之為「雅戲」，益為一證：

　　圍棊有手談、坐隱之目，頗為**雅戲**。(《顏氏家訓·雜藝》)

　　彈棋亦近世**雅戲**，消愁釋憤，時可為之。(《顏氏家訓·雜藝》)

然後，就像我們所知道的，人們直接將想像中不作遊、戲之用的器物稱為「玩器」，直指它們在精神方面的愉快效果：

　　梢風有勁質，柔用道非一。平織方以文，穹成圓且密。薦羞雖百品，所貴浮天實。幸承歡醑餘，寧辭嘉宴畢。(沈約〈同詠坐上玩器詠竹檳榔盤〉)

　　蟠木生附枝，刻削豈無施。取則龍文鼎，三趾獻光儀。勿言素韋潔，

〔註14〕梁武帝作有《棋評》，惜已亡佚，《敦煌碁經》保存了一部份梁武帝的《碁評要略》可參看，其間亦提及審局：「大行粗遍，當觀形勢，無使失局也。觀察既竟，揮彼孤弱者，當系之；此有孤弱，當生救之；彼見孤弱，我勢自強也。」《續修四庫全書》據英國國家圖書館藏敦煌寫本影印，1097 冊·子部·藝術類（上海：上海古籍出版社，2002），頁 5。

白沙尚推移。曲躬奉微用，聊承終宴疲。(謝朓〈同詠坐上玩器得烏皮隱几〉)

即便不是專研南朝詠物的人，對此二首都未必陌生，作為南朝詠物詩之一，此二首的創作背景與作品樣式都太過經典。承前節所言，檳榔的原產地不在中土，是域外進貢之物，因此，宴席上一但出現檳榔，未必是作為食用之物，而更可能帶有「裝點」的意味，意思是它的罕見與不凡將使宴席更顯隆重。其次，盛裝不凡之物的盛器，自然是相當精緻，沈約之筆清楚表現了這一點：雖用的是常見的材料，可正是這方圓疏密的編織之間，顯示了竹材既堅韌又柔軟的特殊屬性，「幸成歡醑餘，寧辭嘉宴畢」，即便不用以盛裝果物，那也無損它的美感特質，它本身就是一件珍貴的藝術品。

至於烏皮隱几，對詩人而言真正的重點在於隱几取象於鼎的「三趾」的構造，在「刻削」有成的紋樣，在不易髒污的烏皮的成色，與其說他在寫一件傢具，毋寧說他在欣賞一件藝術品，因此當詩人講到「功能」時，才會用那一種「聊勝於無」的口氣：對詩人而言，有一種精神上的滿足，可能才真是錦上添花。

宇文所安先生考察過謝朓與杜甫對隱几的態度，認為中間有一種「物」到「財產」的轉換，一直到杜甫才真正脫離了「物」的象徵和比喻：

> 在杜詩中，烏皮几逐漸變成了真正的「物」，詩人年長日久與之朝夕相伴、對之感到戀戀不捨的家用器具。在前面引用的第一首提到烏皮几的詩裡(〈將赴成都草都途中有作先寄嚴鄭公五首其五〉)，皮几還可以說象徵了一種生活方式；但在這首詩裡(〈風疾舟中伏枕書懷三十六韻奉呈湖南親友〉)，它不再是任何東西的象徵，只是它自己，是杜甫日常生活的一部分。因為剝落破綻，不得不重重纏縛，皮几遂成為身穿補釘鶉衣的衰邁詩人的對應物。〔註15〕

宇文所安先生的看法自然無關褒貶，但言下透露了謝朓還不曾真正接觸器物的物質性：他雖面對一具體而特定的烏皮隱几，但他的描寫其實可以適用於任何一個美麗精緻的烏皮隱几〔註16〕。這個評論實在是極精準的，但是，在本文

〔註15〕 宇文所安：〈文本的物質性與文本中的物質世界〉，陳玨主編：《唐代文史的新視野——以物質文化為主》(台北：聯經出版事業股份有限公司，2015)，頁31。

〔註16〕 宇文所安指出：「當時宴會上一件具體而特殊的物品，烏羔皮裹飾、坐時用以靠身的小几案，現在被詩人作為『類型』進行再現。謝朓顯然並不關心當時坐

的脈絡下，仍有詮釋的空間，我們終究不能忘記他有他明確的取向，謝朓之作本來就不是烏皮隱几的使用說明書，他是在表彰一種心靈的愉快，一種視「用器」為「玩器」的、前所未有的觀物心態。

觀器心態，可以是觀察眾物的縮影。也許南朝詩人沒有刻意預設一個通過詠器物而解決生命終極困境——有限之時——的方式，但我們相信，當人們徜徉於器物，或者說，能徜徉於生活的一山一木、一磚一器等微小細節，享受風過、花落的每一片刻，從而體味出這些生命美好，便可以超越自身所處的地域，同時超越以自身為計量方式的時間。「一合軒羲曲，千齡如可即」（蕭統〈賦書帙詩〉），人們終究會意識到，在某個遙遠的過去，以及那個可預測的未來，花草木果、亭臺樓閣、鳥獸蟲鳴、筆墨美器，都是存在著的，也許個人無法經驗，但就空間而言、宇宙而言，這些美好其實是永在的。蕭統的〈銅博山香爐賦〉為我們的推想提供了適合的例子：

> 稟至精之純質，產靈岳之幽深。經般倕之妙旨，運公輸之巧心。有薰帶而巖隱，亦霓裳而升仙。寫嵩山之巃嵸，象鄧林之芊眠。方夏鼎之瑰異，類山經之俶詭。制一器而備眾質，諒茲物之為侈。於時青女司寒，紅光緊景，吐圓舒於東岳，匿丹曦於西嶺。翠帷已低，蘭膏未屏。爇松柏之火，焚蘭麝之芳，熒熒內曜，芬芬外揚。似慶雲之呈色，如景星之舒光。齊姬合歡而流盼，燕女巧笑而蛾揚。超公聞之見錫，粵文若之留香。**信名嘉而器美，永服玩於華堂。**

詠器物常見的形貌側重，在此篇中朝「燃燒的輝光」轉向，並且明確地寫到薰爐製造的「香氣」。必須重申，我們無法確認南朝詩人留連於器物的愉悅是否可以有效的幫助他們征服時間的恐懼，但我們往往可以看到，他們已然關注那些從器物身上可以找到的，在時間中永垂不朽的部分，比方說「香氣」——氣味是最直接、純粹而有效的接觸、認知世界的感官〔註17〕，它同時也是最不受

上的那只烏皮几，它只是他借以顯示詩才的機會而已。就和在『詠物賦』裡一樣，詩人先從製作器物的材料開始寫起：一棵樹的分枝被砍下來，作成隱几的三條支架。詩人接著讚美烏皮的選擇，因為素色皮革太容易玷污了。詩的末尾敘述皮几的用途。雖然詩人面對的是一個具體而特定的烏皮几，他的詩可以是關於任何一個烏皮几的；詩中的烏皮几不屬於哪個特別的人，可以為任何人所用。」陳珏主編：《唐代文史的新視野——以物質文化為主》（台北：聯經出版事業股份有限公司，2015），頁26。

〔註17〕美國博物學家暨作家黛安·艾克曼（Diane Ackerman）曾介紹之美國心理學教授赫茲（Rachel S. Herz）在費城莫奈爾化學感官中心研究氣味和記憶的成

時空限制的感官：

> 如果有人幾乎忘了小學時期的事，那麼粉筆的氣味可能可以幫他記
> 起某些片段。換句話說，氣味可以活化插曲式記憶，就算無法說出
> 氣味的名稱，或對此氣味作更精確的描述，嗅覺仍可充當起動機，
> 讓人記起遺忘的經驗和過去之事。這個機制稱為「隸屬狀態的恢
> 復」（state dependent retrieval）。〔註18〕

香氣總是有辦法「恢復」過去的某個情態、某個語境。以劉繪（457~502）
〈詠博山香爐詩〉和沈約的相和之作為例：

> 參差鬱佳麗，合沓紛可憐。蔽虧千種樹，出沒萬重山。上鏤秦王子，
> 駕鶴乘紫煙。下刻蟠龍勢，矯首半銜蓮。旁為伊水麗，芝蓋出巖間。
> 復有漢游女，拾羽弄餘妍。榮色何雜糅，縟繡更相鮮。鸇霞或騰倚，
> 林薄杳芊眠〔註19〕。掩華終不發，含薰未肯然。風生玉階樹，露湛
> 曲池蓮。寒蟲悲夜室，秋雲沒曉天。（劉繪〈詠博山香爐詩〉）

> 範金誠可則，摛思必良工。凝芳自朱燎，先鑄首山銅。瓌姿信嵒崿，
> 奇態實玲瓏。峰嶝互相拒，巖岫杳無窮。赤松遊其上，斂足御輕鴻。
> 蛟螭盤其下，驤首盻層穹。嶺側多奇樹，或孤或複叢。巖間有佚女，
> 垂袂似含風。鞏飛若未已，虎視鬱餘雄。登山起重障，左右引絲桐。
> 百和清夜吐，蘭煙四面充。如彼崇朝氣，觸石繞華嵩。（沈約〈和劉
> 雍州繪博山香爐詩〉）

目前南朝的出土博山爐以瓷、釉為主，而受到製瓷工藝的限制，它無法像銅爐
一般有細緻的雕鏤，雖渾圓飽滿，但青瓷博山爐上頭的內容會不如銅博山爐豐

果，可作為本文此處的科學基礎：「在起先的實驗中，她請受測者一邊欣賞圖
畫，一邊嗅聞某種氣味。幾天後，她也許再散發同樣的氣味，也許只是提到氣
味的名稱，但受測者對這兩者都有同樣良好的反應，立刻就想起與氣味相符
的那幅圖畫。光是氣味就在受測者心裡創造出情感記憶，讓他們記起初見這
幅畫作時的感受，同時，氣味也使他們的心跳加……她表示：『我相信嗅覺和
情感在演化方面是一體的兩面。情感就像是嗅覺知會生物體原始層面的抽象
版本，因此我認為氣味有強烈的情感波濤。』」詳參莊安祺譯：《氣味、記憶與
愛欲──艾克曼的大腦詩篇》（台北：時報文化出版企業股份有限公司，2004），
頁162。

〔註18〕（荷）派特・瓦潤（Piet A. Vroon）、（美）安東・范岸姆洛金（Anton van
Amerongen）、（美）漢斯・迪佛里斯（Hans de Vries）著；洪慧娟譯：《嗅覺符
碼──記憶與欲望的語言》（台北：商周出版，2001），頁139。

〔註19〕《先秦漢魏晉南北朝詩》作艸部。

富。因此，按照劉繪與沈約所描寫的千山、奇樹、蟠龍、赤松、遊女，其實更接近的是南朝以前所流行的形制；也就是說，無論是沈約、劉繪，還是蕭統、傅縡，它們所描寫的都更像是不在眼前的「古物」。對他們來說，一個值得被記載的博山爐是流行於前代的「老件」、「古物」，以故，「香氣」的提出，正效勞於「古物」的書寫動機：

> 將價值銘印在一個封閉的循環和一個完美達成（parfait）的時間裡，以這樣的圖式得到它的象徵作用，神話學物品不再是朝向他人的論述，而是朝向自己的論述……這些物品，在時間外顯的界線內，將人帶回到他的童年，或者，一個更先前的時間——出生前的時刻……。〔註20〕

這種態度最清楚不過地表現在傅縡（530～580）的〈博山香爐賦〉——以「香」為開頭、以「香」作結束，貫穿全篇：

> 器象南山，香傳西國。丁諼巧鑄，兼資匠刻。麝火埋朱，蘭烟毀黑。結構危峰，橫羅雜樹。寒夜含暖，清宵吐霧。制作巧妙獨稱珍，淑氣氤氳長似春，隨風本勝千釀酒，散馥還如一碩人。

賦文最後陳述「散馥還如一碩人」，可以說是古物的最好寫照。

　　時光不侵、歲月靜好，無論這種通過器物書寫而收穫的平靜是不是烏有故鄉，但可以確定的是，詩人願意身處一個不那麼嚴肅的、玩的、閒適的場域，暫忘時間，「信名嘉而器美，永服玩於華堂」，因著一份頑皮、稚氣的留有，遂成全的任性的、執著的「永恆」盼望。

第二節　畫・像——消失的器體

　　承上。考古學家、文學研究者都已發覺南朝詩人所詠的香爐不是當時最為常見的陶爐或瓷爐，而是漢晉所用的銅爐，我們的推想是，這些寫作更接近古物的懷想，「永服玩於華堂」不僅是一種理想，也包含詩人的實踐——特別是憑藉著薰爐的薰香貼近「散馥還如一碩人」的不朽與永恆。

　　古物或許值得論述，但接著引起注意的是詩人在謀篇上的處理。以上章最後所引的劉繪〈詠博山香爐詩〉為例，詩篇很大的篇幅是爐形的刻劃：以山為主體，在重疊的山勢中有仙人、仙鶴、神獸，當爐煙升起，仙境即在眼前，已

〔註20〕　（法）尚・布希亞（Jean Baudrillard）著；林志明譯：《物體系》（上海：上海人民出版社，2001），頁91。

而，隨著山勢下降，池水、蓮花、遊女勾勒出有別於天上的地面空間，完整了天地人的宇宙基本概念。

我們當然知道詩人講的是銅博山爐，但從內容上看，這首也許更接近我們印象中的山水的描寫。也就是說，一旦遮蔽了題目，讀者幾乎無法分辨這是一首詠物，還是一首山水。關鍵就在於銅博山爐的物質性是被命題所指示的，當內容中省略了物質性例如材料、製造的陳述，也就等同於取消了讀者掌握物質性的可能。

作為一首詠器物詩，卻完全省略物質性的描述，這種取向意謂著什麼？一種重要的文化現象呼之欲出：「眼裡的山水」，或說「眼裡的銅博山爐的山水」〔註21〕才是重點，至於名義上的主角，也就是器體本身，被一定程度的忽略。在一個嗜好山水的時代，合理推論，詠博山爐不會是唯一的例子。

是以，還有哪些「失去器體」的「詠器物」？造成此種書寫的背景是什麼？此種書寫的本質是什麼？作用為何？最終，它們在詠器物史上，應該如何理解與定位？

一、器上畫

南朝最普遍的兩種與「眼裡的山水」有關的器體是「扇」和「屏風」。

從書寫內容來看，南朝以前的扇上不興繪事，幾首奠基之作的扇形描寫主要集中於形制，如班婕妤〈扇詩〉：「裁成合歡扇，團團似明月」，班固〈竹扇賦〉：「削為扇翣成器美，託御於君王供時有。度量異好有圓方，來風避暑致清涼」，潘尼〈扇賦〉：「夫器有經粗，用有疏密。安眾以方為體，五明以圓為質。或託形於竹素，或取固於膠漆。」在這樣的淵源裡，齊代丘巨源（？～484）的〈詠七寶扇詩〉因此顯得與眾不同。受到命題的引導，讀者的眼光很自然地會被這把扇子的裝飾、紋樣、色彩所吸引，其中扇上的繪飾是相當講究的：

〔註21〕「在漢代人的觀念裡，昆侖處於西極，是西王母居住的地方。而東邊的海裡也有仙山，就是所謂的蓬萊三島。俗稱「博山爐」的西漢香爐所表現的應該是這種大海裡的仙山。以中山靖王劉勝墓出土的公元前二世紀的九層香爐為例，它的上部是重重疊疊的仙山峰巒，下部以盤旋錯金紋描繪了大海中的波濤。有些博山爐下邊有盤可以盛水，水中湧出神獸和仙人。我們可以想像當薰香在爐中點燃時，氤氳馥郁的烟氣中時隱時現。所構成的形象因此融合了仙山的三個重要元素——山、水和雲氣。我們都知道，這三個元素最後也成了中國山水畫的主要因素。」（美）巫鴻：《全球景觀中的中國古代藝術》（北京：生活‧讀書‧新知三聯書店，2017），頁216～219。

妙縞貴東夏，巧技出吳閭。裁狀白玉璧，縫似明月輪。表裏鏤七寶，
中銜駭難珍。**畫作景山樹，圖為河洛神**。來延揮握玩，入與鐶釧親。
生風長袖際，晞華紅粉津。拂盼迎嬌意，隱映含歌人。時移務忘故，
節改競存新。卷情隨象簟，舒心謝錦茵。厭歌何足道，敬哉先後晨。

所謂「畫作景山樹，圖為河洛神」，曹植〈洛神賦〉說「余從京域，言歸東藩，
背伊闕，越轘轅，經通谷，陵景山」，扇畫的主角是洛神，闡述的是洛神所在
的景山及其腹地（今河南洛陽偃師市境內）。一方面，誠如前章所言，美麗的
女子將帶給南朝人視覺上的享受，另方面，溯源於曹植經典名作的內容，增益
了這把「寶」扇子的條件。「畫什麼」對器體而言，不是只關乎形，事實上而
關乎質。緊接著，江淹（444～505）的〈扇上彩畫賦〉便登場了，標誌了人們
的眼光正式從器體向畫面移動：

臨淄之稚女，宋鄭之妙工，織素麗於日月，傳畫明於彩虹。洛陽之
伎極，江南之巧窮。故飾以赤野之玉，文以紫山之金。空青出峨嵋之
陽，雌黃出崤冢之陰。丹石發王屋之岫，碧髓挺青蚨之岑。粉則南
陽之鉛澤，墨則上黨之松心。山乃巇巖鬱嶂，路必巑岏崎嶬。馭龍所
不遠至，駕鳳未之前尋。乃雜族以為此扇，為君翳素女與玉琴。

玉琴兮散聲，素女兮弄情。旻天兮舒縹，暮雲兮含頹。窗中暖兮露
始滴，池上凝兮月又明。玉琴兮珠徽，素女兮錦衣。促織兮始鳴，
秋蛾兮初飛。識桂莖之就罷，知蘭葉之行衰。願解珮而捐玦，指黃
壚而先歸。

重曰：碧臺寂兮無人，蔓丹草與朱塵。度俄然而一代，經半景若九
春。命幸得為彩扇兮，出入玉帶與綺紳。（全梁文卷三十四，頁343）

雖然有金玉之飾，其貴重程度，江淹還用馭龍駕鳳皆難以尋得來形容，不過真
正體現了金玉價值、調合了奢華印象的，是因為作者將詩作的氣氛打造成一座
仙境，待眾物齊備，作為女主的「彈琴素女」才終於現身：「乃雜族以為此扇，
為君翳素女與玉琴」。

　　素女的圖樣有什麼「翳藏」的必要？神話人物「素女」發展到南朝，至少
有四種形象：1、她是善於鼓瑟的女神，《通典》卷一百四十四〈樂四·絲五〉：
「《世本》云：庖羲作五十絃，黃帝使素女鼓瑟，哀不自勝，乃破為二十五弦。」
《史記·封禪書》：「大帝使素女鼓五十弦瑟，悲，帝禁不止，故破其瑟為二十
五弦。」琴瑟每每並稱，因此素女又給人善琴的印象，江淹這裡寫的就是彈琴

的素女。2、她善歌。《楚辭・九懷》：「聞素女兮微歌，聽王后兮吹竽。」揚雄〈太玄賦〉：「聽素女之清聲兮，觀宓妃之妙曲。」3、素女善炊，《搜神後記》卷五則有晉安帝時謝端得天漢中白水素女相助，為其守舍炊烹的事情。〔註22〕4、當然，最為人所樂道的，大概不是素女的善琴、善歌、善炊，而是她的「道養」之術。《抱朴子・極言》說：「昔黃帝生而能言，役使百靈，可謂天授自然之體者也，猶復不能端坐而得道。故陟王屋而授丹經，到鼎湖而飛流珠，登崆峒而問廣成，之具茨而事大隗，適東岱而奉中黃，入金谷而諮涓子，論道養則資玄素二女，精推步則訪山稽力牧，講占候則詢風后，著休診則受雷岐，審攻戰則納五音之策，窮神奸則記白澤之辭，相地理則書青鳥之說，救傷殘則綴金冶之術。」〔註23〕又《抱朴子・遐覽》留有「素女經」的書名，根據現存《素女經》的內容，研究者大致同意所謂「道養」可能就是中國最早的性學知識。

在宮體流行的這個時間點，選擇以素女為扇上圖樣因此顯得頗為大膽卻又合理：害怕落入訴求於「道養」的印象，於是讓「琴」與彩扇素女相伴。實際的情況是，上層社會的人們無法抗拒素女的多重意義，對它的留戀甚至必須隨身攜帶，「命幸得為彩扇兮，出入玉帶與綺紳」，從這個角度來說，恐怕「畫」才是製扇的動機，至於生風云云，幾乎毫無用武之地。

〔註22〕〔晉〕陶潛《搜神後記》卷五「白水素女」：「晉時，侯官人謝端，少喪父母，無有親屬，為鄰人所養。至年十七八，恭謹自守，不履非法。始出居，未有妻，鄰人共愍念之，規為娶婦，未得。端夜臥早起，躬耕力作，不舍晝夜。後於邑下得一大螺，如三升壺。以為異物，取以歸，貯甕中。畜之十數日。端每早至野還，見其戶中有飯飲湯火，如有人為者。端謂鄰人為之惠也。數日如此，便往謝鄰人。鄰人曰：『吾初不為是，何見謝也。』端又以鄰人不喻其意，然數爾如此，後更實問，鄰人笑曰：『卿已自娶婦，密著室中炊爨，而言吾為之炊耶？』端默然心疑，不知其故。後以雞鳴出去，平早潛歸，於籬外竊窺其家中，見一少女從甕中出，至竈下燃火。端便入門，徑至甕所視螺，但見殼。乃到灶下問之曰：『新婦從何所來，而相為炊？』女大惶惑，欲還甕中，不能得去，答曰：『我天漢中白水素女也。天帝哀卿少孤，恭慎自守，故使我權為守舍炊烹。十年之中，使卿居富得婦，自當還去。而卿無故竊相窺掩。吾形已見，不宜復留，當相委去。雖然，爾後自當少差。勤於田作，漁採治生。留此殼去，以貯米穀，常可不乏。』端請留，終不肯。時天忽風雨，翕然而去。端為立神座，時節祭祀。居常饒足，不致大富耳。於是鄉人以女妻之。後仕至令長云，今道中素女祠是也。」梁國輔、劉琦注譯：《搜神記搜神後記譯注》（長春：吉林文史出版社，1997），頁612。

〔註23〕王明撰：《抱朴子內篇校釋》（北京：中華書局，2011），頁241。

＊＊＊＊＊

詠屏風也經歷了這樣的一個過程，並且時間推及得更早。

漢代羊勝的〈屏風賦〉已經表明屏風可以是繪飾的器體，此時傾向圖樣的教化作用，所謂「畫以古列，顯顯昂昂。藩后宜之，壽考無疆」。到了南朝梁代，費昶〈和蕭洗馬畫屏風詩二首〉就像上引的詠扇一樣，其書寫基本也與屏風的物質性無關：

> 日靜班姬門，風輕董賢館。卷耳緣階出，反舌登牆喚。蠶女桂枝鈎，
> 遊童蘇合彈。拂袖當留客，相逢莫相難。（之一〈陽春發和氣〉）

> 佳人在河內，征夫鎮馬邑。零露一朝團，中夜兩垂泣。氣爽牀帳冷，
> 天寒針縷澀。紅顏本暫時，君還詎相及。（之二〈秋夜涼風起〉）

畫面的主體是班姬門和董賢館。宮廷意象，倒是不俗——它們在輕風中靜靜的矗立著，讓卷耳緣階而生、讓反舌恣意清啼，如果說建築是時間中最禁得起考驗的物，那麼植物與動物就可以說是最容易殞落，卻也是最活潑精采的存在了。整個畫面既是靜止的，又是流動的；既處在時光之中，又不著時光的痕跡，遂顯得那麼雍容而恬適。在這樣美好的氣氛中，連最純樸的蠶女戴上最精巧的髮釵都不覺得突兀，小兒身上都散發著迷人的香氣。人人歡聚，不聞生離。〈秋夜涼風起〉的意象安排和〈陽春發和氣〉在邏輯上非常一致，但顯然取向完全相反。首先點出地點，前首是城內、是樓閣，後者是「河內」、是「馬邑」；已而描寫天然的景致，前者表現為生生不息，後者表現為蕭瑟冷清；接著再寫人為的風景，前者是盛裝的必要，後者是備物的徒勞；最後指出人世間的聚散悲歡，前者相留，後者相憶。詩人，或說畫家眼中的「春」和「秋」是完全相反的，異曲而同工的是：作為器體的屏風究竟發揮了什麼作用？這部分，讀者是看不見的。

最經典的是庾信的〈詠畫屏風詩二十五首〉〔註24〕：

> 俠客重連鑣，金鞍被桂條。細塵郭路起，驚花亂眼飄。酒醺人半醉，
> 汗濕馬全驕。歸鞍畏日晚，爭路上河橋。（之一）

> 浮橋翠蓋擁，平旦雍門開。石崇迎客至，山濤載妓來。水紋恆獨轉，

〔註24〕本集、《文苑英華》將第一首「俠客重連鑣」作〈俠客行〉，後世研究亦常視為〈詠畫屏風詩二十四首〉。然按本文分析，一首與二首之間既有語句的呼應，亦有「畫面」的連貫，故今從《先秦漢魏晉南北朝詩》作二十五首。

風花直亂迴。誰能惜紅袖，寧用捧金杯。（之二）

停車小苑外，下渚長橋前。澀菱迎擁楫，平荷直蓋船。殘絲繞折藕，芰葉映低蓮。遙望芙蓉影，只言水底燃。（之三）

昨夜烏聲春，驚鳴動四鄰。今朝梅樹下，定有詠花人。流星浮酒泛，粟塡繞杯脣。何勞一片雨，喚作陽臺神。（之四）

逍遙遊桂苑，寂絕到桃源。狹石分花逕，長橋映水門。管聲驚百鳥，人衣香一園。定知歡未足，橫琴坐石根。（之五）

三春冠蓋聚，八節管弦遊。石險松橫植，巖懸澗豎流。小橋飛斷岸，高花出迴樓。定須催十酒，將來宴五侯。（之六）

高閣千尋起，長廊四注連。歌聲上扇月，舞影入琴弦。澗水繞窗外，山花即眼前。但願長歡樂，從今盡百年。（之七）

日晚金槌絡，朱軒流水車。轓拂緣堤柳，甍飄夾路花。定迎劉碧玉，將過陰麗華。非是高陽路，莫畏接羅斜。（之八）

徘佪出桂苑，徙倚就花林。下橋先勸酒，跂石始調琴。蒲低猶抱節，竹短未空心。絕愛猿聲近，唯憐花徑深。（之九）

千尋木蘭館，百尺芙蓉堂。落日低蓮井，行雲礙芰梁。流水桃花色，春洲杜若香。就階猶不進，催來上伎床。（之十）

搗衣明月下，靜夜秋風飄。錦石平砧面，蓮房接杵腰。急節迎秋韻，新聲入手調。寒衣須及早，將寄霍嫖姚。（之十一）

出沒看樓殿，間關望綺羅。翔禽逐節舞，流水赴弦歌。細管吹蘆竹，新杯捲半荷。南宮冠蓋下，日暮風塵多。（之十二）

玉柙珠簾捲，金鈎翠幔懸。荷香薰水殿，閣影入池蓮。平沙臨浦口，高柳對樓前。上橋還倚望，遙看採菱船。（之十三）

高閣千尋跨，重簷百丈齊。雲度三分近，花飛一倍低。吹簫迎白鶴，照鏡舞山雞。何勞愁日暮，未有夜烏啼。（之十四）

河流值淺岸，斂轡暫經過。弓衣濕濺水，馬足亂橫波。半城斜出樹，長林直枕河。今朝遊俠客，不畏風塵多。（之十五）

度橋猶徙倚，坐石未傾壺。淺草開長埒，行營繞細廚。沙洲兩鶴迴，石路一松孤。自可尋丹竈，何勞憶酒壚。（之十六）

上林春遲密，浮橋柳路長。龍媒逐細草，鶴驚映垂楊。水似桃花色，
山如甲煎香。白石春泉上，誰能待月光。（之十七）

白石春泉滿，黃金新坪開。戚里車先度，蘭池馬即來。落花承舞席，
春衫拭酒杯。行廚半路待，載妓一雙廻。（之十八）

將軍息邊務，校尉罷從戎。池臺臨戚里，弦管入新豐。浮雲隨走馬，
明月逐彎弓。比來多射獵，唯有上林中。（之十九）

三危上鳳翼，九坂度龍鱗。路高山裏樹，雲低馬上人。懸巖泉溜響，
深谷鳥聲春。住馬來相問，應知有姓秦。（之二十）

聊開鬱金屋，暫對芙蓉池。水光連岸動，花風合樹吹。春杯猶雜泛，
細菓尚連枝。不畏歌聲盡，先看箏柱欹。（之二十一）

洞靈開靜室，雲氣滿山齋。古松裁數樹，盤根無半埋。愛靜魚爭樂，
依人鳥入懷。仲春徵隱士，蒲輪上計偕。（之二十二）

今朝好風日，園苑足芳菲。竹動蟬爭散，蓮搖魚暫飛。面紅新著酒，
風晚細吹衣。跂石多時望，蓮船始復歸。（之二十三）

金鞍聚磧岸，玉舳泛中流。畫鷁先防水，媒龍即負舟。沙城疑海氣，
石岸似江樓。崩槎時半沒，壞舸或空浮。定是汾河上，戈船聊試遊。
（之二十四）

竟日坐春臺，芙蓉承酒杯。水流平澗下，山花滿谷開。行雲數番過，
白鶴一雙來。水影搖藂竹，林香動落梅。直上山頭路，羊腸能幾廻。
（之二十五）

二十五首為一組的結構相當巨大，從第一首閱讀到最後，我們彷彿在屏風的序
列間遊走了一次。

　　畫面之間各自獨立又彼此連貫，作為組詩的起點，第一首的郊外風光，雖
位於邊陲，卻意謂著畫面即將向城中展開，「歸鞍畏日晚，爭路上河橋」。已而
「浮橋翠蓋擁，平旦雍門開」，郊外的亂花飛塵和敞開的金陵城形成衝突，從
而突顯了歌舞昇平的美好場面，江南山水正以它的華貴之姿迎接著賓客的到
來。但，石崇、山濤只是代言，詩人固然是面對著一幅具實的畫作，但促進寫
作的卻是一種創造式的想像。在預言之後，第三、第四首以景（芙蓉與梅）為
視角，將焦點放在「視覺」和「聽覺」的描摹，這是此組詩詭譎而多趣的所在

之一，我們可以理解他的對象是一扇繪有池水與雨景的屏風畫，但庾信要讀者（觀畫者）和他一起體味這幅畫給他的強烈感受，因此靜態轉為動態，春鳥的聲音驚動了四鄰，連庾信自己也幾乎產生了錯覺：「遙望芙蓉影，只言水底然」。在第四首裡，詩人對這個感受有了表態，所謂「逍遙遊桂苑，寂絕到桃源」，這種悠閒而備受榮寵、鐘鳴鼎食的生活，對年輕的庾信而言，既是物質的滿足、也同時是精神上的。一直到了第六首，人物才真正地現身——冠蓋雲集、絲竹管絃，聚集於第七首的「高閣」、「長廊」，用歌、舞與山、水相酬，享受那「長歡樂」的無憂心境。

第八首開始，畫中人向樓外移動，捕捉了戶外的植物與動物：「蒲低猶抱節，竹短未空心。絕愛猿聲近，唯憐花徑深。」（之九）、「流水桃花色，春洲杜若香」（之十）抱節、空心、聲音的遠近、杜若的香氣基本上都不是畫面所能表現出來的，詩人用他的想像填補了這些現實中物質應有的特徵，同時也表露了他對屏風畫的熱情關注。終於，時序來到了秋天，劃破靜夜的搗衣聲宣告了不可避免的寂寞，「南宮冠蓋下，日暮風塵多」（之十二），庾信很巧妙地描繪了這種世間之感受，但沒有被它所困，安樂無憂的生長背景給足了詩人以樂觀的能量，實際上是他根本不需要真正面對這些蕭條——只要他走進另一座樓閣，又會被「玉柙珠簾捲，金鈎翠幔懸」（之十三）堂皇富麗所包圍，真正等著他去觀望的，是一個個人造的、準備好的美景，「上橋還倚望，遙看採菱船。」（之十三）「何勞愁日暮，未有夜烏啼」（之十四）。

第十五首開始，場景距離樓臺更遠，綠草沿著平野的邊界生長著，松樹在長長的石路上顯得很孤寂。有趣的是，即便是河流與長林（之十五）、沙州與石路（之十六），在庾信眼中看來，也都有庭園山水之妙「上林春徑密，浮橋柳路長……水似桃花色，山如甲煎香」（之十七），這樣的心境，使得無一不可入眼、無一不可供賞，「落花承舞席，春衫拭酒杯」（之十八）。既有廣陌，亦有高山，二十到二十二首，詩人（屏風）將讀者（詩人）的視線帶到了靈山「三危上鳳翼，九坂度龍鱗」，在這裡，有懸巖深谷，有靜室山齋，有魚蟲隱士。最終，像是為組詩作結論，「今朝好風日，園苑足芳菲」（之二十三），隨著詩人的筆墨，我們快速地流覽了一次所有美好的景致，包含樓苑、歌舞、山水、水中芙蓉、林中梅花、舟中遊人、風中花、花中香，最後向山中小路隱去「直上山頭路，羊腸能幾迴」，留下了一陣裊裊餘音。

這組詩的創作時間不詳，難以繫年，但從內容的歡娛與詩人的安適來看，

確實更像是身處南方時所作。簡單來說，它的精采之處是將屏風畫上的靜態之景以詩人的想像呈現出動態的美感，倪璠〈詩注〉曾說：「子山〈詠畫屏風詩二十四首〉其畫不一，蓋雜詠之也。」〔註25〕從畫面呈現的多樣化來說，倪璠以為的固然不錯，但從組詩的形式來說，庾信的描寫很符合古老山水畫提供的觀賞方式：可行、可望、可遊、可居。這組詩的順序不妨就是屏風畫上的順序，因為詩中的虛與實每有調換，捲簾與風塵、靈山與池荷總以特別意外又合諧的方式上下連結。但我們也相信，在具實的畫像基礎上詩人有自己的安排，這種主動的介入促使人們體認一種詩歌表現上的特色：那就是詩中有一個自己的世界，誠如孫康宜先生所說：

> 對他（庾信）來說，藝術必須超越「形似」的原則去創造它自己的真實、自己的本體。正是詩人的虛構，將生活改造成了藝術。在其〈詠畫屏風二十四首〉中，庾信就是這樣做的。通過仔細的觀察和敏銳的想像，詩人在其作品裡再創造了二十四幅畫，每一幅都有自己的血肉和自己的世界。這樣一個自我滿足的藝術世界，既非「描寫」、也非「現實主義」所能界定。〔註26〕

而這個世界，是不包含承載它的器體的。「屏風」從沒有真正地參與了它所承載的畫。

　　一個自己的世界意謂著詩中的一切可以與屏風畫無關。必須說，庾信的這組詩除了反映他自己，也是南朝「『失去器體』之『詠器物』」的普遍現象：內容（山水）與意義來自於器體，但是又不停留於器體。

　　不止於詩人與詩歌，在南朝的畫家與繪畫之間也表現出這種器體無意義的情況，最好的例子是宗炳，當他無法再蹈足山水的時候，就把他所遊歷過的景色繪製到牆壁上，如此，也能夠對畫而產生臨境的感受：「凡所遊履，皆圖之於室，謂人曰：『撫琴動操，欲令眾山皆響。』」（〈列傳第五十三・宗炳傳〉）可惜宗炳沒有畫作流傳，巫鴻先生乃以敦煌北朝時期壁畫所提供的想像作為線索，試圖對宗炳的境界加以說明：「我們發現這幅壁畫與宗炳在他的屋內所畫的山水之間有一個重要的共同點，就是二者都把山水與精神的昇華聯繫起來。看著這幅敦煌壁畫，我們幾乎可以想象宗炳在他所描繪的仙山之間暢神撫

〔註25〕〔北周〕庾信撰；〔清〕倪璠注；許逸民校點：《庾子山集注》卷之四（北京：中華書局，2000），頁353。

〔註26〕孫康宜：《抒情與描寫》（台北：允晨文化實業股份有限公司，民90），頁194。

琴、聆聽眾山迴響的情景。在這迴響之中，他通過山水——或者說畫中的山水——達到了天人合一的境界。」〔註27〕

因之，研究中有一種把「詠畫屏風詩」視為「詠畫」、「詠像」的傾向——忽略畫身所在的媒材。下引這首是傅咸的〈畫像賦〉，此賦有序，相關的訊息交待得很清楚：畫中主角分別是春秋時期楚國人卞和和魯國人臧文仲，將這兩人擺在一起，目的是以臧文仲未能向上位者舉賢的私心，突顯卞和積極進獻寶物以至於刖去雙足的赤誠。作畫的材料是丹青，傅咸甚至還刻意把臧文仲的臉色畫成了紅色表示他的羞愧。問題就在，即便細節如此清晰，我們卻是無法辨識這幅畫究竟是畫在哪裡：

> 惟年命之道短，速流光之有經。疾沒世而不稱，貴立身而揚名。既銘勒於鐘鼎，又圖像於丹青。覽光烈之攸畫，覩卞子之容形。泣泉流以雨下，灑血面而濊纓。痛兩趾之雙刖，心惻悽以傷情。雖髮膚之不毀，覺害仁以偷生。向厥趾之不刖，孰夜光之見明？人之不同，爰自在昔。臧知柳而不進，和殘軀以證璧。（全晉文卷五十一，頁533）

把「詠畫屏風詩」視為「詠畫」、「詠像」不是沒有道理的，因為詩人或畫家沒有受到器體的限制，或者說，沒有受到媒材的限制，無論它是一架屏風、一張紙、一堵牆，還是一個泥或金屬的塑像。

進一步說，當取消器體這件事情變得可行，就不難想像會出現「進階」的議題：作家自發性地去比較「失去器體的詩（畫）中的『像』」和「現實中的『像』」的差異，然後發現它們並無不同，蕭綱〈詠美人看畫詩〉就產生於這樣的動機，也得到這樣的結論：

> 殿上圖神女，宮裏出佳人。可憐俱是畫，誰能辨偽真。分明淨眉眼，
> 一種細腰身。所可持為異，長有好精神。（梁詩卷二十二，頁1953）

就物質載體而言，神女畫是畫，宮中佳人是人，根本毫無可比性；然而在視覺載體的感知下，兩者皆是「像」。有意思的是，當詩人試圖用詩歌提醒我們，只有殿上神女才能永恆、「長有好精神」的時候，其實也成全了「宮裡佳人」的不朽——被文字所記錄。

畢竟，面對器物、創造作品的是詩人，不是婦女、匠人、不是考古學家。

〔註27〕（美）巫鴻：《全球景觀中的中國古代藝術》（北京：生活·讀書·新知三聯書店，2017），頁221～222。

在主流文風的帶領下，「詠器物」成為理所當然的題材選擇，但抒情的內在、表意的本能，莫不發揮更大的力量，與其問「器體何以消失」，毋寧問「器體何以不會消失」，關於「消失器體的書寫」的本質與作用，它正是它自己的答案：在某些個人的、少數的時刻，詩人表現了不受制於器物的傾向，到了一個但憑「命題」就可以理解「這是一首詠器物」的地步，向眾人證明了從既有的範式中突圍的可能性。

二、佛像贊／銘

和詩歌一樣引人注目的，關於器體消失的書寫，在南朝還有「佛像」的贊與銘。

「贊」字本義為助，是禮儀活動中發唱導引、相助進行的一段話，劉勰所謂「贊者，明也，助也。昔虞舜之祀，崇正重贊，蓋唱發之辭也。及益贊於禹，伊陟贊於巫咸，並颺言以明事，嗟嘆以助辭也。故漢置鴻臚，以唱拜為贊，即古之遺語也。」（《文心雕龍‧頌贊》）作為濫觴，「相禮之贊」主要是鍊結程序，以套語為主，到了兩漢之際的「畫像贊」，突顯個人、以讚美為內容的贊文才大量產生。

相禮之贊既在於輔助禮儀程序，則不以本身之完整結構（音韻、內含、章法）為考量，相對而言，較為完整的是漢代出現的「畫像贊」，此類贊文主要作為圖象的說明，蘊涵稱頌與讚美。劉師培所謂贊之「正」與「變」，正是以「讚美之贊」為指標，又說到了東漢，「贊」和「頌」基本上已經不分，也是因為此時的「贊」主要用於稱頌、讚美的緣故。〔註28〕

值得注意的是，文字的參與不僅起到記載的功能，也同時成全了自身，為以贊為內容的形式起到歸類作用，「像贊依圖像而生，本具有較強的依附性，但上述內容完整的四言贊文（指〈伏羲圖〉、〈曾子圖〉、〈閔子騫圖〉、〈老萊子圖〉）卻具有獨立的潛質，因而就有可能脫開其產生的語境，成為獨立閱讀欣賞的對象，甚至被收錄到各類文集、選本中，成為學習賞析的範本。」〔註

〔註28〕劉師培：《文心雕龍講錄二種》：「贊之一體，三代時本與頌殊途；至東漢以後，界圍漸泯。考其起源，實不相謀。贊之訓詁：（一）明也；（二）助也。本義惟此而已……逮及後世，以贊為讚美之義，遂與古訓相乖。」陳引馳編校：《劉師培中古文學論集》（北京：中國社會科學出版社，1997），頁153。

〔註29〕郗文倩：〈贊體的「正」與「變」——《文心雕龍‧頌贊》篇「贊」體源流考論〉，《古代禮俗中的文體與文學》（北京：人民出版社，2015），頁170。

29）也就是說，漢代的「畫像贊」已經可以視為「文體」成熟的表現，指標之一是文人很清楚地知道形式與內容之間的連繫。以「贊」為名者，作者主要傾訴個人的情志，而以「像贊」為名的，則作者往往有意突顯「形象」的作用。前者如蔡邕（133～192）〈焦君贊〉，在「述德以贊之」的前題下，呈顯「哀人之歿」〔註30〕；後者如夏侯湛（243～291）〈管仲像贊〉和〈鮑叔像贊〉兩篇，一方面發揚二位的仁義精神，一方面藉「景跡」昭示君子應效法的道路：「堂堂管生，忘存興仁。仁道在己，唯患無身。包辱遠害，思濟彝倫。心寄鮑子，動成生民。」（〈管仲像贊〉，全晉文卷六十九，頁721）「鮑子惛惛，式昭德音。綢繆敬叔，二人同心。厥芳猶蘭，其堅如金。遙遙景跡，君子攸欽。」（〈鮑叔像贊〉，全晉文卷六十九，頁721）

理論方面有同樣的趨勢，魏晉之際，人們開始藉由畫像贊探討形、神關係，如庾闡（生卒年不詳）有一篇〈虞舜像贊〉，析離「像」、「傳」、「德」三項目，討論「像」在「會」與「意」之間的作用：

> 夫至道妙，非器象所載；靈化潛融，非軌跡所傳。故道資衝樸，則謂之三皇；德被群生，則號稱舜禹。是以先王因其會通，制為准極，功格於天，則配於上帝，法施於民，則載在祀典。然後名教彰於至治，王道煥乎無窮。故茲堂之構也，有自來矣。然樹寢所以棲神，而寢非神之所期；立像所以表德，而像非德之所存。若乃廢其軌景，洞其玄真，雖冥照之鑒獨朗，天下惡乎注其耳目哉！遂乃顯圖靈像，廓其廟壇，俾天光焜於宇宙，南風散乎五弦。豈謂神道之妙，可寄之於有涯哉！蓋亦暢悠悠者之心也。其辭曰：玄像焜耀，萬物含靈。飛龍在天，陽德文明。神道雖寂，務由機生。擁琴高詠，寄和五聲。玄風既暢，妙盡無名。民鑒其朗，孰測窈冥。（全晉文卷三十八，頁398）

雖然「像」不能取代「道」與「德」，所謂「至道之妙」非「器象所載」，「立像表德」，而「非德之所存」，但是在可以選擇的形式中，「顯圖靈像」無疑又是最方便、最明確的，就像推廣似的，庾闡很有信心地說「若乃廢其軌景，洞其玄真，雖冥照之鑒獨朗，天下惡乎注其耳目哉」。孫綽（314～371）有〈孔松陽像贊〉：

〔註30〕詳參郗文倩：〈贊體的「正」與「變」──《文心雕龍・頌贊》篇「贊」體源流考論〉，《古代禮俗中的文體與文學》（北京：人民出版社，2015），頁185。

君德器純固，基宇高邃。荊玉不及喻其溫，南金未能方其勵。夫其溫恭篤誠，善誘勤勸，外身崇物，菲躬厚人。指揮必謙，動靜克讓，允有古賢之風流，乃祖之遺愛矣。肇階方尺，臨政弊邑，潔齊冬冰，澤侔春露。於穆我後，含和體純。行範乃祖，德冠縉紳。降跡垂化，澤侔三春。超然遐舉，遺愛在民。(〈孔松陽像贊〉，全晉文卷六十一，頁 638)

由於無法獲得更多關於孔松陽的訊息，所以我們不得不想像，此人可能留名於當時，但並不揚名於後世，不過也因此表示「造像」這個動作已經更加得純粹：不必要是人所共知的聖賢，只要是一個品行溫恭，值得推薦的人。而「造像」，正是化抽象為具體、變籠統於清晰的關鍵。

沒有一個團體、一個組織、或一個文人，或比佛教的信仰者更強調（或更在意）「造像」，我們的觀察是這樣的：在當時形神論辯的風氣之中，如果庾、孫二人的書寫意謂著「形象」獲得一定的重視，那麼就等於替「佛教」即其「造像」提供了很好的、可發揮重大影響力的環境。探究第一尊佛像在中國的打造時間恐怕徒勞，因為眾多資料指明佛像並非佛教傳入中國的產物，而是佛教傳入中國的標誌，《法苑珠林》卷十三引南齊王琰《冥祥記》云：「漢明帝夢見神人，形垂二丈，身黃金色，項佩日光。以問群臣。或對曰：西方有神，其號曰佛。形如陛下所夢，得無是乎！於是發使天竺，寫致經像，表之中夏。自天子王侯，咸敬事之。聞人死精神不滅，莫不懼然自失。初使者蔡愔將西域沙門迦葉摩騰等，齎優填王畫釋迦倚像。帝重之，如夢所見也。乃遣畫工圖之數本，於南宮清涼臺及高陽門顯節壽陵上供養。又於白馬寺壁畫千乘萬騎，繞塔三匝之像。如諸傳備載。」〔註31〕佛教信仰的本質、作用和方式，與佛像直接相關，比方說佛像本身即有靈力，人們於是直接向佛像祈願，並且傾向為佛像取得一個合適的地點（道場、寺廟），同時往這些地點靠攏，從而帶動相關的供奉、修行事宜。

佛像為外來文化，但中國其實早有造像的歷史，趙翼《陔餘叢考》卷三十二〈塑像〉對此有過爬梳：

自佛法盛而塑像遍天下，然塑像實不自佛家始。史記，帝乙為偶人以象天神，與之博。則殷時已開其端。國語，范蠡去越，越王以金

〔註31〕〔唐〕釋道世撰；周叔迦、蘇晉仁校注：《法苑珠林》卷十三〈敬佛篇第六〉引王琰《冥祥記》（北京：中華書局，2003），頁 453。

寫其形而祀之。國策，宋王偃鑄諸侯之象，使侍屏廁。則並有鑄金者。孟子有「作俑」之語，宋玉招魂亦云「像設」。魏文侯曰：「吾所學者，乃土梗耳。」又國策，秦王曰：「宋王無道，為木人以象寡人，而射其面。」又孟嘗君將入秦，蘇代止之曰：「土偶與桃梗相遇，桃梗曰：『子西岸之土也，挺子以為人，歲八月雨降，則汝殘矣。』土偶曰：『吾西岸之土，土殘則復西岸耳。今子東國之桃梗也，削子以為人，雨下水至，漂子而流，吾不知所稅駕也。』」則泥塑木刻，戰國時皆已有之矣。〔註32〕

武乙的人偶是一種對天神的諷刺，越王的金偶是一種紀念，宋王偃的諸侯是一種羞辱，魏文侯的土偶以及蘇代的土偶與桃梗，則主要是述理。還有陪葬的俑人，製作俑人的目的是為死者擔任各類奴僕役從的工作，在先民的想像裡，死後有一個和生前一樣的世界：「是以世俗內持狐疑之議，外聞杜伯之類，又見病且終者，墓中死人來與相見，故遂信是，謂死如生。閔死獨葬，魂孤無副，丘墓閉藏，穀物乏匱，故作偶人以侍屍柩，多藏食物，以歆精魂。」〔註33〕最有名的俑人要屬秦始皇的兵馬俑了。但無論如何，以上這些造像都不具神力，不作為信仰的對象。至於那些被人們認為具神力的，卻未必替他們造像，比方說祖先有靈，能降災致福，雖然趙翼也認為戰國時也已經有了「宗祠塑像」，但人們更重視的還是祖先的牌位〔註34〕，像杜伯鬼魂回來向周宣王報仇這樣的，也從來沒有為他造像，誠如柯嘉豪先生所說：「儘管造像在古代中國早已出現，但極少被賦予神力；認為強大的神靈可附至一尊人造之像上的觀念，恐怕還不存在。」〔註35〕

〔註32〕〔清〕趙翼撰；曹光甫校點：《陔餘叢考》下冊，卷三十二〈塑像〉：「古者祭必有尸，孟子『弟為尸』，是戰國時尚有此制。然宋玉招魂已有『像設君室』之文，則塑像實自戰國始。顧寧人謂尸禮廢而像事興，亦風會使然也。近世祠堂皆設神主，無復有塑像者。」（上海：上海辭書出版社，2011），頁629。

〔註33〕劉盼遂：《論衡集解》卷二十三〈薄葬〉，林慶彰主編：《民國時期哲學思想叢書》第一編79冊（台中：文聽閣圖書有限公司，2010），頁461。

〔註34〕〔清〕趙翼撰；曹光甫校點：《陔餘叢考》下冊，卷三十二〈宗祠塑像〉：「古者祭必有尸，孟子『弟為尸』，是戰國時尚有此制。然宋玉招魂已有『像設君室』之文，則塑像實自戰國始。顧寧人謂尸禮廢而像事興，亦風會使然也。近世祠堂皆設神主，無復有塑像者。」（上海：上海古籍出版社，2011），頁628。

〔註35〕（美）柯嘉豪著；趙悠等譯；祝平一等校：《佛教對中國物質文化的影響》（上海：中西書局，2015），頁58。

　　佛教傳入以後，這個狀況就改變了，至少，人們相信一尊以佛為形的造像就是佛在世的顯形，具有絕對的神力：「在佛教傳入後不過幾個世紀，這一點就發生了劇烈的變化。田野鄉間到處都出現了造像，它不只代表神靈，同時也就是神靈本身，且可以深刻地影響附近人的生活。」〔註36〕既與本土文化不同，勢必引起反對的聲浪，晉代蔡謨（281～356）的〈敕作佛象頌議〉便是譏斥人們崇拜佛像的典型之一：

> 佛者，夷狄之俗，非經典之制。先帝量同天地，多材多藝，聊因臨
> 時而畫此象，至於雅好佛道，所未承聞也。盜賊奔突，王都隳敗，
> 而此堂塊然獨存，斯誠神靈保祚之徵，然未是大晉盛德之形容，歌
> 頌之所先也。人臣睹物興義，私作賦頌可也。今欲發王命，敕史官，
> 上稱先帝好佛之志，下為夷狄作一象之頌，於義有疑焉。（全晉文卷
> 一百十四，頁1159）

事實證明，反對的聲浪並沒有起到禁絕的作用，相反的，自晉代以降，佛像的打造愈來愈普遍，到了南北朝時期已經成為生活的一部分。

　　那麼，佛像贊、佛像頌、佛像銘在這裡起到什麼作用？或者說，以書寫的方式「展示」造像，對於佛教的推廣有什麼樣的助益？在這個部分不能忽略的一個人物是支遁，他的兩篇贊文〈釋迦文佛像贊並序〉、〈阿彌陀佛像贊並序〉很清楚地說明了造像書寫的意義：

> 遁以不才，仰遵大猷，追朝陽而弗暨；附桑榆而未升。神馳在昔，
> 願言再欽，遂援筆興古，述厥邈思。其詞曰：
>
> 太上邈矣，有唐統天。孔亦因周，籠廬三傳。明明釋迦，實惟帝先。
> 應期睿作，化融竺乾。交養恬和，濯粹衝源。邁軌世王，領宗中玄。
> 堂構洪模，揭秀負靈。峻誕昆岳，量哀太清。太像罕窺，乃圓其明。
> 玄音希和，文以八聲。煌煌慧炬，燭我宵征。人欽其哲，孰識其冥。
> 望之霞舉，即亦雲津。威揚夏烈，溫柔晞春。比器以形，卓機以神。
> 卷即煙滅，騰亦龍伸。鼓舞舟壑，靈氣惟新。誰與茲作？獨運陶鈞。
> 三無衷玄，八億致遠。二部既弘，雙翰惟典。充以瑰奇，恬以易簡。
> 藏諸蘊匱，實之令善。可善善因，乃贊乃演。致存言性，豈伊弘闡。

〔註36〕（美）柯嘉豪著；趙悠等譯；祝平一等校：《佛教對中國物質文化的影響》（上
　　　　海：中西書局，2015），頁58。

日月貞朗，顯晦周遍。生如紛霧，暖來已晞。至人全化，跡隨世微。假雲泥洹，言告言歸。遺風六合，佇方赤畿。象罔不存，誰與悟機？鏡心乘翰，庶覿冥暉。（〈釋迦文佛像贊並序〉節錄，全晉文卷一百五十七，頁 1651）

遁生末蹤，忝廁殘跡，馳心神國，非所敢望，乃因匠人，圖立神表，仰瞻高儀，以質所天，詠言不足，遂襖系以微頌。其詞曰：

王猷外厘，神道內綏。皇矣正覺，實兼宗師。泰定軒躍，黃中秀姿。恬智交泯，三達玄夷。啟境金方，緬路悠回。於彼神化，悟感應機。五度砥操，六慧研微。空有同狀，玄門洞開。詠歌濟濟，精義順神。玄肆洋洋，三乘詵詵。藏往摹故，知來惟新。二才孰降，朗滯由人。造化營域，雲構峨峨。紫館辰峙，華宇星羅。玉闈通方，金塘啟阿。景傾朝日，艷蔚晨霞。神提回互，九源曾深。浪無筌忘，鱗罕餌淫。澤不司虞，駭翼懷林。有客驅徒，雨埋機心。甘露敦洽，蘭蕙助馨。化隨雲濃，俗與風清。葳蕤消散，靈飆掃英。瓊林諧響，八音文成。珉瑤沉粲，芙渠晞陽。流澄其潔，蕊播其香。潛爽冥莘，載哲來翔。孕景中萉，結靈幽芳。類諸風化，妙兼於長。邁軌一變，同規坐忘。

（〈阿彌陀佛像贊並序〉節錄，全晉文卷一百五十七，頁 1652）

首先，兩篇贊文揭示了造像之於佛教的本質：佛像不再是一種「寄託」，因著它的「靈」與「神」，它代表的是不欺，儘管它難以明確表達，但從人們的信仰與獲得的心靈平靜來看，它的難以明確表達更像是一種「高層次的真實」。〔註37〕這種「真」在南朝知識份子的眼裡不疑有他，沈約〈竟陵王造釋迦像記〉說：

夫理貴空寂，雖熔範不能傳；業動因應，非形相無以感。是故日華月彩，炤耀天外；方區散景，咫尺塵方。太祖皇帝濯襟慧水，凝神淨域，厭世珍陛，遷靈寶地。竟陵王諱泣明台之下臨，慟高山之方遠，慕逝王鑾，情殷雙樹。永惟可以炳發神功，崇高妙業，莫若式金寫好，資巧傳儀。以皇齊之四年日子，敬制釋迦像一軀。尊麗自天，工非世造，色符留影，妙越檀香。俾穀林之思，永旌於萬劫，用刊徽跡，式垂不朽云爾。（全梁文卷三十，頁 305）

〔註37〕 詳參（美）柯嘉豪著；趙悠等譯；祝平一等校：《佛教對中國物質文化的影響》（上海：中西書局，2015），頁 55。

造像的具象性既彌補了教義的抽象性，讓人有「方區散景，咫尺塵方」、「厭世珍陞，遷靈寶地」身臨聖域之感。沈約又有一〈釋迦文佛像銘〉：

> 積智成朗，積因成業。能仁奚感？將唯妙法。駐景上天，降生右脅。
> 始出四門，終超九劫。耿求靈性，曠追玄軫。道雖有門，跡無可朕。
> 物我兼謝，心行同泯。一去後心，百非寧盡。式資理悟，悟以言陳。
> 言不自布，出之者身。有來必應，如泥在鈞。形酬響答，且物且人。
> 應我以形，而餘朦守茲大夜，焉拔斯苦！仰尋靈相，法言攸吐。不
> 有尊儀，蔑焉誰睹。（全梁文卷三十，頁313）

佛像不止是一個物，同時是一尊有靈性之物，對人們而言，它的身像、身響，那些可以憑藉感官接收到的訊息已經回應了人們的仰望，所以沈約說「且物且人」、「應我以形」，而無論這當中究竟有沒有道理，或者說道理有多麼神秘。這種概念是全面的，同一個時期的北方對佛像之靈力更加深信不疑，如西魏洛陽法師釋僧演（生卒年不詳）〈造像記〉說：「夫大覺神遷，非經像無以表其真。益世閏時，憑形質如取利然。僧演減割衣缽之資，造石像壹區、金像三區、浮圖三級、《大般涅槃》兩部、雜經三百部，供養僧卅人，上為國主百僚師徒所生法界之類，咸同正覺。」（節錄，全後魏文卷六十，頁728）又東魏務聖寺沙門洪寶（生卒年不詳）〈張法壽造像銘〉說：「夫靈真玄廓，妙絕難測，非言莫能宣其旨，非像無以表其狀。言宣二六之教，像跡四八之璃。豈不淵玄衝漠，巍巍惟極者哉！」（節錄，全後魏文卷六十，頁728）

　　第二，支遁的贊文提示了領略佛教教義的方法：仰瞻。仰即頂禮，以虔敬之心信仰禮拜；瞻即觀想，也稱為「冥想」（dhyana）〔註38〕——從幻滅超越，不再依賴肉身耳目。實際上，因為佛像意謂著「駕臨」，因此佛像的所在也就是聖域的化現：

> 玉蓮水開，銀花樹落。惟聖降神，拯彼沉漠。（〈彌陀佛像銘〉，全梁
> 文卷十三，頁140）

> 灼灼金容，巍巍滿月。永被人天，常留花窟。（〈維衛佛像銘〉，全梁

〔註38〕作為一種修行途徑，「冥想」在不同信仰組織當中有不同的內涵。龔伯文以佛教和基督教為例指出，前者的「冥想」是dhyana（禪那、禪定、靜慮），可解釋為（定、止）精神的統一，觀事物之實相可與超智慧（prajna，panna）同視；後者的「冥想」（meditatio）是「默想」，是「對於聖經的真理、基督、或基督的生涯、受難、復活等的思考、反省及默禱。」詳參龔伯文：《冥想：從佛教到基督教》（台南：人光出版社，2005），頁41～71。

文卷十三，頁 140）

影生千葉，花成四柱。塔象單留，龕童雙舞。（〈式佛像銘〉，全梁文
卷十三，頁 140）

飛花漫天，正是佛陀講經的場面：「佛告阿難：無量壽國……風吹散華遍滿佛
土，隨色次第而不雜亂，柔軟光澤馨香芬烈，足履其上陷下四寸，隨舉足已還
復如故，華用已訖地輒開裂，以次化沒清淨無遺，隨其時節風吹散華，如是六
反。」〔註39〕

　　第三，支遁指出了仰瞻佛像的作用：實現人們的祈願。隨著角色不同，願
望於是不一。化外之人如支遁之願，在於佛教廣傳、遍地淨土，於是「援筆興
古，述厥遐思」，期盼「甘露敦洽，蘭蕙助馨，化隨雲濃，俗與風清」。而俗家
子弟，則不外乎無病殃災、福祿長生，如沈約〈瑞石像銘〉云：「藉茲妙力，
祚闡業隆。冕旒南面，比壽華、嵩」（節錄，全梁文卷三十，頁 312），張保洛
（？～560）〈造像碑〉說：「藉此（造像）微功，仰願先王、婁太妃、大將軍、
令公兄弟等，亡者升天，托生西方無量壽佛國。現在眷屬，四大康和，輔相魏
朝，永隆不絕。復願所生父母，乃及七世，皆生佛土，體解至道，以至妻子，
無病延年，長享福祿。在在處處，遇善知識。又使兵鈇不興，關隴自平，普天
豐樂，災害不起。乃至一切有形眾生，蠢動之類，皆發菩提道心，一時成佛。」
（節錄，全北齊文卷六，頁 72）自然，有感應的不一定要是知識份子，五世紀
中期到六世紀末之間，平民百姓集資以造像的事情被記錄在造像記裡，並且非
常之多。以〈吳洛族等造像銘〉為例：

夫珠玉非濟渡之珍，尺璧豈救時之寶？欲取將來之益，都因莫大於
舍施。是以象馬無吝，標名第一；克檀為功，福亦不二。今有佛弟
子吳洛族十五人等，並宿借冥因，洞識超遠，居或曉真，游塵獨處。
捉妻子不為己物，唯以片善為家有。各率誠心，敬造釋迦彌勒石像，
周回十堨，畫飾悉訖。其尊容離事，雕瑩殊異，亦可驗之於目睹，
更不待言題矣。其詞曰：泉源浩汗，無邊無畔。應似而有，診之洪
漢。邑人誠感，誰不詠讚？借此微緣，除之八難。（全北齊文卷九，
頁 108）

人人都在為不可思議神力「背書」，在百姓看來，打造一個佛像等於是佈施私

〔註39〕〔曹魏〕天竺三藏康僧鎧譯：《佛說無量壽經》卷上，《大正新修大藏經》第十
　　　二卷（北縣：傳正有限公司，2001），頁 272。

財，有無量功德，造出的佛像又可使更多人受福——佛像隨處可見，因此是很可以理解的。

也許正是這一種佛教造像的影響力，我們發現在支遁那裡，「佛贊」與「佛像贊」的區別幾乎是消泯了——不像前文所例舉的蔡邕、夏侯湛，支遁的〈法護像贊〉、〈于法蘭像贊〉、〈于道邃像贊〉等文，看上去並不特別著重形象，但實際是用題目指出僧人們的蘭英慧質。支遁以後，如殷景仁（390～441）有〈文殊師利贊〉、〈文殊像贊〉，後者肯定了「像」的「亹亹神通，在變伊形」〔註40〕，前者陳述文殊菩薩的行跡，但關於既深且廣的智慧的傳播，行文中依然指出不能不落實於形象上：

> 雖真宰不存於形，而靈位若有主。雖幽司不以情求，而感至斯應。神變之異，屢革民聽。因險悟時，信有自來矣。意以為接頹薄之運，實由冥維之功，通夫昏否之俗，固非一理所弘。是以託想之賢，祇誠攸寄，思紐將絕之緒，引毫心以標位，乃遠摸元匠，像天所像，感來自衷，不覺欣然同詠。（〈文殊師利贊〉節錄，全宋文卷二十九，頁288）

沈約〈彌陀佛銘〉開篇說「法身無象，常住非形」，但意思不是要人不敬佛像，相反的，正因「非形」，爾等才更需要造像以表露禮敬之儀、虔誠之心：

> 法身無象，常住非形。理空反應，智滅為靈。窮寂震響，大夜開冥。眇哉遐壽，非歲非齡。物愛雕彩，人榮寶飾。事儉欲興，情充累息。至矣淵聖，流仁動惻。順彼世心，成茲願力。於惟淨土，既麗且莊。琪路異色，林沼焜煌。靡胎靡娠，化自餘方。託生在焉，紫帶青房。眷言安養，興言遐適。報路雖長，由心咫尺。幽誠曷寄，刊靈表迹。髣髴尊儀，圖金寫石。濊沱玉沙，乍來乍往。玲瓏寶樹，因風韻響。願遊彼國，晨翹暮想。七珍非美，三達斯仰。（全梁文卷三十，頁313）

誠如前文所說，造像並非「投射」，而是「化身」，是以在沈約在〈釋迦文佛像銘〉有「形酬響答」之說。

綜上，本文的發現是，無論題目有沒有帶著「像」字，南朝的佛贊、佛像贊事實上是以「像」為主體，透過作者對法相的形容、行跡的說明，揭展出神

〔註40〕「文殊淵睿，式昭厥聲。探玄發暉，登道懷英。琅琅三達，如日之明。亹亹神通，在變伊形。將廓恒沙，陶鑄群生。真風幽曖，千祀彌靈。思媚哲宗，竊言祇誠。絕塵孤栖，祝想太冥。」（〈文殊像贊〉）

聖性，讓佛在「虛擬」與「紀實」的雙向建構中「成形」。與贊文的發展同時成立的就是它所揭露的概念：佛之靈力不祇是一種「所欲」，通過贊文的「經驗的傳遞」，它更像一種「本然」，一種不必證實毋須質疑的戒律，使人由不安獲得平靜、由盲昧獲得智慧。

因此，容我們提醒，即便是在頌贊的文類淵源中發展起來的，到了南朝，這種「佛」的稱頌、「佛像」的稱頌，實際上是被更符合「戒律」的文體——銘——加以承載了。（詳參附錄六）

回應本章的章旨：「成形」的「造像」即為「器體」，而諸家贊文不涉物質描寫。作為一種外來文化的產物，佛像贊和人物贊、詠屏風、詠扇一類的書寫一樣，脫離了原本承載它器體（從作品中，我們無法判斷某佛像是石雕、壁畫、金屬的還是木質的）以至於展現了新的意涵：原本應膠固於畫面、牆面中的「像」，因此不被時間、空間所定位。本章開頭曾問「造成此種書寫的背景是什麼」、「本質是什麼」、「詠器物史應如何觀之」，可以試答如下：就像信徒受神像所感召，詩人被器物所深深吸引，以至於試圖為「不可思議」背書。這裡的「不可思議」，無關造像的精美（即便它們確實很美）、也無關器形的工藝程度，它的魅力展現於層層疊疊的歷史因素中，由功能的、古老的、創新的等等條件聚合而成，而最終呈現出一種「人們賴以生存」的本質表態。在詠器物史上，嚴格地說，它很不道地，但卻一定是最「非典型」的一種；當它穿越器體、僅僅以「文字」再現，向詩人靠近、向讀者走來，呈上我們心底的音聲、美好的饗好，毋庸置疑，沒有人應該質疑它的「文學身分」，因為沒有一種作品比它適合詮釋「文學的力量」。

第七章　餘　論

從很多方面來說，討論器物書寫很困難，我們所能掌握到的第一手作品很少，但是與此相關的物質文化資料卻卷帙浩繁。數以萬件的青銅器，千年來的隨葬日用物品，類書中對珍寶的紀錄，還有以器為喻的文化論述，凡此種種，包羅萬象。如果我們認為它們饒富趣味，值得一探（當代社會學家、藝術史家正耕耘於此），那麼我們就不可避免要面對：文學裡的器物呢？

雖然說文學評論建立在作品之上，但後者的價值卻顯現在前者的評說中。因此，當既有的文學批評擺出一副將器物書寫邊緣化的姿態，「抬舉」的動作早已失去先機。文字遊戲的、形式主義的、無關政教的、既不言志亦不抒情，有關這些眾口一詞，器物書寫彷彿真的失去了潛能。

可是，我們如今通過歷史因素的參與，手握可靠的解釋方式，站在一個更遼闊的視野上，伴隨著強烈的動機，感覺器物書寫有如主動地向我們逼近以致於提問：文學裡的器物呢？如果無法解釋書寫的「選擇」、「造語」、「目的」，那麼不僅物質文化的研究不夠完善，精神文化的研究也將付之闕如——如果我們相信文學屬於精神文化的一環，同時認知精神文化與物質文化不可分割。

歸根結柢，書寫中的器物在當代的藝術批評語境裡完全具有解釋的可能，誠如雷德侯所說，中國的卓越的藝術表現依賴「複製」，依賴大量的基礎模件的組合排列，而中國古代書寫中的器物正是通過這種方式「現身」的。

處於必要的困境，我們的其中一法就是正面迎向「模式」——這個向來被視為器物書寫被邊緣化的禍首。「模式」並非橫空而來，它源於先秦，謎語可能是它最初的棲身之所，那些可被分析的製造與過程，以及對成品的形容，都成了謎底的線索（材質是什麼？來自深山或來自異域？由誰打造？外形如

何？運轉效果是什麼？對人類社會的意義？）將問句改為肯定句，就成了器物的特徵，同時也是模式的「構件」。在往後的時光裡，這些構件以更「有序」、更「合理」的方式集結在一起（材料—製造—形貌—功能—價值），這就是我們所熟悉的漢代器物賦。

　　但真正發揮「模式威能」的是六朝作家。比方說，魏晉只是調度了「功能」與「材料」的位置，魏晉器物賦就有了一個全新的面貌，而且足以標誌出他們的新的側重：器物的實用性。然後，即便是「轉型」，南朝作品也是以模式為前題的轉型；即便是在乎一個更廣闊的「景」，那也沒有拋棄一項項構件。可以說，魏晉的鏡頭很「近」，聚焦於器物本身，而南朝的鏡頭很「遠」，是以器物為中心向外輻射。這個「遠」並且奪人眼球。南朝器物詩以「遠」照見「萬物」，多半是要折射出萬有之「空」，它有限的篇幅，恰好符合了它不必近觀的視角。我們的意思是，「賦」與「詩」——形式並沒有對「模式」造成妨礙，作者們將「模式」鑲嵌於「賦」和「詩」條件中，對文意進行更好的安排。作家沒有因為詩而捨棄模式，在「詩」意謂著抒情的需求的前題下，我們必須相信：「模式」也從來不曾對「抒情」有過妨礙。

　　以上所述無非強調：模式作為一種書寫的框架，是理解六朝器物詩最重要的前題；即便有人一定要視框架為缺陷，但缺陷何嘗不能是意義的關鍵呢？

　　作為本文的終章，容我們進行一次「模式與意義」的回顧：

1、第二章。關於「雛型」

　　（1）作為學界共識之最早的詠物單篇，〈彈歌〉同時也是一篇器物書寫。不過比定義題材更重要的是〈彈歌〉的創作背景：在禮樂經國的政策取向與社會氛圍下，「弓箭」等狩獵之器兼具了鞏固階級、分別倫際的象徵意義。事實上，在許多重要場合所必備的器物如冠禮之冠、九鼎之鼎，其象徵意義都比實用功能更為昭著。

　　（2）鐫刻於青銅器上的銘文可以說是上古崇禮的另一種實踐方式：通過戒箴和紀錄，人們得以檢測與反省自身言行，以符合社會的規範。不過具體而言，器銘並不限於青銅器，在書而不刻的情況下，器銘對應的往往是非金屬的器物。理論上來說，非金屬器物的方便性也才真的能起到「時時警惕」的作用。

　　（3）器物既是實用的，在意義價值上也是崇高的；它們不僅促進了生活之便利，也成就了一個有禮有序的社會。

（4）文學史向來津津樂道於荀子〈箴賦〉的謎語形式，在本文的脈絡底下，此形式更是饒富興味：謎語有助於「器物特徵」的提出。而且，荀子不止寫出了器形、器用，還涉及了器物製造的原理原則；不僅是「重質輕文」的理念風向球，並且還是後世書寫模式化的先驅。

2、第三章。關於「原型」

（1）李尤銘器何以飽受批評？按照劉勰的說法，掌握品類概念與掌握器物特色息息相關，李尤作品數量之多，恰好曝露他的分類不清（名品未暇），將遊戲與占筮用具相摻雜、將生產與衡量用具相混同。不過，從另一個角度說，李尤確實留心了許多過去不曾進入書寫的器物，不能不說他豐富了書寫的材料。得益於個人的感知，又或者是獨特的對「銘」體的醉心，李尤的書寫呈現了器物的「物質性」（形貌、材質、製作等），逐漸褪去了器銘在先秦的禮用色彩，某些作品看上去就像是器物賦的雛型。作為一個承先啟者，他當之無愧。

（2）器銘與器賦的相似，表現於兩個方面：一是作品的結構方式，此時不少器銘儼然像是微型的器賦，不少器賦則是像是放大版的器銘；另一面是兩者在道德勸說上的一致，器賦並且更進一步突出「人」的關鍵性，在器銘中所取消人的意志在器賦裡獲得重視，從而強化了勸喻的可能。

（3）為了最終的道德勸喻，漢代器銘與器賦基本上都具有「規矩的」器物形象。已而，當道德目的消失，也就不再需要保證器物的完美——我們在後文中會看見，魏晉和南朝的作品不再對「規矩」有所強調，隨著新的創作目的的生成，六朝詠器物有它們自己的關鍵字。

（4）「座右銘」在器物書寫史扮演什麼樣的角色？漢代無座，表面上，座右之座是虛指，然後因為這個虛指，讓「近身的所在」可以完全取決於作者——只要作者願意，它可以讓這個銘文近在左、近在前，近在器物擁有者周圍的任何一個地方，已而更加突顯銘文的「傳告」與「勿遺」之意。

（5）現存漢代座右銘如崔瑗所作，其辯證的形式像諸天地日月陰陽，每每為人稱道。因之，「座右銘」還是一個難得的指標——它是一種依違於「實物／虛指」、「諷諫／美文」之間的書寫，而這兩點，正是器物逐漸脫離銘文，過渡成以賦為主的重要特徵。

3、第四章。關於「成型」

（1）書寫固然不必依附於現實、不需要與某個物件的普及相關，特別是人的想像往往能超越科學或技術。不過，站在「詩與物原本就是相通」的立場，

物質文化發展的考察也往往能證成書寫不是凌空的、語言的，而反映了「創作」與「生活」的緊密關聯——本文第四章第二節對詠器物所涉及的品項進行逐一檢視、整理之後（受限於學力，本文這部分的工作，主要藉重了前輩學者包含孫機、巫鴻、揚之水等先生的研究成果），實際上也得到這樣的結論：魏晉器物賦有一定程度的現實性，誠如該節小結所說，關於賦文的理解，本文的看法是至少必須考慮魏晉賦家對物質變化的敏感與興趣。

（2）魏晉「換型」的主要特徵是將「功能」置前；另一方面，關於「材料」、「製作」、「形貌」，也都具有特殊意義——材料來自崇山、異域、他鄉，製作者不再是道德上的完人，比起華美，他們更重視形貌的本質。換句話說，魏晉一方面通過鋪采的、摛文的要求接續漢代的書寫，一方面通過他們的選擇而使得「模型」有了更廣泛的內容意蘊。

4、第五章。關於「轉型」

（1）以器為喻的表意方式始自先秦，漢、魏繼之，哲學文學各個領域各自豐富，一直到南朝劉勰《文心雕龍》將寫作和器物製作的原理原則類比在一起，成為一個系統化的表述。與悅賞之情互為表裡，南朝詩人在題目中表明「用器」到「玩器」的轉變，細究起來，這不僅是一種特殊的觀物眼光，還是一種脫離人們社會活動定義的嘗試。

（2）除了延續舊有題材如燈、扇、樂器等，並且向閨閣之物集中。應該注意的是「使用者」的取消——詩文敘述中將人視為物的一部分，或表露一種物質與功能之間的直接聯繫，不需要透過人的介入——這將很大程度地鬆動過去人／器的主／客立場。

（3）奠基於物質環境、山水背景、佛教義理，南朝器物詩一定程度地變化了前代書寫構件的組合方式。向作者問「某器物的材料是什麼」、「何人製造」、「顏色和紋路怎麼樣」，多半是徒勞的，此時的作者更樂於告訴讀者他們更廣闊的視野——「觀看什麼」、「觀看目的」、「如何觀看」：南朝詩人樂於面對器物的不足與有限，如燈火總有照不亮的地方，已而通過「暗」的指示，發現時空中的「不在」與「空白」，進而洞悉萬物皆空的真實義。在山水視域和佛教義理的共同化生之中，「光」和「風」成為詠器物最常見也最特出的兩種元素，於是我們會發現器物詩無關「白描」——它是被「景」的營造所烘托生成的。

＊＊＊＊＊

在這裡，幾個固有的問題也許可以有如下回答：

1、器物的物質性和賦、詩的形式特徵如何互動？

就文學表現和創作心態的演進而言，賦和詩各有其登場的淵源，賦本是六義之一，隨著漢賦作者們文字敏銳度和掌握度的提高，促成了閎侈鉅衍；作為展示情意最傑出的載體，詩有它源於民間的生命力。但是，器物的物質性並非處於被動，從無到有的器物生產過程，其實正適合「閎侈鉅衍」的進行，而當南朝詩人沉醉於物品的賞玩，因而忘卻煩憂、忘卻自我，也忘卻時間連續性，那些個留白的「片刻」，也正適合詩的跳躍性。

2、器物書寫題材的日常化傾向，與模式化的運作有關嗎？

容本文重申，日常化的意義不是指將「日常所用」的器物寫進作品，而是指留心那些過去「極少或未曾被關注」的東西，發現它們的特別之處，繼而在文字之中彰顯。是以，日常化很大程度取決於一個有識的主體，在我們的論述中，荀子、李尤、嵇康、張華、傅咸、成公綏、蕭衍、蕭綱、沈約等等，莫不是這樣的。他們不僅表露了某一種愛物心態，同時也具備了敏銳的觀察能力、傑出的書寫天賦；他們的深刻意義在「開創」，而非因襲，更不是舞文弄墨的雕蟲之技。

於是，「日常化」的實質是文化史的，不知不覺中，這樣的書寫在六朝蔚為潮流，進而與文學相關的各種活動型態、各種批評建構、各種創作表現互相牽引，祁立峰先生的推論因此十分精準，其以屏風為例：「這種抽空內容的形式是一種更本質的、屬於文學集團與政治集團溝通方式。也就是說：『屏風』去除了寓言性，而對屏風單純的歌詠、辭藻拼貼，扮演了現實世界中的屏風功能，用來隔絕與交流——沒有詠物能力的作者，勢必將被阻絕於文學與政治集團的『屏風』之外。」〔註1〕

除了取決於有識之士，新物品的加入自然也會對日常化推波助瀾，而六朝因長江水運之便，商業發達、貿易頻繁，故珍寶薈萃、新物不窮，《梁書·諸夷傳》形容「海南東夷西北戎諸國，地窮邊裔，各有疆域。若山奇海異，怪類殊種，前古未聞，往牒不記，故知九州之外，八荒之表，辯方物土，莫究其極，

〔註1〕祁立峰：《遊戲與遊戲之外——南朝文學題材新論》（臺北：政大出版社，2015），頁81。

高祖以德懷之，故朝貢歲至，美矣。」

　　當主體的條件與客觀的物質具足，我們必須理解，一但我們有對物品進行認識之需要、分析之需要，就會進入到「模式」的運作裡——誠如本文一開始引雷德侯先生模件化所強調的，不僅大量的創造有賴於模式構件的組合，事實上人們對某物的認知也同時受模式支配，更確切地說，在意識當中的物，其實是諸多構件的「重塑」。

　　因此，「題材」的日常化與「間架」的模式化之間，雖不處於一種直接的因果，但是就創作主體而言，它們其實是彼此的「作用」：前者是感知，後者是感知的兌現；後者作為一種認知的間架，牽引了更多「日常化」的可能。我們不妨想像一下，如果把漢代人所完成的模式視為一個預售的展示屋，那麼這個展示屋裡的各種格局、佈置，自然會是六朝屋主的參考，進而啟發更多新物品的陳設；相反的，六朝屋主心愛的沙發、餐椅和廚具，原則上也必須是在符合既有屋型條件的前提下，才能稱得上「傢俱」。

　　3、當漢魏以降，個人的抒情性上揚，器物在此中扮演什麼角色？

　　「時間」是抒情主體永恆的關注、是抒情論述最重要的向度之一。誠如前幾章一再強調的，魏晉作品裡器物是「理想的」，而南朝的則是「現實的」。魏晉之所以可以作「理想」的描述，是因為作者刻意地忽略的「時間」的作用；而南朝作品裡的器物雖然正視了時間當中的「殞滅」，但很有意思的是他們常常聚焦於「古物」——一種在時光之流中恆久存在的。本文的看法是，器物書寫有意無意地成為作家回應時間議題的一種方式，它的終極就在「瞬間」的時間形式於書寫過程中被成功引現，使人們在線性和循環之外有所選擇、有處可去，不再被無情地「推移」。

　　4、器物書寫在反映人們的物觀之餘，是否也倒過來影響了人們的物觀？

　　關於這個題目，受限於目前所見的作品數量和其它物質遺產相比過份懸殊，任何結論都難以避免揣測之嫌，我們只能提供一些有效的個案。例如蕭綱對屏風的看法。他的〈謝賚碧虑基子屏風啟〉陳言屏風的好處：「極班馬之巧，兼曹史之慮，均天台之翠壁，雜水華之嘉名。使雲母之窗，慚其麗色，琉璃之扇，愧其含影。」首先強調公輸班、馬鈞的巧手、曹喜和史游的書法筆墨，然後點綴翠壁、水華，屏風的精緻度不在話下。值得注意的是，讀者很快會發現「盛讚」並非作者的著力之處，關鍵反而在接下來的兩句：「雲

母之窗」的「慚」和「琉璃之扇」的「愧」，通過作者的筆鋒轉折，前段的班馬云云與後段的雲母之窗云云，質變成兩個完全不同的層次，前者班馬曹史造就的「藝品」，而帶有雲母之窗的，只是「用品」；前者來自於屏風上書法、工藝的獨自的欣賞，後者來自於空間的、使用上的必須，也就是說，蕭綱眼裡的是「部分」，而這座屏風的「整體」，已經很大程度地被削弱。一般而言，謝啟中的物比詩賦中的物更親近現實，而現在，被蕭綱留在謝啟的，就意同我們前章所指的「畫・像」，而消失不見的，就是承載畫・像的「器體」。

　　無獨有偶，劉孝威（496～549）有〈謝勑賚畫屏風啟〉，文章說「昔紀亮所隔，惟珍雲母，武秋所顧，止貴琉璃。豈若寫帝臺之基，拂崑山之碧，畫巧吳筆，素蹤魏賜。馮商莫能賦，李尤誰敢銘。」「雲母」、「琉璃」在這裡也是一種批評，作家真正關注的是「畫巧吳筆」，已而感嘆即便是馮商、李尤這等善寫物的能手再世，怕也是無法捕捉其中的工巧、書畫之美的。這裡雖然不能不說有一種誇飾，但可以理解劉孝威是如何處心積慮地要給這個藝術品屏風極高的評價，最重要的是，他的表態說明了他對前代器物書寫的取徑，在區別「藝術」與「用品」的時候，他是以前代書寫作為參照基準的。梁元帝蕭繹的〈謝東宮賚寶枕啟〉說：「泰山之藥，既使延齡，長生之枕，能令益壽。黃金可化，豈直劉向之書，陽燧含火，方得葛洪之說。況復重安玟瑁，獨勝瑰材，芳松非匹，栭榴未擬。」後半稱寶枕勝於「瑰材」、「芳松」、「栭榴」，此三件指的不是材料，而是指劉向的〈芳松枕賦〉（今佚）、張紘（153～212）的〈瑰材枕賦〉、〈栭榴枕賦〉（今佚）。

　　器物書寫是否倒過來影響了人們的物觀？定論無法遽下，但就上述幾例來看，他們的想法及書寫確實受到同時或更早的器物作品的刺激。

5、揚之水先生的名物研究以「抽象」（虛擬話題）之理由排除了部分詠物詩（如唐代李嶠、元代謝宗可、明代瞿佑），那麼六朝的詠器物應該如何以「虛擬/真實」理解？

　　與器物有關的書寫固然可以基於現實，但它們卻不一定是現實的「還原」；因為雖然器物處於書寫的軸心，「語言」卻有它的關鍵性：它既為生活、記憶、意義綜合起來的「文本」，又實際上是促成文本的「作用力」，影響文本與現實的距離及其發展。也就是說，在中國長遠的詠器物歷史當中，某些是基

於虛擬的話題，某些則是關於真實而具體的器物〔註2〕。揚之水先生的話，我們在緒論裡已經引用過，先生的意思是部分唐、元、明文人的詠物不可用「名物研究」的方式被討論，而兩宋的詩文則相反，原因在前者雖然「以物為題」，但器物並非主角，只是近於「媒介」以延伸出更嚴肅的主題。所以揚之水先生所謂的「詩」，並不包含所有的「物詩」。

　　依照「抽象」與「具體」的指標，在緒論裡，本文也已經試圖解釋六朝詠器物雖然也以「詠物」為名，但因為它具有的物質現實性，因此是可以被討論的。意思很明顯：雖然可以在歷代的詠物中可以找到虛擬的表達，但這並不意味著所有的詠物都一貫如此。就六朝來說，在作品中保留器物自體功能以外的延伸價值，情理上難以免除，因為南朝器詩和魏晉器賦有文學演變的連貫性，而魏晉器賦又和漢代賦文的崛起相應，並且書寫作為公眾領域的表達也已根深柢固；但要說六朝詠物完全「以『虛擬話題』為己任」而行道救時或緣情綺靡，恐怕絕對不是當時文人的本意。

　　在人／器「類比」之思維型態的主導下，六朝以前和以後因著「表達的複雜程度」而產生差異：荀卿〈箴賦〉的類比較為明確而透明，至少作者自己如此認知，而將語言意義與器物之間的指向嚴格地加以限制；漢代器銘與器賦具有更多的嘗試性——笛不僅可吹奏成音，還可吹奏成曲，樂曲並且可能引人入勝、哀樂各異，如此種種「特徵」，在作者的「尋找」（詮釋）過程中，憑藉的是世界的材料，從而和當時的社會有緊密地聯繫；魏晉詠器賦的類比在本文看來相對弱化，這是因為它們在器物功能處理上的全力以赴，它們與先秦兩漢一味地以呼籲某種道德精神不同，而南朝詠器詩更是如此，在南朝的書寫中，絕不是以「相似」為目標。

　　我們的想法是：即便是以揚之水先生所謂「抽象」與「具體」看待有關詠器物，六朝的抽象，也屬於現實式的抽象；而兩宋詩文裡頭的表現，則因著思維型態由「類比」向「分析」過渡，以至於呈現完全不同的基調。併著揚之水

〔註2〕揚之水〈詩中「物」與物中「詩」——關於名物研究〉：「我想到應該先把我關注的「物」與詠物詩稍作區分。詠物詩之物，是普遍之物、抽象之物，在此意義上，也可以說它通常是一個一個虛擬的話題。比如唐代李嶠、元代謝宗可、明代瞿佑等人的詠物詩。而我的研究物件，即詩文——或者更明確一點說是近年我主要關注的兩宋詩文——中的物，是個別之物，具體之物，相對於前者，它是一個一個真實的話題。」《揚之水談名物》卷一（香港：香港中和出版社，2016），頁424～425。

先生「物中詩」與「詩中物」概念，綜整示意如下：

	物	詩			
層　次	器物	文本（虛擬話題之器物）			文本（真實話題之器物）
虛／實	實	目的式虛擬	現實式虛擬	精神式虛擬	實
思維型態		類比			分析
表　現		例：先秦兩漢詠器物	例：六朝詠器物	例：唐元明部分詠物	例：兩宋詩文

當「虛擬」本身可以區分出更多定義，在六朝被視為「現實式虛擬」的情況下，先秦兩漢因其特定教化目的，也許能被稱之為「目的式虛擬」，而唐元明部分詠物則常常是某種「主義」的發揚，與英雄〔註3〕及哲理〔註4〕的追求有關。

　　釐清「器物」、「虛擬話題」與「真實話題」三個層次有其必要性，除了它們各自涉及不同的虛構維度與思維型態，「詩」作為語言之一，在我們承認語言作用力的時候，也就會同時發現，真正被人們所接收到的器物，不是被打造的，而是經由各種書寫的路徑成為它自己；換言之，先有語言，才有器物。

6、六朝器物對文學史有何意義？

　　就像美國哲學家米德（George Herbert Mead, 1863～1931）說的，一旦要從客廳的這一頭走到那一頭，沒有人能忽略擋在中間的椅子和桌子，活在物中

〔註3〕「從高門到寒士，從上層到市井，在初唐東征西討、大破突厥、戰敗吐蕃、招安回紇的『天可汗』時代裡，一種為國立功的榮譽感和英雄主義彌漫在社會氛圍中。」（李澤厚：《美的歷程》（北京：中國社會科學出版社，1984），頁170）這樣的氛圍同時成為創作的基調，如鄒巔先生所言：「唐人詠物瀰漫著一種青春的力量與生氣，飛揚著青春浪漫的理想，標舉著少年英雄的情志與人格」（詳參《詠物流變文化論》，頁136），具體呼應的作品如李嶠（645～714）〈寶劍篇〉。

〔註4〕宋代重哲思、通禪悟，藉由觀物以窮理，不僅是一種生活的態度，亦表現於創作：「若夫理趣，則理寓於物中，物包理中，物秉理成，理因物顯。賦物以明理，非取譬於近，乃舉例以概也。或則目擊道存，惟我有心，物如能印，內外胥融，心物兩契；舉物即寫心，非罕譬而喻，乃妙合而凝也。」（錢鍾書：《談藝錄》（北京：中華書局，1984），頁232）蘇東坡〈琴詩〉：「若言琴上又琴聲，放在匣中何不鳴？若言聲在指頭上，何不於君指上聽？」可以明顯看出「因果關係」之思辨，而非闡述「教化」或「現實功能」。

的我們，採取了的是「物的姿態」〔註5〕。所以如果可以，文史的研究必須結合器物；如果可以，文學史的眼光必須包含器物；如果可以，器物在任何範疇裡應該要有自己的領地——因為任何一種附屬、符號的義界，都會稀釋器物與生存的牽涉程度，淡化器物對文化史、文學史的影響程度，因為六朝詠器物，正以它自身的姿態，體現生命價值的實踐行動。

　　說到底，器物、模式與意義，不僅是文學，它就是生活。如果我們曾期盼心靈甘美、曾為生命豐饒許願，且讓我們仔仔細細地看它，看它落雨成花、滿室餘香。

〔註 5〕作為一實用主義者，美國哲學家米德（George Herbert Mead, 1863～1931）強調環境影響人的行為，這環境自然包括人為的客體，以取物為例，米德的意思是人們得先繞過椅子、經過桌子才能拿桌上的文件，然後依照座椅的規格採取閱讀之姿，所以說是物質客體促成了我們的行動：「在此，他確立一個場，一個能夠促成他來到放著他要的那份文件的抽屜前的實際運動的場。這個場是達到他所尋求的目標的手段，而椅子、桌子、窗戶則都作為客體而進入其中。」（美）米德著；胡榮、王小章譯；周曉虹校閱：《心靈、自我與社會》（台北：桂冠圖書股份有限公司，1995），頁 264。英國社會學家 Tim Dent 在他的《物質文化》談人與客體之互動時也引用到米德的說法，主張人會「回應」物所建構的地景，人對於地景的回應是受其中的物所「召喚」的，儘管這種召喚會被忽略。詳參 Tim Dent 著；龔永慧譯：《物質文化》第六章〈玩物：與風帆互動〉（台北：書林出版有限公司，2009），頁 156～160。

附錄一：上古兩漢具名器物銘、箴、頌、贊總目

（／後為卷數，#後為頁碼，「略見」指部分文字）

上古

篇次	作　者	篇　名		全上古三代 秦漢三國六朝文
1	黃帝（？）	巾几銘	路史・疏仡紀／14	全上古三代文／1#6
2	夏禹（？）	（竹巽）簾銘	鬻子	全上古三代文／1#12
3	商湯（？）	盤銘	禮記	全上古三代文／1#15
4	周武王（？）	矢栝銘	國語・魯語下／5	全上古三代文／2#24
5		席四端銘	大戴禮記／6 武王踐 阼。〈盥盤銘〉緩作游	全上古三代文／2#24
6		機銘		全上古三代文／2#24
7		鑑銘		全上古三代文／2#24
8		盥盤銘		全上古三代文／2#25
9		杖銘		全上古三代文／2#25
10		帶銘		全上古三代文／2#25
11		履屨銘		全上古三代文／2#25
12		觴豆銘		全上古三代文／2#25
13		劍銘		全上古三代文／2#26

14		弓銘		全上古三代文 / 2#26
15		矛銘		全上古三代文 / 2#26
16		衣銘	後漢書朱穆傳 / 73 注引太公陰謀	全上古三代文 / 2#26
17		鏡銘	後漢書·朱穆傳 / 73 注引太公陰謀 太平御覽 / 590 作〈書鏡〉，略見	全上古三代文 / 2#26
18		觴銘	後漢書·朱穆傳 / 73 注引太公陰謀	全上古三代文 / 2#26
19		冠銘	太平御覽 / 590	全上古三代文 / 2#27
20		書履	太平御覽 / 590	全上古三代文 / 2#27
21		書劍	太平御覽 / 403 略見，廢作德廢 / 590 德行則福作德行則病	全上古三代文 / 2#27
22		書車	太平御覽 / 590	全上古三代文 / 2#27
23		書鋒	意林 / 1 引太公金匱	全上古三代文 / 2#27
24		書刀	意林 / 1 引太公金匱	全上古三代文 / 2#27
25		几書	後漢書·崔駰傳注引太公金匱	全上古三代文 / 2#28
26		杖書	後漢書·崔駰傳注引太公金匱	全上古三代文 / 2#28
27		鑰書	太平御覽 / 184 引太公金匱	全上古三代文 / 2#28
28		硯書	藝文類聚 / 58 初學記 / 21 太平御覽 / 605	全上古三代文 / 2#29
29		筆書	困學紀聞 / 5	全上古三代文 / 2#29
30		筮書	太平御覽 / 359 引太公陰謀	全上古三代文 / 2#29
31	孔悝（？）	鼎銘	禮記·祭統 / 49	全上古三代文 / 3#49

前漢

篇次	作者	篇名		全上古三代秦漢三國六朝文
1	漢成帝（前 51～前 7）	鼎銘	鼎錄	全漢文／8#339
2	東方朔（前 154～前 93）	寶甕銘	拾遺記／1	全漢文／25#494
3	劉向（前 77 左右～前 6）	杖銘	藝文類聚／69	全漢文／37#604
4		熏爐銘	藝文類聚／70 射作綺，無蔚術四塞以下句 北堂書鈔／135 器作氣，射作綺，無蔚術四塞以下句	全漢文／37#604
5	劉歆（前 53 左右～23）	斛銘	隋書·律曆志上／16	全漢文／40#628
6	王莽（前 45～23）	權石銘	晉書·律曆志／16	全漢文／60#817
7		銅權銘	隋書·律曆志／16	全漢文／60#817
8		劍銘	古今刀劍錄	全漢文／60#817

後漢

篇次	作者	篇名		全上古三代秦漢三國六朝文
9	馮衍（生卒年不詳）	刀陽銘	藝文類聚／60 作荷天之祿 太平御覽／346 無文不可匿後四句	全後漢文／20#204
10		刀陰銘	藝文類聚／60 太平御覽／346	全後漢文／20#204
11		杖銘	藝文類聚／69	全後漢文／20#204
12		車銘	藝文類聚／71 初學記／25	全後漢文／20#204
13		席前右銘	初學記／25	全後漢文／20#205
14		席後右銘	初學記／25 之張作之貳	全後漢文／20#205

15		杯銘	藝文類聚／73 太平御覽／759	全後漢文／20#205
16		爵銘		全後漢文／20#205
17	黃香（65？～122以後）	屏風銘	藝文類聚／69 刻鏤作雕鏤 太平御覽／91 ／590 刻鏤作雕鏤／701 忠作患	全後漢文／42#400
18	傅毅（47？～89以後）	扇銘	北堂書鈔／134 揚作陽，能退作知退	全後漢文／43#408
19	崔駰（？～92）	杖頌	北堂書鈔／133 無荄字，流雲作浮雲，裁剗作質直，百福做百祿，西老作南極	全後漢文／44#422
20		車左銘	藝文類聚／71 太平御覽／773	全後漢文／44#425
21		車右銘	藝文類聚／71 闕作關 初學記／25 太平御覽／773 顧作願	全後漢文／44#425
22		車後銘	藝文類聚／71 太平御覽／773	全後漢文／44#425
23		仲山父鼎銘	藝文類聚／73 斯作思	全後漢文／44#425
24		樽銘	藝文類聚／73	全後漢文／44#426
25		冬至襪銘	藝文類聚／70 作〈襪銘〉，無陽升先下日永于天矩	全後漢文／44#426
26		六安枕銘	北堂書鈔／134 永元作承先，無六安在床匪邪匪仄句 太平御覽／707 永元作承元，無六安在床匪邪匪仄句	全後漢文／44#426
27		刀劍銘		全後漢文／44#426
28		刻漏銘		全後漢文／44#426
29		縫銘	太平御覽／830	全後漢文／44#426
30		扇銘	北堂書鈔／134 施張作弛張、搖作招	全後漢文／44#427
31	崔瑗（77～142）	竇大將軍鼎銘	藝文類聚／73	全後漢文／45#432

32		遺葛龔佩銘	藝文類聚／67	全後漢文／45#432
33		三珠釵銘	北堂書鈔／136 鬢髮作鬖髮，橫釵作璜釵，攝髮作鑷髮 藝文類聚／70 作三珠釵箴，橫作璜，攝髮鑽瑩作攝媛鑽靈 太平御覽／718 鬢髮作髻髮、攝髮作鑷髮	全後漢文／45#432
34		杖銘	北堂書鈔／133 殆作猶，佚作溺 藝文類聚／69 作劉向〈杖銘〉 太平御覽／710 諸作甘，殆作猶。又／974 ／974作馮植〈竹杖銘〉	全後漢文／45#432
35		柏枕銘	北堂書鈔／134 之尊作云尊，為乾作惟乾，直銘作之銘	全後漢文／45#432
36	李尤（44？～126？）	鐘虛銘	藝文類聚／44 虛作簴	全後漢文／50#486
37		琴銘	藝文類聚／44 蕩滌作盪滌 初學記／16 和正作和樂	全後漢文／50#486
38		笛銘	初學記／16 略見兩處	全後漢文／50#486
39		漏刻銘	藝文類聚／68 作〈漏刻銘〉與〈漏銘〉 北堂書鈔／130 先聖作先王，無聖哲稽古以下句 初學記／25 無聖哲稽古以下句	全後漢文／50#486
40		屏風銘	藝文類聚／69 北堂書鈔／132 雍作擁 初學記／25 太平御覽／701 抗作坑	全後漢文／50#486
41		書案銘	北堂書鈔／133 謁作詔 太平御覽／710 謁作詔	全後漢文／50#487
42		經橈銘	藝文類聚／55 作經褥	全後漢文／50#487
43		讀書枕銘	藝文類聚／55 猶作由	全後漢文／50#487

44	筆銘	藝文類聚／58 初學記／21	全後漢文／50#487
45	錯佩刀銘	藝文類聚／60 其作有 初學記／22 太平御覽／346	全後漢文／50#487
46	金馬書刀	藝文類聚／60 無淬以清流以下句 初學記／22 略見兩處 太平御覽／345 貢文作黃文、無淬以清流以下句	全後漢文／50#487
47	寶劍銘		全後漢文／50#488
48	戟銘	太平御覽／353 陵作陸	全後漢文／50#488
49	弧矢銘	藝文類聚／60 四方二字闕 初學記／22 太平御覽／350 作弧矢協并八極同紀	全後漢文／50#488
50	良弓銘	藝文類聚／60 作李充〈良弓銘〉 初學記／22 作李充〈良弓銘〉 太平御覽／347	全後漢文／50#488
51	弩銘	藝文類聚／60 粵作放，作執破醜虜、克作充 太平御覽／348 建作造，作執破醜虜	全後漢文／50#488
52	彈銘	藝文類聚／60 膠治作以霑 御覽／350 作以彈為矢，筋角作筋鏃，趨如作觀其	全後漢文／50#488
53	鎧銘	初學記／22 太平御覽／356	全後漢文／50#489
54	盾銘	太平御覽／357	全後漢文／50#489
55	鞍銘	初學記／22 驅作駈 太平御覽／358	全後漢文／50#489
56	轡銘	初學記／22 御作銜 太平御覽／358	全後漢文／50#489

57		馬箠銘	初學記／22 太平御覽／359	全後漢文／50#489
58		鉦銘		全後漢文／50#489
59		臥床銘	初學記／25 太平御覽／706 和作之，夕 惕作久則	全後漢文／50#490
60		几銘	北堂書鈔／133 錄序，略見 兩處，作〈床几銘〉 太平御覽／710 錄序	全後漢文／50#490
61		席銘	藝文類聚／69 值作直 初學記／25	全後漢文／50#490
62		靈壽杖銘	北堂書鈔／133 泉作雨 藝文類聚／69	全後漢文／50#490
63		麈尾銘	北堂書鈔／134	全後漢文／50#490
64		鏡銘	北堂書鈔／136 則作服 藝文類聚／70 則作服 初學記／25 則作服	全後漢文／50#491
65		熏爐銘	北堂書鈔／135 作芳烟布繞 遙冲紫微	全後漢文／50#491
66		印銘	初學記／26 服作躬	全後漢文／50#491
67		研墨銘	初學記／21 作〈硯銘〉、〈墨 硯銘〉 太平御覽／605 研墨乃陳以 下作烟石附筆以疏以申	全後漢文／50#491
68		冠幘銘	初學記／26 飾作服	全後漢文／50#491
69		文履銘	北堂書鈔／136 無文表德質 以體仁句，顯允作允顯 初學記／26 無文表德質以 體仁句，斌斌作武斌，顯允 作允顯，坦道作堤道	全後漢文／50#491
70		舟楫銘	北堂書鈔／137 輦作載，安 審慎懼作安慎懼審 藝文類聚／71 輦作載 初學記／25	全後漢文／50#492

71		小車銘	藝文類聚／71 初學記／25 見兩處 太平御覽／773 圓作盆，軒作輿	全後漢文／50#492
72		天軒車銘	藝文類聚／71 蔽容作從容 太平御覽／775 引自應吉甫華林集，赴作越	全後漢文／50#492
73		鼎銘	藝文類聚 73	全後漢文／50#492
74		盤銘	藝文類聚／73 太平御覽／758 舉作輿	全後漢文／50#492
75		盂銘		全後漢文／50#493
76		樽銘	藝文類聚／73	全後漢文／50#493
77		杯銘	藝文類聚／73	全後漢文／50#493
78		羹魁銘	太平御覽／758	全後漢文／50#493
79		安哉銘	太平御覽／760	全後漢文／50#493
80		匱匣銘	太平御覽／713〔註1〕	全後漢文／50#493
81		豐侯銘	太平御覽／762	全後漢文／50#493
82		箕銘	太平御覽／765	全後漢文／50#494
83		圍棋銘	藝文類聚／74 間作閒	全後漢文／50#494
84		金羊燈銘	藝文類聚／80 初學記／25	全後漢文／50#494
85		權衡銘	太平御覽／830 正是正非作正是非	全後漢文／50#494
86	張衡 （78～139）	綬笥銘	初學記／20 略見，／26 時德更治笥作時得更理笥 太平御覽／682　／711 略見、小異	全後漢文／55#531
87	胡廣 （91～172）	印衣銘	初學記／26	全後漢文／56#545
88		綬笥銘	初學記／26	全後漢文／56#545
89	蔡邕 （132～192）	東鼎銘	本集	全後漢文／74#700
90		中鼎銘	本集	全後漢文／74#700

〔註 1〕嚴可均作卷714。

91		西鼎銘	本集	全後漢文 / 74#700
92		黃鉞銘	本集	全後漢文 / 74#701
93		鼎銘	本集	全後漢文 / 74#701
94		酒樽銘	藝文類聚 / 73	全後漢文 / 74#702
95		警枕銘	北堂書鈔 / 134 亦作示 藝文類聚 / 70 亦作示 太平御覽 / 707 亦作示	全後漢文 / 74#702
96		槃銘	太平御覽 / 758 丹作納	全後漢文 / 74#702
97		銅籥銘	隋書・律曆志 / 16	全後漢文 / 74#702
98	士孫瑞 （？～195）	劍銘	藝文類聚 / 60 作作庚，勖作勳，精通作上通，昭威作曜威 太平御覽 / 344	全後漢文 / 84#797
99	張紘（約 157～216）	瓌材枕箴	藝文類聚 / 70 北堂書鈔 / 134 作銘	全後漢文 / 86#814
100	班昭	欹器頌	文選〈與吳季重書〉注	全後漢文 / 96#895

附錄二：漢代器物賦總目

作　者	篇　名	北堂書鈔	藝文類聚	初學記	太平御覽	全上古 三代秦漢 三國六朝文
劉安（前179～ 前122）	屏風賦		服飾部 ／69			全漢文 ／12#369
	薰籠賦 （存目） 〔註1〕	儀飾部六 ／135			服用部十 三／710	
賈誼（前200～ 前168）	虡賦		樂部四 ／44	樂部下 ／16	樂部十二 ／582	全漢文 ／15#406
羊勝（生卒年 不詳）	屏風賦			器用部 ／25		全漢文 ／19#441
鄒陽（生卒年 不詳）	几賦					全漢文 ／19#443
枚乘（？～前 140）	笙賦 〔註2〕					
劉向（前77左 右～前6）	雅琴賦			樂部下 ／16		全漢文 ／35#583
	圍棋賦		巧藝部 ／74 作馬融			全漢文 ／35#583

〔註1〕 依《太平御覽》卷七百十一引劉向《別錄》曰：淮南王有〈薰籠賦〉、《北堂
　　　　書鈔》卷一百三十五「薰籠」條：「淮南有賦」增。
〔註2〕 據《文選》馬融〈長笛賦序〉引。

	芳松枕賦（存目）〔註3〕				
	麒麟角杖賦（存目）〔註4〕				
劉歆（前53左右～23）	燈賦		火部／80		全漢文／40#623
王褒（？～前61）	洞簫賦				全漢文／42#634
馮商（前53～18）	燈賦（存目）〔註5〕		火部／80		
劉玄（？～25）	簧賦（存目）〔註6〕				
馬融（79～166）	琴賦		樂部四／44		全後漢文／18#175
	長笛賦		樂部四／44		全後漢文／18#175
	圍棋賦		巧藝部／74		全後漢文／18#177
	樗蒲賦		巧藝部／74		全後漢文／18#177
班固（32～92）	竹扇賦				全後漢文／24#244
	白綺扇賦（存目）			器用部／25	全後漢文／24#244
杜篤（？～78）	書擿賦		雜文部一／55		全後漢文／28#280

〔註3〕據《太平御覽》卷707引劉向〈別錄〉「向有〈芳松枕賦〉」引。

〔註4〕依《北堂書鈔》卷一百三十三引劉向《別錄》：「有〈麒麟角杖賦〉」、《太平御覽》卷七百七十一引劉向《別傳》「有〈麒麟角杖〉」增。

〔註5〕依《藝文類聚》卷八十載劉向《別錄》：「待詔馮商作〈燈賦〉」增。

〔註6〕依《文選》馬融〈長笛賦序〉李善注引〈文章志〉：「劉玄，字伯康，明帝時官至中大夫，作〈簧賦〉」增。

傅毅（47？～89以後）	雅琴賦		樂部四/44			全後漢文/43#406
	扇賦	儀飾部五/134				全後漢文/43#406
張衡（78～139）	扇賦	儀飾部五/134				全後漢文/54#521
王逸（約89～約158）	機賦〔註7〕	地理部二/158	產業部/65		資產部五/825	全後漢文/57#547
侯瑾（生卒年不詳）	箏賦		樂部四/44〔註8〕	樂部下/16見兩處		全後漢文/66#629
蔡邕（132～192）	琴賦	樂部/109	樂部四/44			全後漢文/69#665
	彈棋賦		巧藝部/74		工藝部十二/755	全後漢文/69#666
	筆賦		雜文部四/58	文部/21		全後漢文/69#666
	圓扇賦	儀飾部五/134				全後漢文/69#667
張紘（約157～216）	瑰材枕賦		服飾部下/70			全後漢文/86#812
丁廙（？～約220）	彈棋賦		巧藝部/74		工藝部十二/755	全後漢文/94#880
班昭（生卒年不詳）	鍼鏤賦		產業部/65			全後漢文/96#894

〔註7〕《全後漢文》作〈機婦賦〉，今依《藝文類聚》改。

〔註8〕廖國棟作卷46。

附錄三：六朝器物賦總目

（／後為卷數，#後為頁碼，「略見」指部分字句）

三國

作　者	篇　名	北堂書鈔	藝文類聚	初學記	太平御覽	歷代賦匯	全上古三代秦漢三國六朝文
應瑒（？～217）	車渠碗賦		雜器物部／73			玉帛／98	全後漢文／42#395
王粲（177～217）	投壺賦（存序）				工藝部十／753		全後漢文／90#842
	圍棋賦（存序）				工藝部十／753		全後漢文／90#842
	彈棋賦（存序）				工藝部十一／754		全後漢文／90#842
	瑪瑙勒賦		寶玉部下／84		略見兵部八十九／358 珍寶部七／808	玉帛／98	全後漢文／90#843
	車渠椀賦		寶玉部下／84		略見珍寶部七／808	玉帛／98	全後漢文／90#843
陳琳（？～217）	馬腦勒賦	序存武功部十四／126			序文見兵部八十九／358 文又見珍寶部七／808	玉帛／98	全後漢文／92#857
	車渠椀賦〔註1〕						

〔註 1〕依《歷代辭賦總匯》「據韻補卷一」、「據韻補卷二」引。

阮瑀（約165~212）	箏賦	略見樂部/110	樂部四/44	略見樂部下/16		音樂/94	全後漢文/93#865
徐幹（171~217）	冠賦			服食部/26			全後漢文/93#870
	團扇賦	儀飾部五/134			服用部四/702 略見布帛部一/814	器用/補遺卷12	全後漢文/93#870
	車渠椀賦		雜器物部/73			器用/補遺卷12	全後漢文/93#870
	漏巵賦（佚）〔註2〕					器用逸句/補遺卷12	
曹丕（187~226）	玉玦賦		服飾部/67			玉帛/逸句卷1	全三國文/4#46
	彈棋賦		巧藝部/74		工藝部十二/755 略見	巧藝/103	全三國文/4#46
	瑪瑙勒賦	武功部十四/126 略見	寶玉部下/84		兵部八十九/358 珍寶部七/808 略見	玉帛/98	全三國文/4#47
	車渠椀賦		寶玉部下/84		序見珍寶部七，不錄作者/808	玉帛/98	全三國文/4#47
曹植（192~232）	寶刀賦		軍器/60 略見	武部/22 略見	兵部七十七刀下/346	器用/86	全三國文/14#147
	九華扇賦	儀飾部五/134 略見	服飾部/69 略見		服用部四/702 略見	器用/87	全三國文/14#147
	扇賦			人部下/19	人事部二十二美婦人下/381		全三國文/14#148
	車渠碗賦		雜器物部/73		珍寶部七/808 略見	玉帛/98	全三國文/14#148
邯鄲淳（132~221）	投壺賦		巧藝部/74			巧藝/103	全三國文/26#258

〔註2〕據曹丕〈典論論文〉引。

孫該（？～261）	琵琶賦	樂部/110 略見	樂部四/44	樂部下/16 略見	珍寶部七/808 略見	音樂/94	全三國文/40#403
毌丘儉（？～255）	承露盤賦		雜器物部/73		器物部三/758 略見	天象/9	全三國文/40#404
杜摯（生卒年不詳）	笳賦	樂部/111 略見	樂部四/44		序見樂部十九/581	音樂/95	全三國文/41#413
嵇康（223～262）	琴賦		樂部四/44 略見			音樂/94	全三國文/47#471
	瑟賦〔註3〕						
諸葛恪（203～253）	磨賦（佚）〔註4〕						
胡綜（184～243）	黃龍大牙賦	略見武功部八/120作大牙賦	略見軍器部/60	略見武部/22作大牙旗賦	略見兵部七十/339作大牙賦	武功/65作大牙賦	全三國文/67#643
張純（生卒年不詳）	賦席		服飾部/69				全三國文/73#687
朱異（？～257）	賦弩						全三國文/73#687
華覈（？～275以後數年）	車賦			器用/25			全三國文/74#696
閔鴻（生卒年不詳）	琴賦	樂部/109					全三國文/74#704
	羽扇賦		服飾部/69			器用/87	全三國文/74#705
楊泉（生卒年不詳）	織機賦		產業部/65			農桑/71	全三國文/75#708

〔註3〕依《歷代辭賦總匯》「據釋慧琳一切經音義卷八〇」引。
〔註4〕依《歷代辭賦總匯》「據三國志吳書諸葛恪傳引別傳」引。

兩晉

作　者	篇　名	北堂書鈔	藝文類聚	初學記	太平御覽	歷代賦匯	全上古三代秦漢三國六朝文
左九嬪（？～300）	相風賦（佚）				皇親部十一／145		全晉文／13#144
司馬無忌（？～350）	圓竹扇賦	略見儀飾部五／134					全晉文／15#168
王廙（276～322）	笙賦	樂部／110	樂部四／44	樂部下／16		音樂／93	全晉文／20#217
王沈（生卒年不詳）	馬腦勒賦	略見地理部二／158			兵部八十九／358		全晉文／28#287
	車渠觶賦				珍寶部七／808		全晉文／28#287
盧浮（生卒年不詳）	相風賦				地部三十九（74）		全晉文／34#354
庾闡（？～339後）	藏鈎賦		巧藝部／74		工藝部十一／754	巧藝／103	全晉文／38#396
傅玄（217～278）	筆賦	略見藝文部／104	雜文部四／58	略見文部／21		文學／63	全晉文／45#459
	硯賦	略見藝文部／104	雜文部四／58	略見文部／21	文部二十一／605	文學／63	全晉文／45#459
	團扇賦	略見儀飾部五／134 歲時部四／156				器用／逸句1	全晉文／45#459
	相風賦	略見儀飾部一／130	略見儀飾部／68		天部九／9	天象／逸句1	全晉文／45#459
	琴賦	略見樂部／109					全晉文／45#460

	琵琶賦	略見樂部/110		樂部下/16	樂部二十一/583	音樂/94 音樂/逸句1	全晉文/45#460
	箏賦	文見樂部/110		序、文見樂部下/16	樂部十四/576	音樂/逸句1	全晉文/45#461
	笳賦（存序）						全晉文/45#461
	投壺賦（存序）				工藝部十/753		全晉文/45#462
	彈棋賦（存序）				工藝部十二/755		全晉文/45#462
傅咸（239～294）	相風賦	略見儀飾部一/130			天部九/9	天象/逸句1	全晉文/51#530
	紙賦	略見藝文部/103	雜文部四/58	略見文部/21	略見文部二十一/605	文學/63	全晉文/51#530
	羽扇賦	略見儀飾部五/134 歲時部四/156	服飾部/69			器用/87	全晉文/51#531
	扇賦	文見儀飾部五/134	服飾部/69		略見地部/56	器用/87	全晉文/51#531
	狗脊扇賦				服用部四/702	器用/逸句1	全晉文/51#531
	櫛賦	序見儀飾部七/136	服飾部下/70		略見服用部十六/714	器用/逸句1	全晉文/51#532
	鏡賦	略見儀飾部六/135 儀飾部七/136	略見服飾部下/70	器用部/25	略見服用部十九/717 服用部二十一/719	器用/86	全晉文/51#532
	污巵賦		雜器物部/73		略見器物部六/761 珍寶部七/808	器物逸句/補遺12	全晉文/51#532

	燭賦		火部／80			器用／88	全晉文／51#533
袁崧（？～401）	圓扇賦	略見儀飾部五／134					全晉文／56#585
張華（232～300）	相風賦	略見儀飾部一／130	儀飾部／68		序見天部九／9	天象／7	全晉文／58#598
成公綏（231～273）	琴賦		略見樂部四／44	略見樂部下／16		音樂逸句／補遺卷12	全晉文／59#612
	琵琶賦		樂部四／44	略見樂部上／15 樂部下／16		音樂／94	全晉文／59#612
	故筆賦	略見藝文部／104 作棄故筆	雜文部四／58			文學／63 作棄故筆	全晉文／59#613
孫楚（？～293）	笳賦	略見樂部／111	樂部四／44			音樂／95	全晉文／60#621
	相風賦		儀飾部／68			天象／7	全晉文／60#622
孫盛（302～373）	鏡賦（存序）	儀飾部七／136					全晉文／63#650
嵇含（263～306）	羽扇賦（存序）	略見儀飾部五／134				器用逸句／補遺12	全晉文／65#672
	八磨賦				器物部七／762		全晉文／65#672
棗據（生卒年不詳）	船賦	略見舟部／137	略見舟車部／71	器用部／25	略見舟部三／770	舟車／89	全晉文／67#700
褚陶（生卒年不詳）	水碓賦〔註5〕						
杜萬年（生卒年不詳）	相風賦（存序）				略見珍寶部八（809）		全晉文／67#707

〔註5〕依《晉書·文苑列傳第六十二》增。

夏侯湛（243～291）	繳彈賦	略見武功部十二/124作彈賦	軍器部/60		略見兵部八十一/350	巧藝/逸句1	全晉文/68#710
	雀釵賦		服飾部下/70			服飾/99	全晉文/68#710
	缸燈賦		火部/80			器用/逸句1	全晉文/68#711
	合歡被賦	儀飾部七/136					全晉文/68#711
夏侯淳（生卒年不詳）	笙賦		樂部四/44	略見樂部下/16		音樂/93	全晉文/69#725
	彈棋賦		巧藝部/74			巧藝/103	全晉文/69#726
蔡洪（生卒年不詳）	圍棋賦		巧藝部/74			巧藝/103	全晉文/81#840
殷巨（生卒年不詳）	鯨魚燈賦		火部/80			器用/88	全晉文/81#842
	奇布賦		布帛部/85			玉帛/98	全晉文/81#842
牽秀（？～305）	相風賦（殘）						全晉文/84#877
張載（生卒年不詳）	羽扇賦	儀飾部五/134	服飾部/69		略見天部十二/12雜物部一/766	器用/87	全晉文/85#882
賈彬（生卒年不詳）	箏賦		樂部四/44	略見樂部下/16		音樂/94	全晉文/89#935
潘岳（247～300）	笙賦		樂部四/44	樂部下/16		音樂/93	全晉文/91#947
	相風賦	略見儀飾部一/130	儀飾部/68			天象/7	全晉文/91#948
潘尼（約250～約311）	琉璃碗賦		雜器物部/73寶玉部下/84			玉帛/98	全晉文/94#968

	瑪瑠碗賦		寶玉部下 / 84			玉帛 / 98	全晉文 / 94＃969
	扇賦	略見儀飾部五 / 134				器用 / 87	全晉文 / 94＃969
陸機 (261～ 303)	漏刻賦	略見儀飾部一 / 130 天部 / 149	儀飾部 / 68	器用部 / 25		歲時 / 13	全晉文 / 97＃993
	羽扇賦	略見儀飾部五 / 134	服飾部 / 69	器用部 / 25		器用 / 87	全晉文 / 97＃994
	扇賦 〔註6〕						
江逌 (生卒年不詳)	羽扇賦	儀飾部五 / 134	服飾部 / 69			器用 / 87 作扇賦	全晉文 / 107＃1087
曹攄（？ ～308）	圍棋賦		巧藝部 / 74			巧藝 / 103	全晉文 / 107＃1090
曹毗 (生卒年不詳)	箜篌賦		樂部四 / 44	略見樂部下 / 16		音樂 / 94	全晉文 / 107＃1092
張翰 (生卒年不詳)	杖賦	略見儀飾部四 / 133	服飾部 / 69			器用 / 85	全晉文 / 107＃1096
陶侃 (259～ 334)	相風賦		儀飾部 / 68				全晉文 / 110＃1128
孫惠 (264～ 310)	百枝燈賦		略見火部 / 80			器用 / 逸句1	全晉文 / 115＃1175
	楠榴枕賦	略見儀飾部五 / 134		略見珍寶部六 / 807		器用 / 補遺12 作孫蕙楠榴枕賦	全晉文 / 115＃1175
	襬車賦			資產部五 / 825		器用 / 補遺12 作孫得施	全晉文 / 115＃1175

〔註6〕依《全晉文》卷一百二陸雲與兄平原書增。

作者	篇名	北堂書鈔	藝文類聚	初學記	太平御覽	歷代賦匯	全上古三代秦漢三國六朝文
范堅（生卒年不詳）	蠟燈賦			火部／80		器用／逸句1	全晉文／124#1276
王鑑（283～323）	竹簟賦	略見儀飾部四／133			略見服用部十／708		全晉文／128#1313
谷儉（生卒年不詳）	角賦				兵部六十九／338	音樂逸句／補遺12	全晉文／128#1317
楊方（生卒年不詳）	箜篌賦（存序）			樂部下／16			全晉文／128#1321
劉恢（生卒年不詳）	圍棋賦（存序）				工藝部十／753		全晉文／131#1351
伏滔（約317～396）	長笛賦	略見樂部／111	樂部四／44	略見樂部下／16			全晉文／133#1380
顧愷之（346～407）	箏賦		樂部四／44	略見樂部下／16		音樂／逸句1	全晉文／135#1398
張望（生卒年不詳）	枕賦	儀飾部五／134					全晉文／135#1400
陳窈（生卒年不詳）	箏賦		樂部四／44	樂部下／16		音樂／94	全晉文／144#1499
孫瓊（生卒年不詳）	箜篌賦	略見樂部／110	樂部四／44	樂部下／16		音樂／94	全晉文／144#1503

南朝

作者	篇名	北堂書鈔	藝文類聚	初學記	太平御覽	歷代賦匯	全上古三代秦漢三國六朝文
臨川王劉義慶（403～444）	箜篌賦		樂部四／44	樂部下／16			全宋文／11#116

王僧虔（426～485）	書賦		巧藝部/74			書畫/101	全齊文/8#701
梁武帝蕭衍（464～549）	圍棋賦		巧藝部/74			巧藝/103	全梁文/1#7
簡文帝蕭綱（503～551）	箏賦		略見樂部四/44	略見樂部下/16		音樂/94	全梁文/8#89
	金錞賦					音樂（93）	全梁文/8#90
	列燈賦		火部/80			器用/88作〈燈賦〉	全梁文/8#91
	眼明囊賦		服飾部下/70			器用/87	全梁文/8#91
昭明太子蕭統（501～531）	銅博山香鑪賦		略見服飾部下/70	略見器用部/25	略見服用部五/703	器用/85	全梁文/19#201
	扇賦		服飾部/69				全梁文/19#202
江淹（444～505）	扇上彩畫賦		略見服飾部/69	器用部/25		器用/87	全梁文/34#343
	燈賦		略見火部/80	略見器用部/25			全梁文/34#345
張率（475～527）	繡賦			寶器部/27		玉帛/98	全梁文/54#544
周興嗣（？～521）	白鶴羽扇賦		服飾部/69				全梁文/58#631
吳均（469～520）	筆格賦		雜文部四/58			文學/63	全梁文/60#611
後梁宣帝蕭詧（519～562）	圍棋賦		巧藝部/74				全梁文/68#710
甄玄成（？～560）	車賦			器用部/25		舟車/89	全梁文/68#712

庾信（513～581）	燈賦		火部／80	器用部／25	器用／88	全後周文／9#190
	竹杖賦		服飾部／69		器用／85	全後周文／9#191
	邛竹杖賦				器用／85	全後周文／9#192
	鏡賦		服飾部下／70		器用／86	全後周文／9#192
顧野王（519～581）	箏賦			樂部下／16		全陳文卷／13#129
	笙賦			樂部下／16		全陳文／13#129
傅縡（生卒年不詳）	笛賦			樂部下／16		全陳文／16#157
	博山香爐賦			器用部／25	器用／85	全陳文／16#157
陸瑜（生卒年不詳）	琴賦			樂部下／16		全陳文／17#166

附錄四：六朝器物詩總目

（／後為卷名，#後為頁碼）

兩晉

作 者	篇 名	藝文類聚	初學記	太平御覽	先秦漢魏晉南北朝詩
許詢（生卒年不詳）	竹扇詩	服飾部／69			#894

南朝齊

作 者	篇 名	藝文類聚	初學記	太平御覽	先秦漢魏晉南北朝詩
王融（467～493）	詠琵琶詩	樂部四／44	樂部下／16		#1402
	詠幔詩	服飾部／69	器用部／25	服用部一／699	#1402
丘巨源（？～484）	詠七寶扇詩	服飾部／69作七寶閣扇詩	器用部／25		#1406
謝脁（464～499）	雜詠三首之一鏡臺		器用部／25	服用部十九／717	#1452
	雜詠三首之二燈	火部／80作詠燈詩	器用部／25作詠燈詩		#1452
	雜詠三首之三燭	火部／80作詠燭詩			#1453
	同詠樂器得琴		樂部上／15作詠琴詩		#1453

	同詠坐上玩器得鳥皮隱几				#1453
	同詠坐上所見一物得席	服飾部 / 69	器用部 / 25		#1454
	詠竹火籠	服飾部下 / 70		服用部十三 / 711	#1454
虞炎（生卒年不詳）	詠簾詩		器用部 / 25		#1459
劉繪（457～502）	詠博山香爐詩		器用部 / 25		#1469
許瑤之（生卒年不詳）	詠柟榴枕詩				#1474

南朝梁

作　者	篇　名	藝文類聚	初學記	太平御覽	先秦漢魏晉南北朝詩
蕭衍（464～549）	詠燭詩				#1536
	詠筆詩				#1536
	詠笛詩				#1537
沈約（441～513）	詠竹火籠詩				#1642
	和劉雍州繪博山香爐詩		器用部 / 25		#1646
	同詠樂器詠簏詩				#1650
	同詠坐上玩器詠竹檳榔盤詩	略見雜器物部 / 73			#1651
	十詠二首領邊繡				#1652
	十詠二首腳下履				#1653
	詠笙詩		樂部下 / 16		#1655
	詠箏詩	樂部四 / 44	樂部下 / 16		#1656
	詠帳詩	服飾部 / 69			#1657

高爽（生卒年不詳）	詠鏡詩	服飾部下 / 70			#1542
	詠畫扇詩	服飾部 / 69			#1542
	題延陵縣孫抱鼓詩				#1543
丘遲（464～508）	題琴朴奉柳吳興詩	樂部四 / 44			#1604
柳惲（465～517）	詠席詩	服飾部 / 69	器用部 / 25 作柳惲詩		#1677
何遜（？～518）	與虞記室諸人詠扇詩	服飾部 / 69 作詠扇詩	器用部 / 25 作詠扇詩		#1705
吳均（469～520）	詠寶劍詩	軍器部 / 60	武部 / 22		#1750
	詠燈詩	火部 / 80			#1750
陸罩（生卒年不詳）	詠笙詩	樂部四 / 44	樂部下 / 16 作陸罕		#1778
紀少瑜（生卒年不詳）	詠殘燈詩	火部 / 80	器用部 / 25		#1779
蕭統（501～531）	賦書帙詩	雜文部一 / 55 作詠書帙詩			#1800
蕭琛（478～529）	詠鞞應詔		樂部下 / 16		#1804
劉孝綽（481～539）	秋夜詠琴詩		樂部下 / 16		#1844
到溉（477～548）	秋夜詠琴詩		樂部下 / 16		#1856
張嵊（490～549）	短簫詩				#1861
劉孝威（496～549）	和簾裏燭詩	火部 / 80			#1884
徐勉（465～535）	詠司農府春幡詩				#1812
	詠琵琶詩		樂部下 / 16		#1812
蕭綱（503～551）	詠筆格詩	雜文部四 / 58	文部 / 21		#1961
	詠鏡詩	服飾部下 / 70	器用部 / 25		#1962

	賦樂器名得箜篌詩	樂部四 / 44 作賦得箜篌詩	樂部下 / 16 作賦得箜篌詩		#1964
	詠籠燈絕句詩	火部 / 80			#1974
	賦得白羽扇詩	服飾部 / 69			#1974
	和湘東王古意詠燭詩	火部 / 80			#1977
徐摛 （474～551）	詠筆詩	略見雜文部四 / 58	文部 / 21		#1891
	賦得簾塵詩	地部 / 6			#1892
劉孝儀 （484～550）	詠簫詩	樂部四 / 44	樂部下 / 16		#1894
庾肩吾 （487～551）	詠胡牀應教詩	服飾部下 / 70 作賦得詠胡牀詩	器用部 / 25		#1999
	賦得轉歌扇詩	服飾部 / 69			#2001
王筠 （481～549）	詠輕利舟應臨汝侯教詩	舟車部 / 71	器用部 / 25 作詠輕利舟詩	舟部三 / 770 作詠輕利舡應臨侯教	#2020
	詠燈檠詩	火部 / 80			#2020
	詠蠟燭詩		器用部 / 25		#2020
蕭繹 （508～555）	古意詠燭詩	火部 / 80			#2058
臨賀王蕭正德 （？～549）	詠竹火籠詩			服用部十三 / 711	#2061
費昶（生卒年不詳）	和蕭洗馬畫屏風詩二首				#2086
王臺卿（生卒年不詳）	詠箏詩	樂部四 / 44	樂部下 / 16		#2090
朱超（？）	詠鏡詩	服飾部下 / 70 作朱超道			#2095
梁宣帝蕭詧 （519～562）	塵尾詩	服飾部 / 69			#2105
	詠紙詩		文部 / 21		#2105

	牀詩		器用部 / 25		#2106
	詠弓詩		武部 / 22	兵部七十八 / 347	#2106
	詠履詩		服食部 / 26		#2106
鮑子卿（生卒年不詳）	詠畫扇詩	服飾部 / 69 作高爽			#2117
王孝禮（生卒年不詳）	詠鏡詩	服飾部下 / 70			#2120
沈滿願（生卒年不詳）	詠燈詩	火部 / 80	器用部 / 25		#2135
	詠五彩竹火籠詩	服飾部下 / 70		服用部十三 / 711	#2135
	詠步搖花詩	略見服飾部下 / 70		服用部十七 / 715	#2135
庾信 （513～581）	詠畫屏風詩	服飾部 / 69	器用部 / 25		#2395
	鏡詩		器用部 / 25		#2398
	塵鏡詩				#2406
	詠羽扇詩				#2407

南朝陳

作　者	篇　名	藝文類聚	初學記	太平御覽	先秦漢魏晉南北朝詩
陳後主叔寶 （553～604）	七夕宴宣猷堂各賦一韻詠五物自足為十并牛女一首五韻物次第用得帳屏風案唾壺履				#2516
	宴光璧殿詠遙山燈詩				#2520
江總 （519～594）	賦詠得琴詩	樂部四 / 44	樂部下 / 16 作賦得詠琴詩		#2592

陸瓊 （537～586）	玄圃宴各詠一物須箏詩		樂部下／16		#2538
徐德言（生卒年不詳）	破鏡詩			時序部十五／30	#2564
許倪（生卒年不詳）	破扇詩	服飾部／69			#2609
孔範（生卒年不詳）	和陳主詠鏡詩		器用部／25		#2610

附錄五：六朝具名器物銘、箴、頌、贊總目

（／後為卷數，#後為頁碼，「略見」指部分字句）

三國

作　者	篇　名		全上古三代 秦漢三國六朝文
王粲 （177～217）	靈壽杖頌	藝文類聚／69 據貞斯直作據斯直杖	全後漢文／91#849
	蕤賓鐘銘		全後漢文／91#853
	無射鐘銘	初學記／16 作〈蕤賓鐘銘〉	全後漢文／91#853
	硯銘	藝文類聚／58 寫作為，藻作染 初學記／21 無昔在皇頡句，世作代，寫作為，藻作染	全後漢文／91#853
	刀銘	藝文類聚／60 略見 初學記／22 略見 太平御覽／346 略見	全後漢文／91#853
繁欽 （？～218）	硯頌	初學記／21 妙作秘	全後漢文／93#875
	硯贊	藝文類聚／58 略見 初學記／21 見三處	全後漢文／93#875
曹丕 （187～226）	五熟釜銘		全三國文／7#81
	露陌刀銘	藝文類聚／60 初學記／22 寶作保 太平御覽／346	全三國文／7#81
	劍銘		全三國文／8#90

曹植 （192〜232）	承露盤頌銘	藝文類聚／98 略見 初學記／2 略見 太平御覽／12 略見　　／758 略見	全三國文／19#194
	寶刀銘	藝文類聚／60 初學記／22 太平御覽／346	全三國文／19#194
傅巽 （？〜230？）	筆銘	藝文類聚／58	全三國文／35#350
何晏 （？〜249）	斫猛獸刀銘	藝文類聚／60 作〈斬猛獸刀銘〉 初學記／22 略見，作〈斬虎刀銘〉	全三國文／39#400
毌丘儉 （？〜255）	承露盤銘	藝文類聚／73	全三國文／40#407
嵇康 （223〜262）	琴贊	北堂書鈔／109 略見	全三國文／47#477
	燈銘		全三國文／51#503
劉備 （161〜223）	與魯王鼎銘		全三國文／57#546
	與梁王鼎銘		全三國文／57#546
張飛 （？〜221）	鐵刀銘		全三國文／60#570

兩晉

作　者	篇　名		全上古三代 秦漢三國六朝文
王導 （276〜339）	塵尾銘	北堂書鈔／134 誰作勿 藝文類聚／69 誰作勿 太平御覽／703 略見	全晉文／19#204
王珣 （349〜400）	琴贊	藝文類聚／44 初學記／10 焉作然	全晉文／20#209
裴邈（生卒 年不詳）	文身劍銘	藝文類聚／60 初學記／22 顯作表，長作良 太平御覽／344	全晉文／33#342
	文身刀銘	藝文類聚／60 名工作乙名，波回作 波流，流光作迴光，戢而不耀作戢 不可耀 太平御覽／346 靈照作電照	全晉文／33#342

應貞 （234～269）	杖箴	北堂書鈔／133	全晉文／35#361
	朱杖銘	北堂書鈔／133 見三處	全晉文／35#361
傅玄 （217～278）	劍銘		全晉文／46#478
	筆銘	初學記／21	全晉文／46#479
	鏡銘	北堂書鈔／136 覽於鏡作鑑於鏡	全晉文／46#479
	杖銘	北堂書鈔／133 略見	全晉文／46#479
	澡盤銘	北堂書鈔／135 廢作塵 太平御覽／712 廢作塵	全晉文／46#479
	席銘	左端、右端：北堂書鈔／133 　　　　　　初學記／25 左後、右後：初學記／25	全晉文／46#480
	燈銘	初學記／25	全晉文／46#480
	燭銘	太平御覽／870	全晉文／46#480
	印銘	初學記／26 太平御覽／683 往作惟，度作儀，無 歸乎玄默以下句	全晉文／46#480
	冠銘	初學記／26 太平御覽／684	全晉文／46#481
	衣銘		全晉文／46#481
	裳銘	太平御覽／696 儀作宜	全晉文／46#481
	履銘	初學記／26 太平御覽／697	全晉文／46#481
	被銘	北堂書鈔／134 太平御覽／707	全晉文／46#481
傅咸 （239～294）	邛竹杖銘	藝文類聚／69 矜作于	全晉文／52#550
	扇銘	北堂書鈔／134 略見	全晉文／52#550
李充（生卒 年不詳）	良弓銘	藝文類聚／60 初學記／22 鄉村作鄉射，力稱作妙 稱，功發由基作巧發晉師，詳疑作 辨儀	全晉文／53#559
	壺籌銘	太平御覽／753 作晉李尤作，主作 王	全晉文／53#560

	博銘	太平御覽／754	全晉文／53#560
	舟楫銘	太平御覽／770 作後漢李尤作，車作輿，重載作載重	全晉文／53#560
張華（232～300）	杖箴	北堂書鈔／133 略見	全晉文／58#604
	倚杖銘	北堂書鈔／133 太平御覽／710	全晉文／58#604
	席前左端銘	北堂書鈔／133（景印文淵閣四庫版作馮衍銘左右）	全晉文／58#604
	席前右端銘	北堂書鈔／133	全晉文／58#605
成公綏（231～273）	蔽髻銘	北堂書鈔／135 京作金，略見	全晉文／59#617
孫綽（314～371）	漏刻銘	藝文類聚／68 氣徵作微器，無累筒三階積水成淵句，器滿作川滿 太平御覽／2 累筒作累箇，承寫作承瀉，無承寫以下句	全晉文／62#644
	樽銘	藝文類聚／73 氣作器，功做切 太平御覽／761 略見	全晉文／62#644
	絹扇銘	北堂書鈔／134 略見	全晉文／62#645
嵇含（263～306）	木弓銘	藝文類聚／81 出必有擬作出有擬議 初學記／27，樸作撲，鳴作弧 太平御覽／996 鳴作弧	全晉文／65#675
張載（生卒年不詳）	匕首銘	藝文類聚／60 謹作詳 太平御覽／346	全晉文／85#885
張協（？～307）	泰阿劍銘	藝文類聚／60 初學記／22 載作濟，礪作斂 太平御覽／344 礪作斂	全晉文／85#890
	文身刀銘	藝文類聚／60 初學記／22	全晉文／85#890
	把刀銘	藝文類聚／60 太平御覽／346	全晉文／85#890
	露拍刀銘	太平御覽／346	全晉文／85#890
	長鋏銘	藝文類聚／60 太平御覽／346	全晉文／85#891

	短鋏銘	藝文類聚／60 太平御覽／346 先朝作光明	全晉文／85#891
	手戟銘	太平御覽／353 清作精	全晉文／85#891
潘尼（約250～約311）	燈箴 （存序）	太平御覽／869	全晉文／95#976
江統 （？～310）	弧矢銘	初學記／22 太平御覽／350	全晉文／106#1082
陶潛 （365～427）	扇上畫贊	前七篇見本集，末篇又見藝文類聚／36，作〈周妙珪〉	全晉文／112#1139
黃士度（生卒年不詳）	屏風頌 （存序）	北堂書鈔／132、19 略見	全晉文／128#1321
殷允（生卒年不詳）	杖銘	藝文類聚／69 匡杖作捨杖 北堂書鈔／133 略見	全晉文／129#1328
殷仲堪 （？～399）	琴贊	藝文類聚／44 虛乘作虛深	全晉文／129#1333
	酒盤銘	藝文類聚／73	全晉文／129#1334
許詢（生卒年不詳）	墨塵尾銘	北堂書鈔／133 通彼作通被，無卑尊有宗貴賤始無句	全晉文／135#1400
	白塵尾銘	北堂書鈔／133 秀氣作秀格，偉我作偉偉，蒻作弱，雪飛作雪霏 太平御覽／703 秀氣作秀格，偉我作偉偉，蒻作弱，雪飛作雪霏	全晉文／135#1400
戴逵 （？～396）	琴贊	初學記／16 微音作微旨	全晉文／137#1423
蘇彥（生卒年不詳）	隱几銘	北堂書鈔／133	全晉文／138#1431
	邛竹杖銘	藝文類聚／69 篠暢作篠蕩 北堂書鈔／133 略見	全晉文／138#1431
	楠榴枕銘	北堂書鈔／134 略見 藝文類聚／70 鬱作樹 太平御覽／707 略見	全晉文／138#1432
	柏枕銘	藝文類聚／70 作〈楠榴枕銘〉	全晉文／138#1432
卞範之 （？～404）	杖贊	北堂書鈔／133 略見	全晉文／140#1453
	無患枕贊	北堂書鈔／134 全作潛	全晉文／140#1453

卞承之（？ ～約 407）	無患枕贊	北堂書鈔／134 略見 藝文類聚／89 略見 太平御覽／707、959 略見	全晉文／140#1455
王劭之（生卒 年不詳）	靈壽杖銘	藝文類聚／69	全晉文／144#1502
王度（生卒 年不詳）	扇上銘	初學記／3	全晉文／148#1551
赫連勃勃 （381～425）	大夏龍雀刀 銘		全晉文／156#1640
支曇諦 （？～411）	燈贊	藝文類聚／80	全晉文／165#1738
管渟王（生卒 年不詳）	劍銘		全晉文／167#1760

南朝

作　者	篇　名		全上古三代 秦漢三國六朝文
何偃 （413～458）	常滿樽銘	藝文類聚／73 晨作吳	全宋文／28#280
謝靈運 （385～433）	書帙銘	藝文類聚／55 太平御覽／606	全宋文／33#321
謝惠連 （407～433）	琴贊	藝文類聚／44 初學記／16 民心作人心	全宋文／34#331
	白羽扇贊	藝文類聚／69 冰雪作白雪 初學記／25 皎潔作瀎潔	全宋文／34#331
鮑照 （？～466）	藥奩銘		全宋文／47#452
張悅 （？～470）	玳瑁麈尾銘	藝文類聚／69 眾作象	全宋文／49#462
孫康（生卒 年不詳）	團扇銘	北堂書鈔／134 濯色作散霜，惠氣 蘭披作惠風時披	全宋文／50#469
王叔之（？）	舟贊	北堂書鈔／137、138 作王升之，略 見 藝文類聚／71 略見 太平御覽／770 略見	全宋文／57#545

	笏贊	初學記 / 26 作王升之	全宋文 / 57#545
蕭衍 （464～549）	硯銘	藝文類聚 / 58	全梁文 / 6#73
蕭綱 （503～551）	書案銘	藝文類聚 / 69 太平御覽 / 710 略見	全梁文 / 13#139
	錫杖銘	藝文類聚 / 69	全梁文 / 13#139
	紗扇銘	藝文類聚 / 70	全梁文 / 13#140
	鏡銘	藝文類聚 / 70	全梁文 / 13#140
梁元帝蕭繹 （508～554）	漏刻銘	藝文類聚 / 68	全梁文 / 18#191
	香爐銘	藝文類聚 / 70	全梁文 / 18#191
陸倕 （470～526）	新刻漏銘	藝文類聚 / 68 略見	全梁文 / 53#527
	蠡杯銘	藝文類聚 / 73 逾作愈，撲作樸	全梁文 / 53#528
丘遲 （464～508）	硯銘	藝文類聚 / 69	全梁文 / 56#570
庾肩吾 （487～551）	團扇銘	藝文類聚 / 69	全梁文 / 66#684
徐陵 （507～583）	塵尾銘	藝文類聚 / 69	全陳文 / 10#101

附錄六：兩漢六朝畫、像頌／贊／銘

（／後為卷數，#後為頁碼）

時間	作　者	篇　名	全上古三代 秦漢三國六朝文
漢	劉向（前 77 左右～前 6）	高祖頌	全漢文／37#604
	班超（32～102）	高祖頌	全後漢文／26#251
		安丰戴侯頌	全後漢文／26#251
	梁鴻（生卒年不詳）	安丘嚴平頌	全後漢文／33#326
	傅毅（47？～89 以後）	顯宗頌	全後漢文／43#407
	崔駰（？～92）	明帝頌	全後漢文／44#420
	崔琦（生卒年不詳）	四皓頌	全後漢文／45#435
	楊修（175～219）	司空荀爽述贊	全後漢文／51#504
	蔡邕（132～192）	胡廣黃瓊頌	全後漢文／74#695
		京兆樊惠渠頌	全後漢文／74#696
		祖德頌	全後漢文／74#696
		焦君贊	全後漢文／74#697
		太尉陳公贊	全後漢文／74#697
		赤泉侯五世像贊	全後漢文／74#697
	王粲（177～217）	正考父贊	全後漢文／91#849
	闕名	鍾皓頌	全後漢文／97#912
		資中古碑伏羲頌	全後漢文／97#913
		孔嵩贊	全後漢文／97#913

		稾長蔡湛頌	全後漢文 / 104#968
		漢成陽令唐扶頌	全後漢文 / 104#972
三國	曹植（192～232）	畫贊	全三國文 / 17#179
	王廣（？～251）	子貢畫贊	全三國文 / 25#254
	阮籍（210～263）	老子贊	全三國文 / 45#455
	張勝（生卒年不詳）	桂陽先賢畫贊	全三國文 / 73#690
兩晉	左九嬪（？～300）	虞舜二妃贊	全晉文 / 13#147
		周宣王姜后贊	全晉文 / 13#147
		班婕妤贊	全晉文 / 13#147
		孟軻母贊	全晉文 / 13#147
		狂接輿妻贊	全晉文 / 13#148
		荊武王夫人鄧曼贊	全晉文 / 13#148
		齊杞梁妻贊	全晉文 / 13#148
		齊義繼母贊	全晉文 / 13#148
		魯敬姜贊	全晉文 / 13#148
		巢父惠妃贊	全晉文 / 13#149
	王廙（276～322）	宰我贊	全晉文 / 21#219
	王彪之（305～377）	伏羲贊	全晉文 / 21#231
	庾峻（？～273）	祖德頌	全晉文 / 35#372
	庾闡（？～399後）	虞舜像贊	全晉文 / 38#398
		二妃像贊	全晉文 / 38#398
		孫登贊	全晉文 / 38#399
	傅玄（217～278）	古今畫贊	全晉文 / 46#476
	李充（生卒年不詳）	九賢頌	全晉文 / 53#557
	袁宏（328～376）	單道開贊	全晉文 / 57#594
	成公綏（231～273）	征士胡昭贊	全晉文 / 59#616
	孫楚（？～293）	尼父頌	全晉文 / 60#627
		梁令孫侯頌	全晉文 / 60#627

	顏回贊	全晉文／60#628
	管仲贊	全晉文／60#628
	季子贊	全晉文／60#628
	莊周贊	全晉文／60#628
	榮啟期贊	全晉文／60#628
	原壤贊	全晉文／60#628
	白起贊	全晉文／60#629
	韓信贊	全晉文／60#629
	樂毅贊	全晉文／60#629
孫綽（314～371）	賀司空循像贊	全晉文／61#637
	孔松陽像贊	全晉文／61#638
夏侯湛（243～291）	虞舜贊	全晉文／69#720
	左丘明贊	全晉文／69#720
	顏子贊	全晉文／69#720
	閔子騫贊	全晉文／69#721
	管仲像贊	全晉文／69#721
	鮑叔像贊	全晉文／69#721
	范蠡贊	全晉文／69#721
	魯仲連贊	全晉文／69#721
	莊周贊	全晉文／69#721
	東方朔畫贊	全晉文／69#722
摯虞（250～300）	庖犧贊	全晉文／77#797
	神農贊	全晉文／77#797
	黃帝贊	全晉文／77#798
	帝堯贊	全晉文／77#798
	夏禹贊	全晉文／77#798
	殷湯贊	全晉文／77#798
	周文王贊	全晉文／77#798

	周武王贊	全晉文／77#798
	周宣王贊	全晉文／77#798
	漢高祖贊	全晉文／77#798
	漢文帝贊	全晉文／77#798
	孔子贊	全晉文／77#798
	顏子贊	全晉文／77#798
	左丘明贊	全晉文／77#798
薛瑩（？～282）	《後漢紀》光武贊	全晉文／81#836
	明帝贊	全晉文／81#836
	章帝贊	全晉文／81#836
	安帝贊	全晉文／81#837
	桓帝贊	全晉文／81#837
	靈帝贊	全晉文／81#837
謝萬（320～361）	八賢頌	全晉文／83#862
	七賢嵇中散贊	全晉文／83#862
牽秀（？～305）	黃帝頌	全晉文／84#877
	老子頌	全晉文／84#877
	彭祖頌	全晉文／84#878
	王喬赤松頌	全晉文／84#878
潘岳（247～300）	許由頌	全晉文／92#953
陸機（261～303）	漢高祖功臣頌	全晉文／98#1004
	孔子贊	全晉文／98#1006
	王子喬贊	全晉文／98#1006
	夏育贊	全晉文／98#1006
陸雲（262～303）	祖考頌	全晉文／104#1055
	張二侯贊	全晉文／104#1056
	榮啟期贊	全晉文／104#1057
曹毗（生卒年不詳）	黃帝贊	全晉文／107#1095

陶潛（365～427）	扇上畫贊	全晉文／112#1139
	天子孝傳贊	全晉文／112#1140
	諸侯孝傳贊	全晉文／112#1141
	卿大夫孝傳贊	全晉文／112#1141
	士孝傳贊	全晉文／112#1142
	庶人孝傳贊	全晉文／107#1143
郭璞（276～324）	爾雅圖贊	全晉文／121#1235
	山海經圖贊	全晉文／122#1243
庾統（293～342）	三人贊	全晉文／132#1370
	朱明張臣尉贊	全晉文／132#1370
顧愷之（346～407）	畫贊	全晉文／135#1399
戴逵（約331～396）	顏回贊	全晉文／137#1423
	尚長贊	全晉文／137#1423
	申三復贊	全晉文／137#1424
郭元祖（生卒年不詳）	列仙傳贊	全晉文／139#1444
湛方生（生卒年不詳）	老子贊	全晉文／140#1460
	孔公贊	全晉文／140#1460
	北叟贊	全晉文／140#1460
王齊之（生卒年不詳）	薩陀波崙贊	全晉文／143#1489
	曇無竭菩薩贊	全晉文／143#1489
陳珍（生卒年不詳）	五時畫扇頌	全晉文／144#1501
孫瓊（生卒年不詳）	公孫夫人序贊	全晉文／144#1505
張駿（307～346）	山海經圖贊	全晉文／154#1619
楊宣（生卒年不詳）	宋纖畫像頌	全晉文／154#1622
李暠（351～417）	聖帝明王序頌	全晉文／155#1632
	忠臣孝子序頌	全晉文／155#1632
	烈士貞女序頌	全晉文／155#1632
	賢明魯顏回頌	全晉文／155#1632

	支遁（314～366）	釋迦文佛像贊	全晉文／157#1651
		阿彌陀佛像贊	全晉文／157#1652
		文殊師利贊	全晉文／157#1652
		彌勒贊	全晉文／157#1653
		維摩詰贊	全晉文／157#1653
		善思菩薩贊	全晉文／157#1653
		法作菩薩不二入菩薩贊	全晉文／157#1653
		閑首菩薩贊	全晉文／157#1653
		不眴菩薩贊	全晉文／157#1654
		善宿菩薩贊	全晉文／157#1654
		善多菩薩贊	全晉文／157#1654
		首立菩薩贊	全晉文／157#1654
		月光童子贊	全晉文／157#1654
		護法像贊	全晉文／157#1654
		于法蘭像贊	全晉文／157#1655
		于道邃像贊	全晉文／157#1655
	釋慧遠（334～416）	襄陽丈六金像頌	全晉文／162#1705
		曇無竭菩薩贊	全晉文／162#1706
南朝劉宋	范泰（355～428）	張長公贊	全宋文／15#157
		高鳳贊	全宋文／15#157
		吳季子札贊	全宋文／15#157
		佛贊	全宋文／15#157
	傅亮（374～426）	辛有贊	全宋文／26#255
		穆生贊	全宋文／26#255
		董仲道贊	全宋文／26#255
		文殊師利菩薩贊	全宋文／26#256
		彌勒菩薩贊	全宋文／26#256
	殷景仁（390～441）	文殊像贊	全宋文／29#287

		文殊師利贊	全宋文／29#287
	謝靈運（385～433）	無量壽佛頌	全宋文／33#319
		王子晉贊	全宋文／33#319
	鮑照（？～466）	佛影頌	全宋文／47#452
南朝齊	王玄載（約409～484）	釋普恆贊	全齊文／15#770
南朝梁	蕭綱（503～551）	釋迦文佛像銘	全梁文／13#140
		彌陀佛像銘	全梁文／13#140
		維衛佛像銘	全梁文／13#140
		式佛像銘	全梁文／13#140
		迦葉佛像銘	全梁文／13#141
		梁安寺釋迦文佛像銘	全梁文／13#141
	沈約（441～513）	高士贊	全梁文／30#310
		千佛贊	全梁文／30#311
		繡像贊	全梁文／30#311
		彌勒贊	全梁文／30#311
		瑞石像銘	全梁文／30#312
		彌陀佛銘	全梁文／30#313
		釋迦文佛像銘	全梁文／30#313
	何點（生卒年不詳）	《齊書》褚淵王儉贊	全梁文／40#408
	劉孝威（496～549）	辟厭青牛畫贊	全梁文／61#640

徵引書目

一、古籍（按著者年代排列）

（一）總集

1. 宋·郭茂倩編撰，聶世美、倉陽卿校點，《樂府詩集》，上海：上海古籍出版社，1998。

2. 明·張溥編，《漢魏六朝百三家集》，台北：新興書局，民52。

3. 清·陳元龍撰，《歷代賦彙》，南京：鳳凰出版社，2004。

4. 清·嚴可均撰，陳延嘉、王同策、左振坤校點主編，《全上古三代秦漢三國六朝文》，石家莊：河北教育出版社，1997。

（二）別集

1. 周·管仲撰，黎翔鳳撰，梁運華整理，《管子校注》，北京：中華書局，2004。

2. 周·左丘明撰，晉·杜預集解，李夢生整理，《春秋左傳集解》，南京：鳳凰出版社，2010。

3. 周·尹文撰，彭裕商著，《文子校注》，成都：巴蜀書社，2006。

4. 周·韓非，張覺撰，《韓非子校疏》，上海：上海古籍出版社，2010。

5. 周·尉繚撰，李解民譯注，《尉繚子譯注》，河北：河北人民出版社，1995。

6. 漢·毛亨傳，漢·鄭玄箋，唐·孔穎達疏，唐·陸德明音釋，《毛詩注疏》，上海：上海古籍出版社，2013。

7. 漢·賈誼，鍾夏校注，《新書校注》，北京：中華書局，2000。

8. 漢·董仲舒撰，葉平注譯，《春秋繁露》，鄭州：中州古籍出版社，2010。

9. 漢‧劉安著，陳廣忠譯注，《淮南子譯注》，上海：上海古籍出版社，2016。

10. 漢‧司馬遷撰，南朝宋‧裴駰集解，唐‧司馬貞索隱，唐‧張守節正義，《新校本史記三家注》，台北：鼎文書局，民76。

11. 漢‧劉向編，繆文遠、羅永蓮、繆偉譯注，《戰國策》，北京：中華書局，2016。

12. 漢‧劉向撰，程翔譯注，《說苑譯注》，北京：北京大學出版社，2009。

13. 漢‧揚雄撰，晉‧郭璞注，《方言》，李學勤主編，《中華漢語工具書書庫》，合肥：安徽教育出版社，2002。

14. 漢‧揚雄著，《法言》，北京：中華書局，1985。

15. 漢‧桓譚撰，朱謙之校輯，《新輯本桓譚新論》，北京：中華書局，2009。

16. 漢‧嚴遵撰，樊波成校箋，《老子指歸校箋》，上海：上海古籍出版社，2013。

17. 後漢‧王充著，張宗祥校注，鄭紹昌標點，《論衡校注》，上海：上海古籍出版社，2010。

18. 後漢‧王充著，劉盼遂集解，《論衡集解》，林慶彰主編：《民國時期哲學思想叢書》，台中：文聽閣圖書有限公司，2010。

19. 後漢‧許慎撰，清‧段玉裁注，《說文解字注》，台北：洪葉文化事業有限公司，1999。

20. 後漢‧班固撰，唐‧顏師古注，《新校本漢書》，台北：鼎文書局，民75。

21. 後漢‧班固等撰，《東觀漢記》，北京：中華書局，1985。

22. 後漢‧鄭玄著，唐‧賈公彥疏，《周禮注疏》，上海：上海古籍出版社，2016。

23. 後漢‧鄭玄注，唐‧賈公彥疏，《儀禮注疏》，上海：上海古籍出版社，2011。

24. 漢‧蔡邕，《琴操》，《宛委別藏》第71冊，台北：臺灣商務印書館，民70。

25. 後漢‧蔡邕著，鄧安生編，《蔡邕集編年校注》，石家莊：河北教育出版社，1999。

26. 後漢‧應劭撰，王利器校注，《風俗通義校注》，北京：中華書局，2010。

27. 後漢‧劉熙撰，《釋名》，北京：中華書局，1985。

28. 後漢‧宋衷注，清‧秦嘉謨等輯，《世本八種》，台北：西南書局，民63。

29. 後漢‧安息國三藏安世高譯，《阿那邠邸化七子經》，《大正新修大藏經》第二卷，北縣：傳正有限公司，2001。

30. 魏‧徐幹撰，孫啟治解詁，《中論解詁》，北京：中華書局，2014。

31. 魏・嵇康著；戴明揚注，《嵇康集校注》，北京：中華書局，2014。

32. 魏・張揖撰，隋・曹憲音釋，《廣雅》，李學勤主編，《中華漢語工具書書庫》，合肥：安徽教育出版社，2002。

33. 魏・天竺三藏康僧鎧譯，《佛說無量壽經》，《大正新修大藏經》第十二卷，北縣：傳正有限公司，2001。

34. 魏・王弼注，《老子道德經》，台北：臺灣商務印書館，民55。

35. 吳・韋昭注，清・沈鎔輯注，《國語詳注》，《《國語》研究文獻輯刊》第七冊，北京：國家圖書館出版社，2012。

36. 晉・孔晁注，《逸周書》，北京：中華書局，1985。

37. 晉・杜預注，唐・孔穎達等疏，《春秋左傳正義》，台北：世界書局，民52。

38. 晉・張華撰，范寧校證，《博物志》，台北：明文書局，民70。

39. 晉・陳壽撰，南朝宋・裴松之注，盧弼集解，錢劍夫整理：《三國志集解》，上海：上海古籍出版社，2012。

40. 晉・崔豹，《古今注》，台北：中華書局，民50。

41. 晉・嵇含撰，靳士英主編，靳樸，劉淑婷副主編，《南方草木狀釋析》，北京：學苑出版社，2016。

42. 晉・郭璞注，葉自本糾謬，陳趙鵠重校，《爾雅》，北京：中華書局，1985。

43. 晉・郭璞撰，袁珂注，《山海經校注》，台北：里仁書局，民71。

44. 晉・楊泉撰，清・孫星衍集校，《物理論》，任繼愈主編，《中國科學技術典籍通彙・物理卷》，鄭州：河南教育出版社，1993～1995。

45. 晉・葛洪編纂，成林、程章燦譯注，《西京雜記》，台北：地球出版社，民83。

46. 晉・葛洪，楊明照撰，《抱朴子外篇校箋》，北京：中華書局，2010。

47. 晉・干寶撰，《搜神記》，台北：里仁書局，民71。

48. 晉・王羲之，《筆經》，《古今說部叢書》，上海：上海國學扶輪社，1915。

49. 晉・王嘉撰，梁・蕭綺錄，《拾遺記》，北京：中華書局，1988。

50. 後秦・釋僧肇選，《注維摩詰經》，《大正新修大藏經》第三十八卷，北縣：傳正有限公司，2001。

51. 新羅・元曉撰，《涅槃宗要》，《大正新修大藏經》第三十八卷，北縣：傳正有限公司，2001。

52. 南朝宋・范曄撰，唐・李賢等注，《新校本後漢書》，台北：鼎文書局，民76。

53. 南朝宋・劉義慶，余嘉錫，《世說新語箋疏》，北京：中華書局，2007。

54. 南朝宋・劉義慶，南朝梁・劉孝標注，楊勇校箋，《世說新語校箋》，台北：正文書局，1999。

55. 南朝梁・沈約撰，《新校本宋書》，台北：鼎文書局，民 76。

56. 南朝梁・釋僧祐作，劉立夫、魏建中、胡勇譯注，《弘明集》，北京：中華書局，2013。

57. 南朝梁・劉勰著，范文瀾注，《文心雕龍注》，台北：學海出版社，民 80。

58. 南朝梁・劉勰著，王更生注譯，《文心雕龍讀本》，台北：文史哲出版社，民 93。

59. 南朝梁・鍾嶸著，周振甫譯注，《詩品譯注》，南京：江蘇教育出版社，2005。

60. 南朝梁・吳均撰，《續齊諧記》，北京：中華書局，1991。

61. 南朝梁・蕭子顯撰，《新校本南齊書》，台北：鼎文書局，民 76。

62. 南朝梁・蕭統編，唐・李善注，《文選》，台北：五南圖書出版有限公司，民 80。

63. 南朝梁・宗懍原著，譚麟譯注，《荊楚歲時記》，武漢：湖北人民出版社，1999。

64. 北周・庾信撰，清・倪璠注，許逸民校點，《庾子山集注》，北京：中華書局，2000。

65. 北齊・顏之推撰，王利器集解，《顏氏家訓集解》，北京：中華書局，2011。

66. 隋・姚察、謝炅，唐・魏徵、姚思廉合撰，《新校本梁書》，台北：鼎文書局，民 75。

67. 隋・姚察，唐・魏徵、姚思廉合撰，《新校本陳書》，台北：鼎文書局，民 75。

68. 唐・歐陽詢撰，《宋本藝文類聚》，上海：上海古籍出版社，2013。

69. 唐・虞世南撰，清・孔廣陶校註，清・富文齋刊刻，《校宋刻本北堂書鈔》，台北：新興書局，民 60。

70. 唐・房玄齡撰，《新校本晉書》，台北：鼎文書局，民 76。

71. 唐・令狐德棻，《周書》，珍仿宋版印，台北：中華書局，2016 重製。

72. 唐・李淳風，《觀象玩占》，《續修四庫全書》，上海：上海古籍出版社，2006。

73. 唐・三藏法師玄奘奉詔譯，《大般若波羅蜜多經》，《大正新修大藏經》第五卷，北縣：傳正有限公司，2001。

74. 唐・慈恩寺沙門窺基撰，《妙法蓮花經玄贊》，《大正新修大藏經》第三十四卷，北縣：傳正有限公司，2001。

75. 唐‧李延壽撰，《新校本南史》，台北：鼎文書局，民 74。

76. 唐‧劉恂，《嶺表錄異》，台北：臺灣商務印書館，民 55。

77. 唐‧徐堅等著，《初學記》，北京：中華書局，1980。

78. 唐‧杜佑撰，《通典》，台北：新興書局，民 51。

79. 唐‧釋道世撰，周叔迦、蘇晉仁校注，《法苑珠林》，北京：中華書局，2003。

80. 唐‧白居易撰，顧學頡點校，《白居易集》，北京：中華書局，1999。

81. 北魏‧賈思勰，《齊民要術》，台北：臺灣商務印書館，民 54。

82. 後唐‧馬縞，《中華古今注》，台北：中華書局，民 50。

83. 宋‧李昉等撰，《太平御覽》，北京：中華書局，2000。

84. 宋‧李昉撰，《太平廣記》，台南：平平出版社，民 63。

85. 宋‧樂史撰，王文楚點校，《太平寰宇記》，北京：中華書局，2007。

86. 宋‧蘇易簡輯，《文房四譜》，北京：中華書局，1985。

87. 宋‧沈括撰，《夢溪筆談校證》，台北：世界書局，民 50。

88. 宋‧朱長文，《墨池編》，台北：國立中央圖書館，民 59。

89. 宋‧陸佃撰，《埤雅》，台北：臺灣商務印書館，民 62。

90. 宋‧呂大臨，《考古圖》，上海：上海古籍出版社，2016。

91. 宋‧林億等校正，《重廣補注黃帝內經素問》，趙敏俐、尹小林主編，《國學備覽》，北京：首都師範大學出版社，2007。

92. 宋‧陳暘，《樂書》，朱建民發行：《景印文淵閣四庫全書》，台北：臺灣商務印書館，民 75。

93. 宋‧郭思編，《林泉高致集》，清‧永瑢、紀昀等纂修，《景印文淵閣四庫全書》，台北：商務印書館，民 75。

94. 宋‧馬永卿，《嬾真子錄》，上海：上海古籍出版社，2012。

95. 宋‧董逌撰，《廣川書跋》，《石刻史料新編》，台北：新文豐出版公司，民 75。

96. 宋‧朱熹，《詩經集傳》，長春：吉林人民出版社，1999。

97. 宋‧朱熹集註，蔣伯潛廣解，《語譯廣解四書讀本‧論語》，台北：啟明書局，1996。

98. 宋‧羅願，《爾雅翼》，清‧永瑢，紀昀等纂修，《景印文淵閣四庫全書》，台北：商務印書館，民 75。

99. 宋‧王觀國撰，田瑞娟點校，《學林》，北京：中華書局，2006。

100. 宋‧王楙，《野客叢書》，台北：臺灣學生書局，民 60。

101. 宋‧衛湜撰，《禮記集說》，北京：北京圖書館出版社，2003。

102. 宋‧章樵編，《古文苑》，台北：鼎文書局，民 62。

103. 宋‧王應麟著，清‧翁元圻等注，欒保群、田松青、呂宗力校點，《困學紀聞》，上海：上海古籍出版社，2008。

104. 宋‧陳元靚撰，清‧陸心源校刻，《歲時廣記》，台北：新興書局，民 66。

105. 元‧王禎撰，《農書》，北京：中華書局，1956。

106. 元‧祝堯，《古賦辯體》，景印文淵閣四庫全書第 1366 冊，台北：臺灣商務印書館，民 75。

107. 元‧嚴德甫、晏天章輯，林天鐸整理，林勉復校，《玄玄棋經》，上海：上海文化出版社，1996。

108. 明‧陶宗儀等編，《說郛三種》，上海：上海古籍出版社，1988。

109. 明‧瞿佑撰，《詠物詩》，《原刻景印叢書集成三編》，北縣：藝文印書館，民 60。

110. 明‧徐㷒，《徐氏筆精》，台北：臺灣學生書局，民 60。

111. 明‧陸西星，《南華真經副墨》，台北縣新店鎮：中國子學名著集成編印基金會，民 67。

112. 明‧焦竑撰，《莊子翼》，台北：廣文書局，民 52。

113. 明‧陳耀文，《天中記》，台北：文海出版社，民 53。

114. 明‧李時珍著，《本草綱目》，北京：人民衛生出版社，1991。

115. 明‧宋應星撰，《天工開物》，台北：成偉出版社，民 65。

116. 明‧羅頎輯著，《物原》，北京：中華書局，1985。

117. 清‧馬驌纂，劉曉東等點校，《繹史》，濟南：齊魯書社，2001。

118. 清‧張玉書、汪霖等奉敕編，《佩文齋詠物詩選》，台北：臺灣商務印書館，民 72～77。

119. 清‧俞琰輯，《歷代詠物詩選》，台北：清流出版社，民 65。

120. 清‧李因培選評，凌應曾編注，《唐詩觀瀾集》，清乾隆己卯編刻，哈佛燕京圖書館善本微卷。

121. 清‧紀昀、陸錫熊、孫士毅等原著，《欽定四庫全書總目》，北京：中華書局，1997。

122. 清‧紀昀評注，《紀曉嵐評注文心雕龍》，揚州：江蘇廣陵古籍刻印社，1997。

123. 清‧趙翼撰，《廿二史箚記》，台北：臺灣商務印書館，民 54。

124. 清‧趙翼撰，曹光甫校點，《陔餘叢考》，上海：上海辭書出版社，2011。

125. 清‧孫希旦著，王星賢、沈嘯寰點校，《禮記集解》，台北：文史哲出版社，民 79。

126. 清‧孫星衍撰,《周易集解》,台北:臺灣商務印書館,民 55。

127. 清‧孫星衍等校,《孫子十家註》,北京:中華書局,1985。

128. 清‧李兆洛,《駢體文鈔》,台北:廣文書局,民 106。

129. 清‧方東樹,《昭昧詹言》,台北:廣文書局,民 51。

130. 清‧鍾文烝,《穀梁注疏及補正》,台北:世界書局,民 59。

131. 清‧王先謙撰,《釋名疏證補》,李學勤主編,《中華漢語工具書書庫》,合肥:安徽教育出版社,2002。

132. 清‧王先謙撰,沈嘯寰、王星賢點校,《荀子集解》,北京:中華書局,2013。

133. 清‧郭慶藩撰,王孝魚點校,《莊子集釋》,北京:中華書局,2013。

134. 清‧朱銘盤撰,《南朝梁會要》,上海:上海古籍出版社,2012。

135. 清‧袁景瀾撰,甘蘭經、吳琴點校,《吳郡歲華紀麗》,南京:江蘇古籍出版社,1998。

136. 著者不詳,《碁經》,《續修四庫全書》據英國國家圖書館藏敦煌寫本影印,1097 冊,上海:上海古籍出版社,2002。

二、現代專著

(一)專著(按著者姓氏筆劃排列)

1. 于光華,《評注昭明文選》,台北:學海出版社,民 70。

2. 于浴賢,《六朝賦述論》,保定:河北大學出版社,1999。

3. 于志鵬,《宋前詠物詩發展史》,濟南:山東人民出版社,2013。

4. 于志鵬、成曙霞,《六朝詠物文學論稿》,北京:經濟科學出版社,2017。

5. 王國維,《觀堂集林》,台北:河洛圖書出版社,民 64。

6. 王夢鷗,《古典文學論探索》,台北:正中書局,1984。

7. 王禮卿,《文心雕龍通解》,台北:黎明文化事業股份有限公司,民 75。

8. 王振鐸著,《科技考古論叢》,北京:文物出版社,1989。

9. 王元化,《文心雕龍講疏》,台北:書林出版有限公司,民 82。

10. 王佩諍校,《龔自珍全集》,上海:上海古籍出版社,1999。

11. 王明撰,《抱朴子內篇校釋》,北京:中華書局,2011。

12. 王學雷,《古筆考——漢唐古筆文獻與文物》,蘇州:蘇州大學出版社,2013。

13. 孔祥星、劉一曼,《中國古代銅鏡》,北京:文物出版社,1988。

14. 中國社會科學院考古研究所、河北省文物管理處編,《滿城漢墓發掘報

告》，北京：文物出版社，1980。

15. 田曉菲，《烽火與流星》，新竹：清大出版社，民 98。

16. 石雲濤，《漢代外來文明研究》，北京：中國社會科學出版社，2017。

17. 牟宗三，《才性與玄理》，台北：臺灣學生書局，民 67。

18. 朱剛、劉寧主編，《歐陽修與宋代士大夫》，上海：上海人民出版社，2007。

19. 朱友舟，《中國古代毛筆研究》，北京：榮寶齋出版社，2013。

20. 成守勇，《古典思想世界中的禮樂生活：以禮記為中心》，上海：上海三聯書店，2013。

21. 李豐楙，《誤入與謫降：六朝隋唐道教文學論集》，台北：臺灣學生書局，民 85。

22. 李純一，《中國上古出土樂器綜論》，北京：新華書店，1996。

23. 何堂坤，《中國古代銅鏡的技術研究》，北京：紫禁城出版社，1999。

24. 何雲波，《中國圍棋文化史》，武漢：武漢大學出版社，2015。

25. 沈從文，《銅鏡史話》，瀋陽：萬卷出版公司，2004。

26. 沈凡玉，《六朝同題詩歌研究》，台北：國立台灣大學出版中心，2015。

27. 余江，《漢唐藝術賦研究》，北京：學苑出版社，2005。

28. 余太山，《兩漢魏晉南北朝與西域關係史研究》，北京：商務印書館，2011。

29. 呂思勉，《呂思勉讀史札記》，上海：上海古籍出版社，2005。

30. 呂正惠，《抒情傳統與政治現實》，武漢：華中師範大學出版社，2011。

31. 宋豔萍，《漢代畫像與漢代社會》，福州：福建人民出版社，2016。

32. 河北省文物研究所編，《安平東漢壁畫墓》，北京：文物出版社，1990。

33. 周生春，《吳越春秋輯校匯考》，上海：上海古籍出版社，1997。

34. 周一良，《魏晉南北朝史札記》，北京：中華書局，2007。

35. 周才珠、齊瑞端譯注，《墨子全譯》，貴陽：貴州人民出版社，2008。

36. 宗白華，《美從何處尋》，南京：江蘇教育出版社，2005。

37. 孟悅、羅綱主編，《物質文化讀本》，北京：北京大學出版社，2008。

38. 祁立峰，《遊戲與遊戲之外——南朝文學題材新論》，臺北：政大出版社，2015。

39. 侯立兵，《漢魏六朝賦多維研究》，北京：人民出版社，2007。

40. 柯慶明、蕭馳編，《中國抒情傳統的再發現》，台北：臺大出版中心，2009。

41. 韋正，《魏晉南北朝考古》，北京：北京大學出版社，2013。

42. 范江濤，《駁雜與務實——《抱朴子外篇》政治思想新研》，杭州：浙江大

學出版社，2015。

43. 孫機，《中國聖火：中國古文物與東西文化交流中的若干問題》，瀋陽：遼寧教育出版社，1996。

44. 孫機，《孫機談文物》，台北：東大圖書公司，2005。

45. 孫機，《漢代物質文化資料圖說》，上海：上海古籍出版社，2011。

46. 孫機，《中國古代物質文化》，北京：中華書局，2014。

47. 孫康宜著；鍾振振譯，《抒情與描寫：六朝詩歌概論》，台北：允晨文化實業股份有限公司，民90。

48. 孫建君、高豐著，《古代燈具》，山東：山東科學技術出版社，1998。

49. 高明編纂，《宋文彙》，台北：臺灣書局，民56。

50. 高尚仁，《書法藝術心理學》，香港：香港文化教育出版社有限公司，1992。

51. 高豐，《中國器物藝術論》，太原：山西教育出版社，2001。

52. 高友工，《中國美典與文學研究論集》，台北：臺大出版中心，2004。

53. 高桂惠，《金瓶梅禮物書寫初探》，臺南：國立成功大學人文社會科學中心出版，2012。

54. 唐君毅，《中國哲學原論》，台北：臺灣學生書局，1978。

55. 徐書城，《繪畫美學》，台北：五南圖書出版有限公司，民82。

56. 徐敏、汪民安主編，《物質文化與當代日常生活變遷》，北京：北京大學出版社，2018。

57. 徐志平，《浙江古代詩歌史》，杭州：杭州大學出版社，2008。

58. 馬衡，《中國金石學概論》，長春：時代文藝出版社，2009。

59. 席龍飛，《中國古代造船史》，武漢：武漢大學出版社，2015。

60. 郗文倩，《古代禮俗中的文體與文學》，北京：人民出版社，2015。

61. 陳直校證，《三輔黃圖校證》，陝西：陝西人民出版社，1982。

62. 陳引馳編校，《劉師培中古文學論集》，北京：中國社會科學出版社，1997。

63. 陳溫菊，《詩經器物考釋》，台北：文津出版社，2001。

64. 陳如安，《中國圍棋史》，北京：團結出版社，1997。

65. 陳蘇鎮，《恢宏與古樸：秦漢魏晉南北朝的物質文明》，北京：北京大學出版社，2009。

66. 陳珏主編，《唐代文史的新視野——以物質文化為主》，台北：聯經出版事業股份有限公司，2015。

67. 陳秋宏，《六朝詩歌中知覺觀感之轉移研究》，台北：新文豐出版股份有限公司，民104。

68. 陳玉強，《古代文論「奇」範疇研究》，北京：人民出版社，2015。

69. 陸侃如、牟世金著，《劉勰和文心雕龍》，台北：國文天地雜誌社，民 80。

70. 莊申，《扇子與中國文化》，台北：東大圖書股份有限公司，民 81。

71. 曹者祉、孫秉根，《中國古代俑》，上海：上海古籍出版社，1996。

72. 曹道衡，《南北朝文學史》，北京：人民文學出版社，2006。

73. 曹淑琴、殷瑋璋，《青銅器史話》，北京：社會科學文獻出版社，2012。

74. 梁國輔、劉琦注譯，《搜神記搜神後記譯注》，長春：吉林文史出版社，1997。

75. 張蕙慧，《嵇康音樂美學思想探究》，台北：文津出版社有限公司，1999。

76. 張克鋒，《魏晉南北朝文學與書畫的會通》，北京：中國社會科學出版社，2010。

77. 張鈞莉，《魏晉美學趨勢》，新北市：花木蘭文化事業有限公司，2011。

78. 麻賽萍，《漢代燈具研究》，上海：復旦大學出版社，2016。

79. 湖北省荊沙鐵路考古隊，《包山楚墓》，北京：文物出版社，1991。

80. 傅舉有、陳松長編著，《馬王堆漢墓文物》，長沙：湖南出版社，1992。

81. 黃展岳，《考古紀原——萬物的來歷》，成都：四川教育出版社，1998。

82. 黃愛梅、于凱著，《器之藏——考古學視野下的中國上古文明》，上海：上海教育出版社，2004。

83. 黃鵬編著，《唐庚集編年校注》，北京：中央編譯出版社，2012。

84. 揚之水，《終朝采藍——古名物尋微》，北京：生活·讀書·新知三聯書店，2008。

85. 揚之水，《揚之水談名物》，香港：香港中和出版社，2016。

86. 揚之水，《藏身於物的風俗故事》，香港：香港中和出版有限公司，2016。

87. 尋婧元，《漢唐陶俑》，台北：財團法人震旦文教基金會出版，2017。

88. 瘂弦、廖玉蕙主編，《中國古典小說論集》第一輯，台北：幼獅文化公司期刊部，1975。

89. 楊明照，《文心雕龍校注》，台北：河洛圖書出版社，民 69。

90. 聞一多著，《聞一多全集》，北京：三聯書局，1982。

91. 聞人軍譯注，《考工記譯注》，上海：上海古籍出版社，1993。

92. 逯欽立輯校，《先秦漢魏晉南北朝詩》，台北：學海出版社，民 80。

93. 褚斌杰，《中國古代文體學》，臺北：臺灣學生書局，民 80。

94. 新疆通史編撰委員會編，《新疆歷史研究論文選編·通論卷》，烏魯木齊：新疆人民出版社，2008。

95. 鄒巔，《詠物流變文化論》，長沙：湖南人民出版社，2009。

96. 楊泓，《華燭帳前明：從文物看古人的生活與戰爭》，合肥：黃山書社，

2016。

97. 董曄,《世說新語美學研究》,北京:人民文學出版社,2017。

98. 熊公哲註譯,《荀子今註今譯》,台北:臺灣商務印書館,1984。

99. 廖國棟,《魏晉詠物賦研究》,台北:文史哲出版社,民 79。

100. 廖國棟,《建安辭賦之傳承與拓新:以題材及主題為範圍》,台北:文津出版社,2000。

101. 趙輝,《六朝社會文化心態》,台北:文津出版社,民 85。

102. 趙杏根,《中華節日風俗全書》,合肥:黃山書社出版,1996。

103. 趙紅菊,《南朝詠物詩研究》,上海:上海古籍出版社,2009。

104. 蔡英俊主編,《抒情的境界》,台北:聯經出版事業公司,民 71。

105. 劉逸生,《唐人詠物詩評注》,廣東:中山大學出版社,1985。

106. 劉東升、袁荃猷編撰,《中國音樂史圖鑑》,北京:人民音樂出版社,1988。

107. 劉蕙孫,《中國文化史稿》,北京:文化藝術出版社,1990。

108. 劉淑芬,《六朝的城市與社會》,台北:臺灣學生書局,民 81。

109. 劉東升主編,《中國樂器圖鑑》,山東:山東教育出版社,1992。

110. 劉軍,《中國河姆渡文化》,浙江:浙江人民出版社,1993。

111. 劉苑如,《朝向生活世界的文學詮釋——六朝宗教敘述的身體實踐與空間書寫》,台北:新文豐出版股份有限公司,民 99。

112. 鄭良樹,《辭賦論集》,台北:臺灣學生書局,1998。

113. 鄭毓瑜,《引譬連類:文學研究的關鍵詞》,台北:聯經出版事業股份有限公司,2012。

114. 練春海,《器物圖像與漢代信仰》,北京:生活·讀書·新知三聯書店,2014。

115. 蔣述卓主編,《現代視野下的文藝研究與文學批評》,北京:商務印書館,2017。

116. 韓淑德、張之年合撰,《中國琵琶史稿》,成都:四川人民出版社,1985。

117. 韓蘭魁主編,《敦煌研究文集》,北京:文化藝術出版社,2014。

118. 簡良如,《《文心雕龍》之作為思想體系》,北京:中國社會科學出版社,2011。

119. 謝飄雲、馬茂軍、劉濤主編,《中國古代散文研究論叢》,廣州:世界圖書出版廣東有限公司,2013。

120. 蕭馳,《佛法與詩境》,台北:聯經出版事業股份有限公司,2012。

121. 饒宗頤,《文心雕龍研究專號》,台北:明倫出版社,民 60。

122. 釋印順，《說一切有部為主的論書與論師之研究》，新竹：正聞出版社，1987。

123. 龔伯文，《冥想：從佛教到基督教》，台南：人光出版社，2005。

124. 權雅寧，《中國文學理論知識形態研究》，北京：中國社會科學出版社，2014。

（二）譯著

1. （美）米德著，胡榮、王小章譯，周曉虹校閱，《心靈、自我與社會》，台北：桂冠圖書股份有限公司，1995。

2. （荷）派特・瓦潤（Piet A. Vroon）、（美）安東・范岸姆洛金（Anton van Amerongem）、（美）漢斯・迪佛里斯（Hans de Vries）著，洪慧娟譯：《嗅覺符號——記憶與欲望的語言》，台北：商周出版，2001。

3. （美）黛安・艾克曼著，莊安祺譯，《氣味、記憶與愛欲——艾克曼的大腦詩篇》，台北：時報文化出版企業股份有限公司，2004。

4. （美）巫鴻著，李清泉、鄭岩等譯，《中國古代藝術與建築中的「紀念碑性」》，上海：上海人民出版社，2008。

5. （美）巫鴻著，文丹譯，《重屏：中國繪畫中的媒材與再現》，上海：上海人民出版社，2009。

6. （美）艾朗諾著，杜斐然、劉鵬、潘玉濤譯，郭勉愈校，《美的焦慮：北宋士大夫的審美思想與追求》，上海：上海古籍出版社，2013。

7. （美）柯嘉豪著，趙悠等譯，祝平一等校，《佛教對中國物質文化的影響》，上海：中西書局，2015。

8. （美）巫鴻著，錢文逸譯，《「空間」的美術史》，上海：上海人民出版社，2017。

9. （美）巫鴻著，《全球景觀中的中國古代藝術》，北京：生活・讀書・新知三聯書店，2017。

10. （日）小川環樹著，譚汝謙、陳志誠、梁國豪合譯，《論中國詩》，香港：中文大學出版社，1986。

11. （日）青正木兒著，范建明譯，《中華名物考》，北京：中華書局，2005。

12. （英）李約瑟著，陳立夫主譯，《中國古代科學思想史》，江西：江西人民出版社，1990。

13. （英）Tim Dent 著，龔永慧譯，《物質文化》，台北：書林出版有限公司，2009。

14. （法）尚・布希亞著，林志明譯，《物體系》，上海：上海人民出版社，2001。

15. （法）尚・布希亞著，劉成富、全志鋼譯，《消費社會》，南京：南京大學出版社，2006。

16. （荷）約翰・赫伊津哈著，舒煒等譯，《遊戲的人：關於文化的遊戲成份的研究》，杭州：中國美術學院出版社，1997。

17. （荷）派特・瓦潤、（美）安東・范岸姆洛金、（美）漢斯・迪佛里斯著，洪慧娟譯，《嗅覺符碼——記憶與欲望的語言》，台北：商周出版：城邦文化發行，2001。

18. （德）席勒著，徐恆醇譯，《美育書簡》，台北：丹青圖書有限公司，民76。

19. （德）雷德侯著，張總等譯，黨晟校，《萬物：中國藝術中的模件化和規模化生產》，北京：生活・讀書・新知三聯書店，2005。

三、學位論文

1. 常朝棟，《中國軍樂發展之研究》，台北：臺灣師範大學音樂研究所碩士論文，1984。

2. 劉苑如，《六朝志怪的文類研究——導異為常的想像歷程》，國立政治大學中研所博士論文，1999。

3. 吳儀鳳，《詠物與敘事——漢唐禽鳥賦研究》，台北：輔仁大學中研所博士論文，1999。

4. 蔡碧芳，《南朝詩歌中的柳意象研究》，彰化：國立彰化師範大學國文研究所碩士論文，2002。

5. 陳溫如，《魏晉時期花木賦研究》，台北：國立臺灣師範大學國文研究所碩士論文，2004。

6. 呂幸玲，《實用與裝飾的權衡：論豆式薰爐與博山爐之形制互動與功能消長》，臺南：國立臺南藝術大學藝術史與藝術評論研究所碩士論文，2004。

7. 蘇怡如，《中國山水詩表現模式之嬗變——從謝靈運到王維》，台北：臺灣大學中研所博士論文，2008。

8. 江凱弘，《六朝詠植物詩研究》，彰化：國立彰化師範大學國文研究所碩士論文，2008。

9. 吳靜怡，《六朝美學批評「神」、「骨」之研究》，彰化：國立彰化師範大學國文研究所國語文教學碩士論文，2009。

10. 阮玉茹，《魏晉動物賦研究》，台南：國立臺南大學國語文學系碩士論文，2010。

11. 林曉虹，《魏晉詩歌中月意象研究》，雲林：國立雲林科技大學漢學資料整理研究所碩士論文，2010。

12. 盧秀慈，《魏晉器物賦研究》，臺南：國立臺南大學國語文學系碩士論

文，2011。

13. 林彥君，《《禮記》所反映的女性生活禮儀與角色地位》，高雄：國立高雄師範大學經學研究所碩士論文，2011。

14. 蔡佩書，《嵇康〈琴賦〉研究——兼與〈聲無哀樂論〉之比較》，台北：臺灣大學中國文學研究所碩士論文，2012。

15. 李宛蕙，《賦物傳統與漢魏間詠物賦中的本源之山》，台北：臺灣大學中國文學研究所碩士論文，2012。

16. 趙曉夢，《先唐器物賦研究》，安徽：安徽師範大學碩士論文，2013。

17. 沈明憲，《六朝禽鳥詩研究》，彰化：國立彰化師範大學國文研究所碩士論文，2014。

18. 鍾孟穎，《魏晉植物賦研究：以意象形成切入》，台北：國立臺灣師範大學國文研究所碩士論文，2014。

四、期刊、會議論文（依刊印時間排列）

1. 郭沫若，〈三門峽出土銅器二三事〉，《文物》第 1 期，1959。

2. 李超榮，〈石球的研究〉，《文物季刊》第 3 期，1994。

3. 王仲殊，〈論日本出土的青龍三年銘方格規矩四神鏡——兼論三角緣神獸鏡為中國吳的工匠在日本所作〉，《考古》第 8 期，1994。

4. （日）鐮田茂雄著、黃玉雄譯，〈末法到來〉，《五臺山研究》第 1 期，2001。

5. 杜正勝，〈古代物怪之研究——一種心態史和文化史的探索〉（上），《大陸雜誌》第一〇四卷第一期，2002。

6. 傅舉有，〈博山內曜、萬家飄香——千年博山爐記〉，《典藏古美術》第 119 期，2002。

7. 劉靜敏，〈幻化之境——漢魏晉南北朝博山爐的演變與象徵〉，《歷史文物》第 102 期，2002。

8. 簡宗梧，〈賦與隱語關係之考察〉，《逢甲人文社會學報》第 8 期，2004。

9. 丁敏，〈漢譯佛典阿含、廣律中「前世今生」故事的敘事主題與結構〉，《文與哲》第 8 期，2006。

10. 簡宗梧，〈賦的可變基因與其突變——兼論賦體蛻變之分類〉，《逢甲人文社會學報》第 12 期，2006。

11. 谷風華，〈漢賦器物描寫與漢代風俗文化〉，《廣西社會科學》第 2 期，2006。

12. 顏崑陽，〈論「文體」與「文類」的涵義及其關係〉，《清華中文學報》第一期，2007。

13. 蔡耀明，〈以菩提道的進展駕馭「感官欲望」所營造的倫理思考：以《大經・第十二會・淨戒波羅蜜多分》為依據〉，《臺大佛學研究》第 16 期，2008。

14. 張鴻愷，〈嚴遵《道德指歸》思想述評〉，國立臺北大學中國語文學系：《第四屆文學與資訊學術研討會會前論文集》，2008。

15. 操曉理，〈魏晉南北朝時期的糧食貿易〉，《史學月刊》第 9 期，2008。

16. 陳元朋，〈傳統博物知識裡的「真實」與「想像」：以犀角與犀牛為主體的個案研究〉，《政治大學歷史學報》第 33 期，2010。

17. 鄭毓瑜，〈類與物──古典詩文的「物」背景〉，《清華學報》第 41 卷第 1 期，2011。

18. 何維剛，〈從鏡賦書寫看六朝時人對鏡子認識的轉變〉，《人文社會科學研究》第五卷第二期，2011。

19. 陳恬儀，〈論南北朝的「謝啟」：以賜物謝啟為觀察中心〉，胡曉明主編：《古代文學理論研究：中國文論與名家典範》第三十六輯，上海：華東師範大學出版社，2013。

20. 朱剛，〈「日常化」的意義及其局限──以歐陽修為中心〉，《文學遺產》第二期，2013。

21. 李溪，〈作為自身的語言──硯銘的意義世界〉，國立中山大學人文研究中心：《以物觀物──臺灣、東亞與世界的互文脈絡研討會論文集》下冊，2014。

22. 陳紹慈，〈以彈弓文物論證上古歌謠〈彈歌〉的創作動機與流傳因素〉，《彰化師大國文學誌》第 29 期，2014。

23. 李志勤，〈古琴漫談〉，《中國文物報》10 月，2016。

24. 吳旻旻，〈器物上的「新」面貌：王莽時期度量衡、銅鏡、錢幣的文化觀察〉，《台大中文學報》第五十六期，2017。

25. 熊昭明，〈漢代海上絲綢之路合浦港的考古學探究〉，《民主與科學》總 170 期，2018。

26. 沈凡玉，〈齊梁宮廷賜物謝啟的新變意義與文化意涵〉，《清華中文學報》第二十期，2018。